講談社文庫

山桜花

大岡裁き再吟味

辻堂 魁

講談社

目次

『山桜花　大岡裁き再吟味』――おもな登場人物

古風十一　鷹匠の古風家十一男。鷹の餌を探し歩く餌差。長身痩軀、才槌頭の若衆。鷹狩りの折り、大岡越前守忠相の目にとまり、御用を務めることに。

古風昇太左衛門　千駄木組鷹匠組頭。未だ家督を譲らぬ七十七歳。十一は末子。

斑　十一が雛鳥のときから育てている隼。

金五郎　牛込肴町の裏店に住む元読売屋。大岡物を書いてきた。十一の相棒。

お槙　神田の町芸者をやめて、金五郎と所帯を持つ。

お半　父の縄張りを継ぎ、町方の御用聞を務めた女親分。大岡忠相を探る。

がま吉　お半の手下。猪首短軀。

日彦　雑司ヶ谷村本能寺の住持。

八吉郎　死の際にあった日彦に仕えた寺の下男。

直助　十七年前、十二歳で死んだ寺の下男。山桜の木の下に埋められた。

知念・本好　直助に暴行をはたらいた寺の所化（修行僧）。

浄縁　日彦に仕えていた寺僧。

一色伴四郎　牛込鉄砲百人組の根来組与力。二男直助が八歳のとき、寺に預けた。

お雪　新宿の色茶屋菱やにいた。伴四郎の馴染みとなり十九の秋に直助を産む。

松波筑後守正春　大岡忠相の後任の南町奉行。元文の金銀御吹替では忠相と激しく対立。

稲生正武　北町奉行。

杉村晴海　稲生正武の内与力目安方。

海保半兵衛　江戸を代表する両替商。

水下藤五　評定所留役。十七年前の本能寺の事件の下調べにかかわった。

大岡越前守忠相　江戸町奉行を務め、大岡裁きで名を馳せるが、寺社奉行に転出。還暦を迎え、かつての裁きが正しかったか、気にかけている。

岡野雄次郎左衛門　大岡家の家臣。南町奉行所時代の内与力。

小右衛門　大岡家の若党。寺社奉行所の中小姓席。

山桜花（やまざくらばな）

大岡裁き再吟味

序　鳥刺

　霞のように棚引く白い雲の下から澄んだ青空へ、隼の影が飛翔していく。

　隼の影は、一度ゆるやかに羽ばたき、羽を広げたまま、団子坂の上空より北の方角へと鮮やかに転じていった。

　北の方角に、豊島郡の田畑がはるばると、武家屋敷の柿葺の屋根や散在する豊島郡の集落やこんもりとした青い林を囲みつつ、ずっと先の荒川堤のほうまで広がっているのが、高い空の下に眺められた。

　隼のもう小さくなった影が、その上空はるか高くを、まるでひと筋の弧を空に描くかのように舞っている。

　団子坂の南の方角には、江戸の広大な町々を越えて、ぼんやりとした青みを帯びた佃沖を見はるかすことができた。

　佃沖に点々と散らばるおぼろな模様は、江戸に廻着した廻船の影に違いない。

佃沖のずっと南の果てに、そこだけがくっきりと白い雲が帯を締めている。

団子坂を、ひとりの若衆が長身痩軀の長い足を大股に運んでいた。

若衆は、うっすらと月代の伸びた才槌頭に編笠をつけ、晩春らしい白地に紺と茶褐色の絣模様の上衣がさらさらと涼し気に、鳶色の裁っ着け袴、革で蔽った手甲に黒足袋草鞋掛の扮装が、軽々とした歩みによく似合った。

くりくりした人なつこい目には、若い好奇心と瑞々しい精気を湛えている。

指の長い大きな手にもち竿をたずさえ、両刀ではなく黒鞘の小さ刀一本のみを差した様は武士に違いなかったが、若衆に武士らしい猛々しさはない。

急な団子坂を下っていく先に、千駄木の百姓家が茅葺屋根をつらね、藍染川が流れている。藍染川に架かる木橋を渡ると谷中村で、集落を抜け、寂しいだらだら坂の三崎坂の上に、感応寺の堂宇が高い樹林に囲われて見えていた。

団子坂を下った若衆は、集落を抜け藍染川の木橋の袂までくると、木橋を渡らず、千駄木から北の豊島郡の田地の土手道へ変えた。

まだ春の午前の日射しが、田植が始まる前の野面に降りそそぎ、肥しを含んだ肥えた黒い土がやわらかく匂っていた。

遠くの田んぼに村人の姿が、ちらほらと見え、藍染川の水草の間で小鴨が鳴き、土手の木々でも小鳥がさえずっていた。

若衆が土手道をいくと、六、七人の村の子供らが、小楢の木の下でもち竿を持つ男の子を囲んで、みな息をつめて木を見あげていた。男の子は楢の枝に止まったほおじろをもち竿で狙っていた。

若衆は子供らから少し離れた手前で歩みを止め、枝のほうじろへもち竿を近づけていく男の子の首尾を見守った。男の子の手が震え、もち竿の先がゆれていた。

男の子の懸命な様子に、若衆はつい頰笑んだ。静かに、自分の気配を消し、鳥が飛びたつ先を読むのだ。

まだ、もう少し、と思ったとき、男の子は我慢しきれずもち竿を突きあげ、ほおじろはちっちっと鳴いて、やすやすと飛びたった。

子供らのため息と落胆の声が、土手の木々の間を風のように流れた。子供らは逃げたほおじろを目で追い、わいわいと言い合った。

「惜しかったな。もち竿を刺すときが少し早すぎた。もう少し我慢して静かに近づいて刺せば、捕れたかもな」

若衆は子供らの輪に近づき、声をかけた。

「だって、もち竿が勝手にゆれるから、仕方がなかったんだ。ほおじろがおらを見て笑ったんだぜ。だから、こいつって刺したんだけどさ。上手くいかねえ」

「はは。ほおじろが笑ったか。じゃあ、仕方がないな」

若衆が笑うと、周りの子供らも賑やかに笑った。

「おじさん、これなあに？」

童女が若衆のもち竿を指差した。

「それと同じもち竿だ。小鳥を捕る道具だよ。小鳥を捕るのがわたしの仕事なのだ」

「じゃあ、おじさんは鳥刺なのかい」

別の男の子が言った。

「似ているが、鳥刺ではない。千駄木の御鷹部屋を知っているかい」

「知ってる。将軍さまの鷹を沢山飼ってる御屋敷でしょう。将軍さまは御鷹狩りが大好きなんだって、お父っつあんが言ってた」

もうひとりの、少し年上の童女が言った。

「わたしは、御鷹部屋の鷹の餌にする小鳥を捕る餌差だ」

「餌に？　おじさんの捕った小鳥が、御鷹部屋の鷹に食べられちゃうの」

「そうだ」

「可哀想……」

「可哀想だな。けれど、鷹の餌にする以上は捕らない。捕った小鳥は神様のお恵みだから、感謝の心は忘れない」

「おじさんのもち竿はおらのより長くて、捕りやすそうだ。捕って見せてくれよ」

もち竿の男の子が言った。

「見せて見せて……」

子供らの澄んだ目が、若衆を見あげている。

「そうか。よし。これを持っていてくれるかい」

若衆は、初めの童女にもち竿を預け、

「そのもち竿を貸しておくれ」

と、男の子のだいぶ短いもち竿を手にした。

「おらのもち竿は短いやつだから、使いにくいかもしれないぜ。いいのかい」

男の子が、ませた物言いを寄こした。

「もち竿が長くても短くても、使い手が道具に合わせてどう扱うかだ。いいかい」

若衆は、楢の木の下へそっと歩みを進めた。

さっきのほおじろが、いつの間にか同じ枝に止まり、若葉の間から射す木漏れ日を心地よさそうに浴びている。若衆は枝の下の少し手前で歩みを止めた。穏やかな春の気配に呼気を合わせた。おのれ自身を木漏れ日の中に消した。

目を凝らして見守っていた子供らは、もち竿が静かにするすると、乱れもためらいもなく、枝に止まるほおじろへ延びていくのを見た。

ほおじろはもち竿に気づかないのか、のどかに木漏れ日を浴びている。

あっ。

子供らが声を呑んだ瞬間、ほおじろが素早く飛びたった先にもち竿が差し出され、まるで差し出されたもち竿に向かっていくかのように、ほおじろは絡めとられた。

ほおじろは慌てて羽ばたきを繰りかえした。

わあっ、と子供らの歓声が解き放たれた。

若衆はほおじろをもち竿からはずし、「持っていけ」と男の子に向けた。

「いらねえ。こいつを持って帰っても飼えねえし」

「では、これはわたしがいただくぞ」

「うん。鷹に食わしてやんな。それより、おじさんの長い竿で、おれにもやらせてくれよ。今度は上手く捕って見せるぜ」

「いいとも。やってごらん」

若衆はほおじろを腰にさげた袋に入れた。ほおじろは狭い袋の中で羽ばたくのをすぐに止め、戸惑っているかのように動かなくなった。

男の子は若衆のもち竿を手にし、木々を見あげつつ土手道を忍び足で進み、ほかの子供らも、鳥の鳴き声に誘われて男の子にそろそろとついていく。

若衆は子供らの後ろに従い、やはり木々の鳥を探して木漏れ日を浴びた。

白樫（しらかし）の枝につぐみが止まって、とき折り、くいっ、くいっ、と声をたてた。その声にこたえているのか、白樫の木陰のどこかでも鳴き声が聞こえた。

男の子はつぐみを見つけ、動かなくなった。つぐみに気づかれぬよう、用心しいしい、そうっともち竿を延ばし始めた。

周りの子供らも、枝のつぐみを声を殺して見あげている。

そのとき若衆は、土手道をくる四人の侍に気づいた。

侍らは野羽織野袴に両刀を帯びて、袋に入れた得物らしき物を提げていた。草履（ぞうり）をだらだらと鳴らし、豊島郡のどこかへ所用で出かけ、江戸の屋敷への戻りという風情だった。おのれらの話に夢中で、道端の子供らは眼中になかった。

もち竿の男の子は、枝のつぐみを見つめ、凝（じ）っと動かない。

そこへ通りかかった四人は、すぐに白樫の下の子供らと若衆に気づいたが、声高な話は止めず、足音も抑えなかった。

「馬鹿を申すな。おぬしらも同じだろう」

と、ひとりが頓着なしに喚いた途端、枝のつぐみが声に驚いて飛びたった。

「ああ、くそ。うるせえんだ」

男の子はつぐみを目で追い、残念そうに言った。

「なんだと、童」

いきなりひとりが男の子へ見かえり、ごつん、と拳を小さな頭に見舞った。

「痛えっ」

男の子は頭を抱えて坐りこんだ。

周りの子供らは悲鳴をあげて、田んぼや土手道を散りぢりに逃げ出した。

「よせよせ。童相手にむきになるな」

仲間が侍をなだめた。

若衆は男の子のそばへしゃがんで、声をかけた。

「どうだ。立てるか」

男の子は顔をしかめ、抱えた頭を小さく動かした。そして、

「痛えよ。ちきしょう」

と、悔しそうにべそをかいていた。

「泣くな。これをやる。わたしはおまえのもち竿をもらう。交換だ。持っていけ」

若衆は男の子が落としたもち竿を拾い、手ににぎらせた。散りぢりに逃げ出した子供らが、遠巻きに見守っていた。

四人は大した事でもなさそうに、いきかけていた。

「待て。子供に謝れ」

若衆は痩身をすっと起こし、四人へ言った。

四人は止められたことが意外そうに、若衆へふりかえった。

裁っ着けに小さ刀を腰に帯び、玩具のようなもち竿を手にした若衆が、これでも武士なのか、それともどこぞの屋敷に奉公する中間か、と訝った。

「なんだと。誰だ、おまえ」

男の子に拳を見舞った侍が、眉をひそめて言った。若衆など、端から相手にする気がない素ぶりを露わに見せつけた。

「子供に謝れ。幼い子供に無体を働き、それで平気なのか」

「下郎。何もわからぬのに口を出すな。怪我をするぞ。大人だろうが子供だろうが、武士に無礼を働いた者は、斬り捨てられても仕方あるまい。それを拳骨ひとつで許してやったのだ。ありがたく思え」

「遊びに夢中の幼い子供の言葉が無礼だと。おまえ、頭の中は子供並みか」

「なんだと。若蔵、ほざいたな。痛い目に遭わぬとわからぬか」

侍が若衆へ踏み出し、たちまち間をつめた。背は若衆より低かったが、肩幅のある分厚い身体つきだった。

「下郎っ」

と、提げていた袋の得物を両手でつかみ、刀の鐺を突き入れるように若衆の顔面を突いた。ひとつ食らわしてやれば、怖気づくだろうと高を括っていた。

ところが、若衆は素早く踏みこみ、侍の両腕の間から長い腕を突きあげた。侍は掌に顎を突きあげられ、首を真後ろに折って仰け反り、仰のけに転倒した。

仰のけになって空いた喉を、若衆が踏みつけた。

侍は獣がうめくような奇声を発し、喉を押さえて土手道をごろごろと転がった。

「ああ、新兵衛。おのれっ」

残りの三人は、血相を変えて若衆へ襲いかかった。

すかさず、若衆はすばしこく横へ飛んで三人を躱し様、もち竿を鞭のようにひゅんひゅんとうならせ、ひとりの目を潰した。

「あいたたた。め、目が……」

目を蔽ってひとりの動きが止まり、残り二人が怒りに任せ打ちかかってくるのを、若衆は後ろへ後ろへと後退しながら、堤道の川べりへと追いつめられていく。

追いつめられた若衆は、もはやこれまで、とくるりと身を転じ藍染川へ身を投じたかに見えた次の瞬間、長身痩軀が四肢を広げ高々と飛翔し、川幅九尺の川面を軽々と飛び越え、対岸の堤道にふわりと着地した。

打ちかかったひとりは、「おっと」と踏み止まったが、もうひとりは飛ぶのをためらい、ずるずると堤を滑り落ちて水中へ転落する始末だった。

「拙い。鉄砲が濡れる。手を、貸してくれ。手を……」

「蔵之介、鉄砲を濡らすな」

川に落ちたひとりを、もうひとりが慌てて引きあげた。

対岸の若衆は、四人を眺めながら、平然と堤道を歩み始めた。

拳を喰らった男の子はもち竿を持って逃げ去り、遠巻きの子供らと一緒になって、事の顚末を見守っている。

喉を踏みつけられ転がっていた侍が上体を起こし、喉の痛みに顔をしかめつつ、堤道に坐りこんだ恰好のまま、袋の鉄砲をとり出し、火薬と玉を籠め始めた。

「新兵衛、やめろ。ここでそれは拙いぞ」

仲間が新兵衛を止めるのを、かすれ声で、

「離せ」

と、ふり払い装塡を止めなかった。

「そうか。鉄砲だったか。袋に入れた得物が妙だとは思っていた。御府内のこの土地で鉄砲を放つなら、切腹も覚悟のうえだな。喉を潰さぬよう手加減した。余計なことだったなら、好きに使って命を散らすといい」

若衆は言って、ゆうゆうと堤道を歩んでいく。

「もういい。新兵衛、これ以上事を荒だてるな。本途に改易になるぞ。われらもおぬしと同罪になる。源五、立て。蔵之介、いくぞ」

坐りこんで火薬と玉を装塡している新兵衛の腕をとって立たせながら、周りの二人を急かせた。

かまわず、新兵衛は鉄砲を若衆に向け、引鉄を絞った。

火皿に落ちた火縄に火はついておらず、かち、と空しい音をたてた。

編笠の若衆の痩身は、明るくのどかな日の下をゆうゆうといき、とうに小さくなるまで遠ざかっていた。

「くそ……」

新兵衛が嗄(しやが)れ声を吐き捨てた。

第一章　問わず語り

一

元文三年（一七三八）の春も、また果敢なくすぎていく。

先だって亡くなった雑司ヶ谷村本能寺の住持日彦が、弦巻川に架かる小さな木橋を越え、大塚村の畑の間をゆくひと筋の野道に、薄紅色の桜花を満開に咲かせた孤木を見あげたのは、十日ほど前である。

それは、まことにうららかな春の昼下がりだった。

菜畑や根菜の畑が、いく枚も重なる彼方に茅葺屋根を寄せ合う集落や、青葉が鮮やかに色づいた林や鎮守の杜、地平近くはわずかに霞を帯びながらも雲ひとつない空を背に、ただ一本の山桜が、四方へ広げた枝に、まるでたわわに生った薄赤い実のような桜花を咲かせていた。

日彦は、長く病床に臥せっていたが、その昼下がり、寺の境内でさえずるひよどりと心地よげな日溜まりに誘われ、身の廻りの世話と看病に雇い入れた下男に言った。

「気分がよいので、久しぶりに歩いてみたい。供を頼む」

白衣と渋柿色の袖なし、丸めた頭に焙烙頭巾、杖を手にして山門を出た。

参詣客の賑わう鬼子母神を後ろに、土塀の囲う雑司ヶ谷組御鷹部屋御用屋敷の茅葺屋根と板屋根が望める野道をいき、弦巻川の先、大塚村のほうへ、日彦はゆるやかな歩みを運んでいった。

とき折り、彼方の林間で騒ぐ鳥影に目を奪われつつ、野道をゆくとぼとぼとした足どりに、何処へ、という目あてはなかった。誘われるまま、足の向くままに歩んでいった野道の果てに、一本の山桜が満開の花を咲かせていた。

ただそれだけだったが、日彦は山桜の下で動かなくなった。

皮と骨ばかりの両掌を杖に預けてすがり、凝っと孤木を見あげた。

薄紅色の花びらが、降りそそぐ昼下がりの日射しに洗われ、きらきらとした白い輝きを日彦の周りにまき散らしていた。

それは老いた日彦が、見事な花盛りに魅せられうっとりと眺めているようにも、そ

うではなく、おのれを失い現世と来世の間を彷徨っているようにも見えた。やがて、

「嗚呼……」

とかすかな声をもらし、杖にすがる病に衰えた老体が、微弱に震え始めた。

「住持さま、どうなされました。お加減はいかがでございますか」

供の下男が気にかけ、手を差し延べた。

うん？とわれにかえった日彦は、血の気の失せた肌が透き通ったような相貌を下男に向けた。

「どうかしたか」

「いえ。お疲れではと、思いましたもので」

「疲れはせん。こんなに心地よいのは久しぶりだ」

日彦は笑みすら浮かべ、また山桜をつくづくと見あげた。そうして、誰に言うともなしに独り言ちた。

「こんなに大きくなっていたとは。十七年か。季が廻ったのだな」

「十七年、でございますか」

下男は訊きかえした。

「この木が花を咲かせているのを見たのは、初めてだ」

「住持さまは、これほど見事な桜の木を、ご存じではなかったのでございますか。本能寺からさほど遠くではございませんのに……」

下男はこの土地の者ではなかった。江戸市中の請人宿の周旋で、病に臥せった日彦の看病と身の廻りの世話役に、去年の九月に雇い入れられた中年の男だった。

日彦は桜花を見あげて言った。

「花のころに、ここを通りかかったことはなかった。たまたまだ。そういうこともある。前に見たときは、これほど見事に花を咲かせるとは、これほど大きな木になるとは、思わなかった。人は愚かだ。一本の桜にもおよばぬ」

「十七年前、この桜の木がどうかいたしましたか」

下男は訊ねたが、それ以上は語らなかった。これでよいという素ぶりを見せ、野道をまたとぼとぼと戻っていった。

それから四、五日ほどがたって、日彦はもう起きることは叶わず、死の床についていた。

ある日の夕刻、日彦は境内に射す夕日が紅色に染めた僧房の腰付障子を、床の中から眺めつつ、これがわが定めであったかと観念したかのごとく、

「十七年前、あの桜の木の下に、一体の亡骸が埋められた」

と、物憂げに、問わず語りに言い始めた。

「はい？」

看病の下男は、先だっての大塚村の山桜のこととは思わず、聞きかえした。

「直助という十二歳の子供だった。八歳のとき、寺の下男に雇い入れた。いずれは修行を積んで僧になるか、あるいは当人が望むなら、どこかの武家と養子縁組を結び、侍奉公の道も考えてやれぬでもなかった。同じころ、十八歳と十七歳の二人の所化がこの寺で修行をしておった。知念と本好と言うてな。二人が直助を手にかけ、亡骸を大塚村まで運んで、あの桜の木の下に埋めたのだ」

「ええっ」

下男はおどろいたが、すぐに先だっての満開の山桜を思い出し、桜の木の下に亡骸を埋めた十七年も前の話など、真に受けなかった。住持は重い病に煩わされ、錯乱しているのではないかとぐらいにしか思わなかった。

「住持さま、お身体に障ります。お休みになられては」

「血迷うて言うのではない。聞きたくなくば聞かずともよい。黙ってそこにおれ」

日彦はつらそうに眉間の皺をいっそう深くし、なおも問わず語りに続けた。

十七年前、享保六年六月の夜だった。

所化の知念と本好の二人が、直助の手癖の悪さ、日ごろの盗み癖を咎(とが)めた。咎めるだけでは済まなかった。知念と本好のひどい暴行を受け、直助はぐったりと倒れ動かなくなった。

二人が暴行を止めたのは、直助が絶命していることに気づいてからだった。

えらいことになったと慄(おのの)いた二人は、直助が盗み癖を咎められて寺から逃げ出したと見せかけようと相談し、直助の亡骸を米俵に隠し、夜陰にまぎれて大塚村まで運び、畑の隅に埋めた。

だが、直助の亡骸はすぐに発見された。埋めた穴が浅く、村の飼い犬が臭(にお)いを嗅(か)ぎつけ、畑の隅を掘りかえしたからだった。

そこは、道端に枝葉を広げる山桜の木の下でもあった。

亡骸が雑司ヶ谷村本能寺の下男の直助と知れ、本能寺より月番の寺社奉行へ届けが出された。また、亡骸の見つかった場所が寺内ではなく大塚村の畑だったため、江戸町奉行所の調べも入った。

のみならず、火付盗賊改(ひつけとうぞくあらため)も乗り出した。

と言うのも、直助は牛込(うしごめ)の鉄砲百人組之頭(かしら)配下、根来組(ねごろぐみ)与力(よりき)の二男だった。

家督を継ぐ望みのない部屋住みで一生を送るよりは、当人の行末を考慮し、表向きは下男ながら、実情は住持日彦の身の廻りの世話をする寺小姓に出されていた。

火付盗賊改は、根来組与力の倅(せがれ)に関心を示した。

検視により、直助の亡骸は首に縄が巻かれて締められ、肋(あばら)は折れ、凄(すさ)まじい暴行を受けた無残なあり様(さま)だったと明らかになった。ほどなく、知念と本好の所化二人が直助殺害の下手人と判明し、小伝馬町(こでんまちょう)牢屋敷の揚(あが)り屋(や)に入牢(じゅろう)となった。

享保六年閏(うるう)七月、評定所(ひょうじょうしょ)において町奉行、勘定奉行、寺社奉行三手掛(さんてがかり)のお裁きが開かれたが、下されたお裁きは意外にも、知念、本好はお構(かま)いなしであった。また、住持日彦にもお咎めはなかった。

知念、本好の所化二人は、下男直助の盗み癖を咎めたことが原因とは言え、咎めの言葉のみならず、折檻(せっかん)の末に、殺害にまで及んだ罪は軽からず。一方、日彦は本能寺の住持でありながら、所化らのいきすぎた折檻を看過(かんか)し、下男直助殺害にいたった顛末(てんまつ)は不届きの誹(そし)りを免れず。

にもかかわらず、お構いなしになったのは、根来組与力の直助の父親より、下手人(げしゅにん)御免(ごめん)の願いが評定所に差し出されたからだった。

死の床に横たわる日彦は、弱々しく吐息をつき、なじるように続けた。

「違う。あれは真実(まこと)ではない。罪のない少年の命を殺(あや)めて、あのお裁きは、お構いなしは間違っている。われらは……」

腰付障子を染めた夕焼けの紅色を見つめていた日彦は、瞼（まぶた）を皺だらけにして、ぎゅっと目を閉じ、

「……獄門になっていても、いや、獄門にこそ処せられるべきであった」

と、絶え絶えに言った。

「御仏（みほとけ）に仕える身でありながら、わたしは御仏の教えをないがしろにし、偽りの果てに生き存（なが）らえた。御仏は真実をご存じだ。嗚呼、なんと罪深い。なんと恐ろしい」

下男は苦しげにおのれを責める日彦を少々気の毒に思い、つい口を挟んだ。

「われらと申されましても、住持さまは所化らと下男の諍（いさか）いを、ご存じではなかったのではございませんか」

すると、日彦はぱっちりと目を見開き、僧房の空虚（くうきょ）を見据（みす）えた。

「所化らのふる舞いに気づかなかったと、偽りを言った。けれど、われらはみな知っていた。あれは折檻でも盗みの咎めでもない。あれは口封じだった。口封じに直助を亡き者にした。あのとき本途は何があったのか、直助は何ゆえ殺されたのか、それを知っている者は、知念と本好とわたし以外にもいた。あのときは、ああするしかないと、みな思った。みなで示し合わせてあのようにし、あのように言った。嗚呼。なん

と哀れな。あれから十七年の季がすぎた。病を得て、わたしは逝かねばならない。わたしは地獄の業火に焼かれる身だ。みなとはいずれ、地獄で顔を合わす定めだ。先かあとか、違いはそれだけだ」

日彦は消え入りそうな小声で繰りかえした。

「口封じに直助を亡き者にしたとは、なんの口封じでございますか」

なおも訊くと、日彦は物憂げに沈黙した。下男は日彦が疲れて、もう話を止めるのだろうと思った。日彦は紅色に染まった腰付障子へ身体を向け、横たわっている。下男は日彦を労わって、かけ布団をそっと直した。

と、日彦は言った。

「直助は、見てはならぬものを見、知ってはならぬことを知ったのだ」

下男は首をひねった。

「なんぞ、住持さまと所化のお二方の隠し事を、直助があばいたので」

「知念と本好を、手なずけた者がいた。だが、それを許したわたしの所為だ。直助の一件があって、二人が寺を出てからは一度も会ったことはない。あの者らのことは、もう顔も覚えておらぬ。ほかの者もそうだ。顔も、声も、ふる舞いも、みなぼうっとして、陽炎のようにおぼつかぬ。だがいずれ、みなとは地獄で顔を合わす定めだ」

「住持さま、ほかの者らとは、住持さまと所化のお二方のほかにも、隠し事にかかり合いのあるどなたかが、いらっしゃったのでございますか」

「その者らは……」

と、言いかけた言葉は途ぎれた。

折りしも、腰付障子を染めていた夕日の鮮やかな紅色はいつしか色褪せ、僧房は薄暗がりに包まれていた。

下男は、住持さま、と静かに呼びかけ、日彦の寝顔をのぞきこんだ。

途端、あっ、と声が出た。日彦の呼気が止まっていた。

「大変です大変です。住持さまが」

下男は声をあげて庫裏へ走った。

本能寺の住持・日彦が息を引きとったのは、翌日の夜明け前だった。

下男の八吉郎は、日彦の葬儀が済むと本能寺の下男奉公の暇を出され、麴町の請人宿へ戻った。食扶持のために、次の勤め先を探さねばならなかった。

八吉郎は、本能寺の住持が死の前日の夕方、問わず語りに話した直助殺しの一件が気にはなっていた。

日彦と二人の所化、所化を手なずけたらしい誰かと、ほかにも何人かがからんでいそうな、口封じに十二歳だった直助を亡き者にした。

その話が実事なら、とんでもない事件に違いなかった。

このまま放っておいていいものか、それともお奉行所に、と考えなくはなかった。

しかし、もう十七年も前の本途にあったかどうかすら怪しく、本途にあったとしてもすでに落着し忘れ去られているに違いない古い事件を、自分のような下賤な者が斯く斯く云々でと訴え出たところで、相手にされるはずがなかった。

それどころか、人伝に聞いたというだけの証拠もない事件を軽々しく口にするふる舞いは怪しからんと、お叱りすら受けかねなかった。

気にはなって、酒亭で一杯やった折り、顔見知りに、「先だってまで勤めていた本能寺の住持が亡くなってよ。その住持が臨終の間際に……」と、多少の尾鰭をつけて云々と話して聞かせたぐらいで、そのうちに話したことすら忘れた。

そんな晩春三月のある日、麴町の八吉郎の裏店に、見知らぬ侍が訪ねてきた。

侍は肩幅が広く、分厚い胸板を反らした短軀に渋茶の羽織と黒紺地と鼠縞の袴を着け、長すぎるぐらいの両刀を帯び、てかてかと禿げた大きな頭に小さな飾りに見える白い髷を載せていた。

六十代の半ばすぎか、あるいは七十代にも見える老齢の侍だった。

「ごめん」

老侍は短い足を大きく踏み出し、九尺二間の粗末な店の土間へ入り、四畳半のひと間で繕い物をしていた八吉郎へ、丁寧な辞儀を寄こした。

「それがしは、寺社奉行大岡越前守さま家臣にて、岡野雄次郎左衛門と申す。こちらは八吉郎どのの店とうかがいお訪ねいたした。卒爾ながら八吉郎どのでござるか」

「ええっ。へ、へい。八吉郎でございやす。大岡越前守さまと言やあ、南町の名御奉行さまの大岡越前守さまで……」

「さよう。一昨年まで南町奉行をお勤めになり、それがしも御奉行さま配下の内与力として、数寄屋橋の南町奉行所に勤めておりました。大岡さまはただ今、寺社奉行にお就きになられておる。本日は八吉郎どのに、少々お訊ねいたしたい事柄がござってな。八吉郎どの、お邪魔いたすが、よろしゅうござるか」

「そ、そりゃあもう、こんなところでよろしけりゃあ、ど、どうぞ」

八吉郎は、慌てて繕い物の継ぎ接ぎだらけの半纏を部屋の隅へやり、手で畳を払って、上着の身頃などを直して居ずまいを正した。

「では遠慮なく」

雄次郎左衛門は腰の大刀をはずし、黄ばんだ古畳をみしみしと鳴らしてあがり、八吉郎と対座した。安普請の床が、雄次郎左衛門の膝の下で、苦しそうにたわんだ。

「生憎、茶をきらしておりやして、朝沸かした白湯の残りしか、ご、ございやせん。そ、それでよろしゅうございやすか」

茶などおいてはいないが、体裁に言った。

「白湯でござるか。春は風が乾いておるゆえ、喉が渇いてからからする。冷たい水を飲んで腹を下すと、年寄はこたえる。白湯をいただこう」

雄次郎左衛門は、ぱっちりと見開いた目に愛嬌のある笑みを浮かべた。

八吉郎はそわそわした仕種で、竈にかけた薬缶の朝沸かしてもう温くなった白湯を茶碗にそそぎ、それでも小盆に載せて雄次郎左衛門に差し出した。

「どうぞ。碗もちゃんと洗っておりやすんで」

八吉郎は痩せた両肩の間に首をすくめた。

「かたじけない。いただきます」

雄次郎左衛門は温い白湯を一服し、盆に戻した。

「と申しても、御用のお訊ねではないゆえ、硬くならんでもらいたい。あくまで、大岡さまのご一存のお訊ねなのだ。まずはこれを……」

雄次郎左衛門は、懐より小さな紙包みを摘まんで、八吉郎の膝の前においた。

八吉郎は、「えっ」とかえって意外そうに雄次郎左衛門と紙包みを見比べた。そして、手を出しかねて膝の上でもじもじと揉み合わせた。

「八吉郎どのは、去年の秋からこの春まで、雑司ヶ谷村の本能寺にて、下男働きに雇われておられたのだな」

「へい。下男働きではございやすが、ご住持の日彦さまが病に臥せっておられ、日彦さまの看病と身の廻りの世話が、あっしの仕事でございやした」

「ふむ。この春に日彦さまが亡くなられ、今は本能寺の勤めは終えたと」

「次の奉公先を、探しておりやす」

「じつは、ある筋から噂を聞いたのでござる。遠い昔、すなわち十七年前の享保六年、本能寺にて人殺しがあった。本能寺の寺小姓だった十二歳の少年が殺された。その一件の子細を、亡くなる前の日彦さまから八吉郎どのが聞いた、という噂でござる。それは真でござるか」

「日彦さまからお聞きしたのは、間違いございやせん。ただ、あれは日彦さまがお亡くなりになる前日の夕暮れどきでございやした。あのとき、日彦さまはもう起きることも叶わず、床の中で凝っとして独り言のように呟かれ、お側にいたあっしが、その独り言を聞いた、それだけでございやす。何しろ、遠い昔のことでございやすので、日彦さまが気を確かに持って話されたことなのかどうか、その一件が本途にあったことなのかどうか、あっしは何も知らねえんでございやす」

「日彦さまは、殺された寺小姓の名を、直助と言われたのか」

「直助と、その名は確かに言われやした。牛込の鉄砲百人組の根来組の二男で、二男じゃあ家を継ぐ見こみはねえから、肩身の狭い思いをして部屋住みで一生を送るより、のちのち出家して仏門に入るとか、どっかの養子縁組先が見つかるとか、ちょっとでも望みのあるほうがよかろうと、お寺奉公に出された子だったとも言っておられやした。ただし、表向きには寺小姓ではなく、下男奉公だったようでございやす」

「表向きは下男奉公だったか。まあ、それはよい。八吉郎どの、日彦さまから聞いた直助殺しの一件を、それがしに聞かせてもらいたい。覚えている限り、なるべく詳しく頼む。もっとも、面白おかしくするために、日彦さまが言うてもおらぬのに、無理矢理尾鰭をつけ足す必要はござらんぞ」

「へ、へえ。承知いたしやした」

言いながら、八吉郎はふと、そうか、と気づいた。

十七年前の直助殺しは、寺社奉行と南町奉行、のみならず火付盗賊改の調べも入ったと、日彦さまは言っておられた。十七年前の南町奉行所の御奉行さまは、大岡越前守さまだ。てえことは、御奉行さまの大岡越前守さまも、日彦さまが、

「違う。あれは真実ではない……」

と、言われた直助殺しの真実を、ご存じじゃあなかった。

これが本途なら、御奉行さまの大岡越前守さまの面目が施せねえし、放っておけねえから、岡野雄次郎左衛門さまがここまで話を聞きにきたってわけか。なるほどね。そういうことなら、

「じゃ、こいつは遠慮なくいただきやす」

と、八吉郎は膝の前の紙包みを摘まんで、上着の袖にさり気なく放りこんだ。そして言った。

「ありゃあ、半月ほど前の、陽気のいい春の昼下がりでございやした。長い間床についておられた日彦さまが、気分がいいので久しぶりに歩いてみたいと仰って、あっしがお供をいたしやした。日彦さまは、雑司ヶ谷村から大塚村へと向かわれ、大塚村の畑の間をゆく野道にただ一本、満開の桜花を咲かせていた山桜の木の下に佇み、凝っと見あげて、何かお考えでございやした。あのとき……」

二

「ぼんさま、おおい、ぼんさま……」

千駄木村の田んぼ道に長い足を大股で颯爽と運んでゆく古風十一へ、動坂下の平助が手をふって寄こした。

十一はくりくりした人なつっこい目を、田んぼ越しの平助に向け、藍染川の堤道で交換した男の子の玩具のようなもち竿をかざし、

「どうした、平助」

と、無邪気にひゅんひゅんとふって見せた。

十一の黒革の手甲を巻いた腕には、青灰色の羽をすぼめた隼が止まっている。

「旦那さまがお呼びでえす。外桜田の殿さまの、御用だそうでえす」

平助が田んぼ越しに言った。

「承知した。斑を御鷹部屋に戻してすぐにいくと、父上に伝えてくれ」

「畏まりました。旦那さまにお伝えいたしまあす」

平助は踵をかえし、動坂の木々の間に消えた。

「斑、大岡さまの御用のようだな」

十一は、腕に止まった斑に話しかけた。

斑は凝っと動かず、周囲へ鋭い眼光を放っている。

頬を黒斑のひと筋が隈どり、締まった胴体の下面は横斑に彩られている。

隼は獲物に狙いを定めると、獲物のはるか上空より凄まじい速さで急降下し、獲物に体あたりした一瞬、両足の爪をたて引き裂き致命傷を与え、獲物が落下したところに降下して止めを刺すのである。

十一の腕に止まる隼は、親鳥とはぐれた雛鳥を見つけ、このまま死なせてしまうのは可哀想に思い、十一が育てた。雛鳥から人が育てたのでは攻撃心が乏しく、獲物に合わせるのが遅くなるゆえ、放鷹には使えぬと鷹匠らは言った。

だが、十一は、雛鳥を見捨てなかった。

「同じでなくともよい、ゆっくり成鳥になれ」

十一は雛鳥に言った。胴体の下面の黄色い横斑を見て、斑と名づけた。

鷹匠頭支配下に、雑司ヶ谷組と千駄木組にそれぞれ組頭がおかれ、各組の鷹匠衆十六名と見習六名を支配している。

雑司ヶ谷と千駄木に、御鷹部屋と御鷹匠屋敷がある。

御鷹部屋は鷹や隼を収容する部屋の御用地であり、御鷹匠屋敷は鷹匠組頭と鷹匠衆、その家族や使用人らの居住区である。

千駄木組鷹匠組頭の古風昇太左衛門は、元文三年、七十七歳になった。長男はもう五十をいく才か超えた歳にもかかわらず、未だ家督を譲らず、矍鑠として鷹匠組頭を務めていた。

「五十代など未熟者。鷹匠の技量は六十の坂を越えて、やっと円熟して参る。倅はまだ若すぎる。それからだ」

昇太左衛門は言ってはばからず、組頭を長男に譲る気はまだなかった。鷹狩り好きの将軍吉宗は、そういう昇太左衛門の気性を面白がり、

「好きにさせてやれ」

と、放っている。

昇太左衛門とその妻には、男女合わせて十一人の子がいた。十一は父親の昇太左衛門が五十五歳、母親の秀は四十八歳のときに、思いがけず生まれた末子であった。母親の秀は、医師より懐妊を告げられたとき、

「あら」

と呆気にとられ、いつの、としばらく考えこんだらしい。

昇太左衛門と秀夫婦の十一番目の子で、その子の兄たちや姉たちの中には、すでに所帯を持ち、子もできていた。

めでたいと、周囲も夫婦も喜んで、昇太左衛門は末子を十一と名づけた。昇太左衛門は、よき名だ、と周囲には言ったが、じつは名を考えるのが面倒ゆえ、十一番目の子を十一と名づけた、とも聞こえている。

十一は、鷹匠になるものとして千駄木組御鷹匠屋敷で健やかに育ち、その業（わざ）を身につけた。千駄木の野に鷹を追ってどこまでも駆けるのは、少しも苦ではなかった。馬とともに駆けることもできる抜群の身体も、天より授かっていた。

山谷に悠然と、しかも優美に飛翔し、そして苛烈（かれつ）に羽ばたく鷹が好きであった。にもかかわらず、十一は鷹匠にはならなかった。自分でもなぜかはわからない。ただ鷹匠は性に合わなかった。それだけである。

十一は鷹匠組頭古風昇太左衛門の郎党であり、御鷹部屋の餌差であった。何もせずに父親の郎党に甘んじているのは肩身が狭かった。せめてもと思い、餌差を始めた。

一昨年の冬、中野（なかの）筋の将軍御狩場である拳場（こぶしば）で、組頭の昇太左衛門に、斑を上様にお見せするのだと命じられ、鷹匠の装束を身にまとい、斑を腕に据え、初めて拳場の鷹匠を務めた。

放鷹が始まり、拳場の空に放った斑を追って野を駆けていたとき、上様を中心にした騎馬集団の最後尾を駆ける葦毛に、十一は徒で並びかけた。葦毛に跨っていたのは、その八月、江戸南町奉行から寺社奉行に転出した大岡越前守さまであった。

大岡さまは、馬と並んで徒で駆ける十一を見て目を瞠った。

大空に逃れた雉鳩を、斑が急降下の一撃で仕留め落下したあと、十一の腕に平然と降りた斑を見て、馬上の大岡さまは言った。

「凄まじい一撃だった。見事な調教だ。上様の隼か」

「まだ若鳥です。上様がお望み遊ばされれば、献上いたします」

十一はこたえた。

「徒にて馬にも負けず駆けるとは凄いな」

「千駄木の野に鷹を追って育ちました。鷹を追って走るのは、苦ではありません」

「鷹匠にしては若いが、千駄木組か」

「わたくしは鷹匠ではありません。父の郎党にて、餌差を務めております」

「餌差？　鳥刺だな。その形は鷹匠に見えるが。父とは……」

「父は千駄木組鷹匠組頭・古風昇太左衛門にて、わたくしは十一と申します」

それが、大岡さまのお目にかかり、お声をかけられた始まりであった。朝日の降る冬の原野においての、ほんのわずかなときであった。

あのとき、十一は大岡さまに言った。

「わたくしは山谷に羽ばたく鷹が好きです。ですが、御鷹匠屋敷の鷹匠は性に合いません。いずれは、餌差ではなく鳥刺を生業にしてもよいかと、考えています」

すると、大岡さまは言った。

「鷹匠が性に合わぬのに、鳥刺なら性に合うのか」

「鳥刺のゆく森や林や野山の細道が、わたくしのゆく定めの道なら、その道をゆくつもりです。どのような道であっても、見るもの聞くもの出会うものが、わたくしの心を楽しませてくれます。それがわたくしには楽しいと、子供のころ追っていた千駄木の野を飛ぶ鷹に教わりました」

「人の道を鷹に教わったか。面白い男だ。わたしは大岡忠相と申す。よいものを見せてもらった。礼を言う。縁があればまた会おう」

年が明けた元文二年、十一はなんの働きもせぬまま、大岡さまより十人扶持の捨扶持をいただく身となった。去年、拳場にてよいもの見せてもらった礼というのが、その捨扶持の理由だった。

そうして、元文三年春、十人扶持が二十人扶持に加増された。

十一は庭側の板縁に着座し、障子戸ごしに声をかけた。

「父上、十一です」

「うむ。待っていた。入れ」

張りのある太い声がかえされた。

障子戸を引き、昇太左衛門の居室に躙り入った。

居室は十畳ほどの広さで、部屋の一角に囲炉裏がきってある。昇太左衛門は囲炉裏の横に文机を並べ、手紙を書いていた。

「暖かいので、閉めなくともよい」

昇太左衛門は言った。

昼の日射しの下、庭の欅の高木がまぶしいほどの新緑に彩られている。

昇太左衛門は筆を硯箱に戻し、十一にそこへ坐れと畳を指した。

外は十分暖かかったが、囲炉裏には炭火が入っていて、白くなっていた。五徳に鉄瓶がかけてあり、急須と碗もあった。

昇太左衛門は、文机から十一へ膝を向けた。地肌が見えるほど薄くなっても、今なお白髪(しらが)を総髪にして髷を結っている。

昇太左衛門の顔つきや身体つきに、昔ほど威圧を感じなくなったのはいつごろだったか、十一は覚えていない。気がついたら、父親が恐くなくなっていた。昇太左衛門の歳の所為だろうし、十一自身もそれなりの年齢になったからだろう。

昇太左衛門は、対座した十一をつくづくと見つめ、うっすらと笑った。そして、

「まだ湯は温かい。茶を飲むか」

と、頬をゆるめたまま言った。

「いえ。お気遣(きづか)いなく。大岡さまから知らせがあったのですか」

「岡野雄次郎左衛門どのの使いの者が、昼前にきた。今夕、大岡さまが夕餉(ゆうげ)を供にと仰(おお)せゆえ、外桜田のお屋敷に参るようにとだ。承りましたと、返事をしておいた。それでよいな」

「はい。ではそのように」

「おまえが戻る前、よい鴨が手に入った。大岡さまに召しあがっていただくよう、身を捌(さば)いておいた。持っていくがよい。今、岡野雄次郎左衛門どのに、その旨(むね)の手紙を認(したた)めていたところだ」

「大岡さまがきっとお喜びです。ありがとうございます。父上の用件は、そのことな

のですか」

「まあ、そうなのだが……」

昇太左衛門は何か言いたそうな間をおき、庭へ目をやった。欅の葉影で小鳥がさえずっている。

「ふとな、思ったのだ。大岡さまは、何ゆえおまえに扶持を下されているのか、おまえにどのような働きを求め、あるいは命じておられるのか、とな。わずかな捨扶持とは言え、去年は十人扶持。それが今年から二十人扶持になった。おまえが大岡さまのお指図を受け、何やら御用を務めておることは知っておるが、いかなる御用かは知らん。おまえは何も話さぬし、わたしも訊ねる気はない。だが、訊ねる気がないから気にならぬ、どうでもよい、というのではないのだぞ。おまえはわたしの倅だし、わが古風家の郎党だ」

「大岡さまが家臣でもないわたくしに、捨扶持を下されている理由をあえて申せば、例えば、踊り手が勝手気ままに踊る様をご覧になって、面白いと、大岡さまも勝手気ままにお気に召された、よって、そのまま勝手気ままに踊り続けよと、扶持を下された。そういうことではないでしょうか」

「ふむ？　勝手気ままにか。そんなことでよいのか。よくわからんが」

昇太左衛門は、薄くなった総髪のほつれ毛を指先でかきあげた。

「勝手気まま、というのはわたくし自身について申しております。わたくしは父上にとって不肖の倅ですが、勝手気ままを、おのれの憧れ、成しとげたい夢、あるいは信念、勇気、あるいは芸、才、とそれらの言葉に言い換えれば、わかりやすいのでは。決して、自惚れて申すのではありませんぞ。ただ、一昨年の中野筋の拳場で大岡さまに初めてお目にかかった折り、大岡さまはわたくしの勝手気ままな希を面白いと申されました。有益無益損得を秤にかけず、それはよい、それは面白いと思われるのは、人それぞれです。父上もそう思われませんか」

「面白ければそれでよいのか。ますますわからん」

「はは。父上は役たたずの不肖の倅を、好きにさせてくださっているではありませんか。ありがたいことです」

「そのうちに、きっと役にたつだろうと、思っておるからだ」

「役にたたなかったら」

「役たたずだったらか。そのときは、物好きもほどほどにして、これでおのれの始末をつけよと申すだろうな」

と、昇太左衛門は戯れて腹切りの仕種をした。

「まあよい。一合とっても武士は武士だ。おまえも武士の端くれ。大岡さまの御用を縮尻らぬよう、心して務めることだ」

「肝に銘じます」

いきかけたところで、十一は坐りなおした。

「今朝、藍染川の堤道を田端のほうへいく途中、四人連れの侍衆と諍いになりました。斬り合いをしたのではありません。ささいなもめ事ほどでしたが、成りゆきで相手方をだいぶ怒らせました」

十一は、藍染川の堤道で、通りかかりの四人の侍衆と争いになった経緯を話した。

「四人とも袋に容れた得物をたずさえており、ひとりがとり出した得物が鉄砲だったので、御先手の鉄砲組かもしれません。わたくしに狙いを定めて引鉄を引きました。火縄はついておりませんので、脅しとわかってはおりました。わたくしはその場を離れ、四人も追ってはこず、それだけなのです。ただ、御先手組が鉄砲をそのように扱うのは、ずい分乱暴な気がいたしました」

「それは厄介だな。御先手鉄砲組のほかに、鉄砲百人組もおる。御先手も百人組も、徳川の軍勢の最精鋭と自認しており、それを自分らこそが武士の中の武士、と鼻にかけ、中身も備わっておらぬのに、いたずらに武威を誇る者も少なくない。武威を誇るというのも、ひとつ間違えば乱暴狼藉になりかねん。もめ事は大したことはなさそうだが、ああいう手合いとは、なるべくなら相手にならぬほうが無難だ」

「以後、気をつけます。それにしても、あの四人は鉄砲をたずさえてどこへいっていたのでしょう。身形からして、役目の御用には見えませんでした」

「稽古の鉄砲場はあっても、稽古場だけの稽古では、上達が遅い。鷹の訓練も、夜据え、昼出し、初鳥飼い、野仕こみと、順次外に慣れさせ野鳥を捕るように調教する。御府内で鉄砲を放つのは御禁制ゆえ、その四人も荒川か川向こうの人寂しい野に出かけ、鉄砲場ではできぬ鉄砲の野稽古をしておったのかもな。噂だが、的を決めて撃ち合い、何発命中したかで賭けをしているとも、聞こえておる。その賭けのために、わざわざ野稽古に出かけておるとかな。子供の言葉に腹をたてて、いきなり拳骨を喰らわしたのも、その者は、賭けに負けて機嫌が悪かったのではないか。何しろ御先手組や百人組には、気の荒い者らが多いのでな」

十一は、昼の日射しを浴びて眩しいほどに青々とした欅の若葉を眺め、確かに、気は荒そうだった、と思った。土手道の十一に狙いを定め、引鉄を絞ったあの男の、怒りを露わにした顔を思い出した。

「それから、身形を整え、月代もちゃんと剃っていくのだぞ」

昇太左衛門は父親の顔になって言った。

三

その日、評定所一座三奉行が役宅において開く内寄合の会合が、数寄屋橋内の南町奉行所内寄合座敷において行われた。

この年、南町奉行は松波筑後守正春（まつなみちくごのかみまさはる）である。

松波正春は、元文元年の金貨銀貨御吹替（おふきかえ）（改鋳）の折り、大岡忠相と激しく対立した十人の巨大両替商のために様々な裏工作を廻（めぐ）らした勘定奉行であった。大岡忠相が南町奉行から寺社奉行へ転出したあと、南町奉行に就いた。

巨大両替商との対立で、両替商と結んだ勘定奉行ら幕府内反対派は、大岡を異例の寺社奉行栄転という手段で幕政から遠ざけた。

巨大両替商らは大岡を封じこめ、あんな財政のことなど何もわからぬ者が偉そうに、と万々歳であった。

大岡忠相は敗れた。

だが、勝敗は兵火の常、百戦百勝とはいかぬ。最善をつくし、悔いはない、とそんなわけがない。悔いだらけである。

まあよい、と大岡は思っている。

あれから早や一年と八ヵ月余がすぎ、大岡は六十二歳の春を迎えている。

内寄合は、南町奉行の松波正春と北町奉行の稲生正武の二名、大岡忠相を始めとする四名の寺社奉行の大名、公事方の勘定奉行二名によって審議が行われる。

ただし、寺社奉行四名は一万石以上の大名が就く役職である。家禄五千九百二十石の大岡忠相は、足高に四千八十石を加増され、大名格になった旗本にすぎない。

すなわちこれが、反対派のとった異例の手段であった。

内寄合は滞りなく終り、忠相を乗せた御駕籠の行列が数寄屋橋御門内の南町奉行所を出たのは、午後の八ツ半すぎであった。

行列は、広大な大名屋敷の白い漆喰を塗りこめた土塀が長々とつらなる大通りをいき、日比谷御門を出て御濠端を桜田御門のほうへとって、毛利家上屋敷と上杉家上屋敷の土塀が両側に続く小路を外桜田へと折れた。

大岡邸は、その小路と外桜田の往来の辻に長屋門を構えている。

寺社奉行に就き、旗本ではあっても大名格となって、大名格の体裁は整えなければならず、新規召し抱えの家臣も増えた。

行列は物頭が先導する。「殿さまのお戻り」と、物頭の声とともに御駕籠が長屋門をくぐり、邸内は一気に慌ただしさに包まれる。

番方や役方の表向きの家臣は増えたが、邸内での暮らし向きは五千九百二十石どりの旗本のころと、大きな違いはない。家臣らに迎えられ表玄関から奥向きへ通って、若党の小右衛門が、南町奉行所暮らしのときと変わらず、主を出迎えた。

「旦那さま、お戻りなさいませ」

若党の小右衛門も、忠相が寺社奉行に就いてからの役職は、中小姓席ということになっている。刀を預け、

「十一はきたか」

と、廊下に上背のある痩身を運びつつ聞いた。

「先ほどお見えです。居室のほうへお通ししております。雄次郎左衛門どのがお話し相手をなさっておられます」

「そうか。着替えを済ませ、奥へ声をかけてからいく。伝えておくように」

「畏まりました。十一どのより、今朝獲れた鴨を三羽いただきました。すでに身をさばいてあり、ぷりぷりとよく肥えた鴨です」

「ほう。それは美味そうだ。みなにも分けてやれ」

「はい。そのように」

奥、すなわち忠相の奥方は、忠相が十歳のとき、三河以来の名門の旗本・大岡一門の大岡忠真の養子となって忠真の娘と婚約した。その忠真の娘がのちに忠相の妻となった《お方さま》である。

女子二人と男子ひとりを儲け、いずれ忠相のあとを継ぐ男子の忠宜は、徳川家ご嫡子・家重さま小姓役に就き、従五位下紀伊守を叙任している。

裃の正装を琥珀の袷と竜紋の帯、紺紫の羽織に着替え、奥へ顔を出した。しかし、居室で待つ十一と雄次郎左衛門が気になって、

「相変わらず、落ち着きませんこと」

と、奥方に軽く嫌みを言われながらも、機嫌うかがいを早々にきりあげた。

忠相の居室は、寝間から次之間、溜之間を隔てた南向きの八畳で、庭の二基の石灯籠、土塀際の山吹の灌木や欅の高木が、腰付障子を引き開けた先に眺められた。この庭の欅も、西日に照らされた若葉が金色に輝き、ひっひっ、ひっひっ、と小鳥のさえずりも木陰に聞こえる。

その庭を片側に見て、十一は手をついて忠相に辞儀をした。

「岡野さまより知らせをいただき、参上いたしました」

「十一、待たせたな。手をあげよ」

十一は手をあげ、才槌頭の下のぱっちりと見開いた目を耀かせた。

忠相は、つい笑みを浮かべた。

雄次郎左衛門は、忠相と十一が対座する片側に、庭へ向いて分厚い短軀を石の座像のように据えている。

「膳の支度をさせている。今宵(こよい)は、ゆっくりしていけ。よく肥えた鴨を、持ってきてくれたそうだな。今宵の膳にも添えよう。ありがとう。楽しみだな、雄次郎」

「まことに。この歳で脂っこいのは肚(はら)にもたれるのですが、鴨と聞くと、老いの身にもたるる肚やあぶらにく、でございます」

あはは……

と、忠相と雄次郎左衛門が愉快そうに笑った。

「今朝、獲れたばかりの鴨です。丁度(ちょうど)よい機会だからお屋敷で召しあがっていただくようにと、父が持たせてくれました」

「昇太左衛門どのは、変わらずのようだな。正月の年賀に見えられて、もう三月の半ばをすぎた。歳をとると、日のすぎていくのが早い。やれやれくたびれたと思わぬ日はないのに、昇太左衛門どのは、七十七歳でなお鷹匠衆を率いて鷹匠頭を務めておら

れるのだから、畏れ入る。きっと、獲れたての鴨の脂肉をしっかり食っておれば、あ
あなるのだろう。雄次郎、われらも見倣わねばな」

「いかにもでござる。昇太左衛門どのを見倣って、肚のもたれごときに尻ごみしているわけには参りません」

忠相と雄次郎左衛門は、またのどかな笑い声を明るい庭へまいた。

この岡野雄次郎左衛門は、三河以来の大岡家に仕えてきた旧臣の一族である。

忠相が御書院番から始まって、様々な役目を歴任するそばに必ずつき従い、南町奉行に就いていたおよそ二十年、数寄屋橋御門内の南町奉行所に忠相とともに居住し、内与力の目安方を勤めてきた。

歳は忠相より五つ上の、元文三年の年が明けて六十七歳になった。

一昨年、忠相が寺社奉行に転出したのを機に、岡野家の家督を倅の新五に譲り、今は新五が大岡家の番方として奉公している。長屋住まいではなく、邸内の一角に普請した一戸に、倅の家族とともに暮らしている。

雄次郎左衛門は、用人、留守居、などの重役や側近ではないが、忠相の表向きではない内々の用を命じられる腹心の家臣であり、今もそうである。よって、倅に家督は譲っても、雄次郎左衛門に隠居は許していない。

やがて、忠相は話を変えた。

「ところで、十一、雑司ヶ谷組の御鷹屋敷にいったことはあるか」

「ございます。父の遣いで組頭の沖山さまに手紙を届けたことや、鷹匠衆の寄合が雑司ヶ谷の御鷹屋敷で開かれた折り、兄らとともに寄合に出たこともあります」

「千駄木組から雑司ヶ谷組へは、どこを通る」

「どこを通ると申しますと……」

「駒込村から巣鴨、大塚をへて雑司ヶ谷へといくのか」

「用があって雑司ヶ谷の鷹匠屋敷にいくときは、そのように。餌差の獲物を求めて雑司ヶ谷村から井之頭上水のほうまでいくことも、よくあります」

「あのあたりの土地は、だいたいわかるのだな」

はい、と十一は首肯した。

「巣鴨から雑司ヶ谷へ向かって大塚村をいき、弦巻川へいたる野道に、一本の山桜が春に花を咲かせる。その山桜を存じておるか」

「存じております。大塚村の菜畑の間をゆく道端に、見事な山桜が春に花を咲かせます。あの辺りでは、よく知られております」

「十七年前はそれほどでもなかったと、聞いている。十七年前の享保六年の夏だ。その山桜の下の、菜畑の片隅に埋められた男子の亡骸が見つかった。亡骸は肋が折れるほどの暴行を受け、首に巻きつけた縄と締めた痕が残っていた。暴行の末、首を縄で締められ、絶命した。殺されたのは亡骸が見つかった前夜で、少年ゆえ形が小さく、膝を折り曲げて抱えた恰好で米俵に隠し、大塚村の菜畑まで運んで埋めたのだ。気づかれないように明かりも持たず、夜陰にまぎれての仕業だった。だが、暗いために穴が浅く、翌日、村の犬が異臭を嗅ぎつけ簡単に掘りかえし、呆気なく露顕した。享保六年は、十一が六歳のときだ。むろん、その一件は知るまいな」

「存じませんでした」

十一は首をかしげて言った。

「亡骸は、雑司ヶ谷村の本能寺の下男で、近在の住人にも顔が知られていた直助という十二歳の子供だった。本能寺の事件ゆえ、月番の寺社奉行支配の調べになるが、亡骸の見つかった場所が寺内ではなかったので、町方も探索にあたった。それから、火付盗賊改も調べていたようだ。何ゆえ火盗が調べたのかは、あとで言う。ともかく、直助殺しの下手人は、すぐに発覚した。知念と本好という、本能寺で修行中の所化の仕業だった。十八歳と十七歳で、身体つきはもう子供ではない。大人も同然の若衆だ。若衆二人を相手に、十二歳の子供が素手では相手にならなかったであろう。肋が折れるほどのひどい暴行を受けたうえに、縄で首を絞められとどめまで刺された。まことに痛ましい事件だった」

片側の雄次郎左衛門が、低くうなった。そこへ、

「旦那さま、茶と菓子をお持ちいたしました」

と、庭側の板縁に着座した小右衛門の影が、腰付障子に映った。

「ふむ。よいぞ」

忠相は語調を変えた。

板縁の腰付障子は両開きのままで、入り日前の春の庭はまだ十分に明るい。小鳥のさえずりも聞こえている。

小右衛門が折敷（おしき）を両手に抱え、居室に入ってきた。それぞれの前に、茶托（ちゃたく）の碗と干菓子を盛った黒漆（くろうるし）の小皿を並べていく。干菓子は落雁（らくがん）である。

「小右衛門、障子を閉めてくれ。これから少しこみ入った話になる」

「膳が整いましたら、お知らせいたしますか」

「急ぎはせぬが、それは知らせてくれ。日が落ちたら明かりを頼む」

「畏まりました」

と、小右衛門が障子戸を閉じ、板縁を退（さが）っていった。

忠相は煎茶を一服し、かり、と落雁をかじった。噛みくだいた落雁が、さり気ない甘味とともに口の中で溶けた。

「この菓子のほどほどの甘味が、わたしの好みに合う。大して甘くはないが、甘くないわけではない。大して美味くないが、美味くないというのでもない。このほどほどのところがよい。これまでのわたしに似ている。町奉行であったわたしの評判に、わるくもなし、沙汰ほどにない物、飛驒がからくりと大岡越前守、というのがあった。あれは言い得ておった。確かに、失態も多かった」

忠相はまた、かり、と鳴らした。

すると、雄次郎左衛門が同じく落雁をかじって言った。

「傍からはほどほどにしか見えずとも、傍からではなくまっすぐ向き合わねばならぬ当人は、懸命に足掻いております。水面にのどかに浮かぶ水鳥が、水の中では懸命に足を掻いておるようにです。ほどほどの、というのは、ほどほどにしか為すべきことを為さなかった、というのではございません」

「そうかもな。しかし、どのように足掻いておっても、傍からはほどほどにしか見えぬのであれば、いたし方あるまい」

「ほどほどにしか見えぬのは、おのれの見たいものしか見ない、おのれの見たいようにしか見ないからでござる。見えぬものを見るのは心でござる。心無き者はおのれの見たいものだけを見て、それがありのままのすべてだと思う。それがありのままのすべてではないと、知っておる者もおります。この落雁を作るのに、どれほど多くの人の手が、働きがかかわっておることかと、気づいておる者もおります」

と、雄次郎左衛門はかじり残しの落雁を、口の中でぼそぼそとくだいた。

忠相は苦笑して、十一に言った。

「話を戻そう」

十一は、雄次郎左衛門を横目に見て、はい、と頷(うなず)いた。

「所化の知念と本好は、直助殺害の廉(かど)でお縄となって、牢屋敷の揚り屋(あがりや)に入牢と相なった。寺社奉行支配の殺害事件ゆえ、町方も火盗も寺社奉行に任せ、当然手を引いた。所化らが入牢ののちひと月余がたった閏七月、辰ノ口(たつのくち)の評定所にて三手掛の評定が開かれた。事情は早々に明らかになっていた。知念と本好が、本能寺において直助を殺害した経緯はこうだ。事件のあった当夜、直助が住持の日彦の手文庫から盗みを働き、その場を偶々(たまたま)見つけた本好が、同じ所化の知念に、どうしたらいいものかと相談した。というのも、直助には盗み癖があって、知念と本好は、直助が日彦の手文庫から小遣い銭ほどの盗みを働いているのを、前から薄々(うすうす)気づいていた。直助は下男として本能寺に住みこんでいながら、じつは日彦の寵愛を受ける寺小姓だった。つまり、日彦は直助の盗み癖を知っていても、見逃がしているのかも知れなかった。だとしても、盗んでいるその場を見ていながら、仏に仕える修行の身の自分らが見なかったことにするわけにはいかない。自分らで直助を咎めるしかない、と相談して、直助を境内の土蔵に連れこんだ」

その夜、住持と寺僧は落合村の檀家の法事に出かけており、寺には知念と本好、直助、それに寺男の次平しかいなかった。次平は宵のうちには自分の小屋に引っこんでいて、境内の土蔵の三人にまったく気づかなかった。

知念と本好は、直助に言った。

おまえが住持さまの手文庫から、金子をくすねているところを見た。おまえが前から盗みを働いているのは知っていた。盗んだ金を手文庫に戻し、心から悔いて、以後身を改めると約束するなら、このことは住持さまに伏せておく。

次にまた盗みを働いたら許さぬぞ、二度とするな、と厳しく叱りつけた。

ところが、直助は住持さまの金子をくすねたことを知念と本好に咎められても、悪びれた色や悔いる様子を見せなかった。

それどころか、住持の寵愛を受けていることを鼻にかけ、所化ごときが妙な言いがかりをつけたら、おまえらの日ごろの怠慢や悪行を住持さまに言いつけると、知念と本好を逆に脅したほどだった。

実際、知念と本好は托鉢の修行に出かけるふりをして、新宿の茶屋で茶汲女と戯れた覚えがあった。年端のいかぬ直助に逆にそれを言いかえされ、思いあたるところのある二人はかっとなった。われを忘れ、殴る蹴るの暴行を浴びせた。

十七、八歳の知念と本好を相手に、十二歳の直助はひとたまりもなかった。肋が折れ、顔面は潰れ、悲鳴をあげる間もなく土間に倒れて、びくともしなくなった。

知念と本好は、直助が土蔵の暗い屋根裏を白目を剝いて見あげているのを見て、とんでもないことになったと気づいた。

咄嗟に、直助の亡骸を隠し、住持の金を盗んだ行為をわれらに咎められ、寺を逃げ出し姿を消したことにしようと、どちらからともなく言い出した。

もうとりかえしはつかず、そうするしかないと思い定めた二人は、念のため、縄を直助の首に巻きつけて絞め、止めを刺した。そして、空の米俵に直助の身体を隠し、明かりもつけず、寺からなるべく遠く離れたところへ夜陰にまぎれて運び埋めた。

それで隠し通すつもりだった。

しかし翌日、大塚村の飼い犬が、葉を繋らせている山桜の下の、菜畑の一隅を掘りかえし、そこに埋めた直助の亡骸は呆気なく見つかった。亡骸が雑司ヶ谷村本能寺の下男の直助とすぐにわかり、月番の寺社奉行の調べが入った。また、亡骸の出た場所が大塚村だったため、同じく月番の南町奉行所の調べも入った。さらに、火付盗賊改までが探索に乗り出した。

知念と本好が、到底、隠し通せるものではないと観念し、直助殺害の子細を白状したのはその日の夕刻だった。

四

忠相は続けた。

「評定の三手掛は、寺社奉行が四名、公事方勘定奉行が二名、それに南北町奉行の二名が出座して開かれる。むろん、南町奉行であったわたしも、本能寺の知念と本好の評定に出座したのは覚えておる。殺害されたのが十二歳の少年であり、下手人が所化とは言え仏門に入った修行僧のため、江戸市中でも、一時、いろいろとり沙汰された一件だった。すなわち、未だ十二歳の少年が、いかなる事情があったにせよ、激しい暴行の挙句に絞め殺され、野に埋められた顚末はあまりにもむごい、と直助に同情を寄せる一方、手癖の悪い少年を年上の所化らが咎めるのはもっともだし、少年は住持の寵愛が深い寺小姓ゆえつけあがって、修行中の未熟な所化らを怒らせ、自ら惨劇を招いたと言えなくもないと、そういう声もあった。町奉行所の目安箱にも、両方の訴えが届いておった。

「さようでした。もう十七年も前のことながら、それがしもよく覚えております。目安箱では、所化らに厳しいお裁きをという訴えもあり、少年のふる舞いにも少年らしさを欠いた科がある、所化らには寛大なお裁きを、という訴えもございました。それと、何よりも本能寺の住持の日彦に、日ごろ不届きな行いがあったゆえ、日彦こそ咎められるべきだと、そういう訴えもございました。ただし、市中の関心はそう長くは続きませんでした。みなすぐに忘れました」

「三手掛というても、三奉行が評定に出座するのは、初回の審理と結審したお裁きを申しわたすときのみだ。勘定方から出役する評定所留役が、三奉行に代わって実際の吟味を行い、審理を主導する。よって、いかなる裁きになるかは留役が裁断し、このようにと奉行に伝える。知念と本好の裁きは、寺社奉行が申しわたす。両名は、下男の直助の手癖の悪さを咎めたことが原因であったとしても、命まで殺めた罪は軽からず。また住持の日彦も、住持としての取締不行届きを咎められてもいたし方なしと思われた。だが、お裁きは、知念と本好、住持の日彦ともに、お構いなしであった。十七年前のあの裁きについては、留役より吟味の子細を伝えられていた。あのときのわが日記を見かえしても、《知念本好両名、並びに住持日彦お構いなし》とあって、わたし自身の感想などはなかった。思うことがあればそれを記しているはずだから、何も記していないのは、わたしも両名のお構いなしは、妥当な裁きと思っていたのだろう」

「それがしは、評定所より奉行所に戻られた旦那さまが、お構いなしか、と訝しげに呟かれたのを覚えておりますぞ」

雄次郎左衛門がまた言った。

「雄次郎は今だからそう言うが、わたしは覚えておらん」

「今だから言うのではございません。旦那さまがそのように言われたので、おうそうなのか、といささか不審に思ったゆえ、今なお覚えているのでござる。年寄は今朝のことは忘れても、遠い昔のことははっきりと覚えておるものなのです」

「わかった。まあ、それはよい」

忠相は破顔を十一へ戻した。

「享保六年の古い日記を読みかえしあらためて、あの折りの事情を思い出した。享保五年、六年、七年は、三年続いて米の高値になって、江戸町民の暮らしを圧迫し、不平不満が高まっていた。米の高値は諸色の高騰を引き起こし、町民のみならず、少禄(しょうろく)の武家の暮らしも圧迫した。米の高値をどう抑えるか、町奉行所はその対応に苦慮していた。だが、江戸への米の搬入を急激に増やして、米の値を低く抑えるほどいいというのでもない。低く抑えすぎれば、米を禄にする武家の暮らしが圧迫を受けることになる。適宜(てきぎ)なころ合いに安定させるのが政(まつりごと)だとわかってはいても、名案が見つかるわけではない」

「さようでした。旦那さまは江戸の諸色の抑制に手をつくされた。長くお側に仕えてきたそれがしは、よく存じております。しかしながら、あのころは米の値の乱高下で、旦那さまの評判も上がったり下がったりでございました」

「上がったり下がったりは、あのころだけではない。南町奉行に就いていた二十年、ずっとそうだった」

「名奉行さまと、評判の高い旦那さまだからこそ、名奉行さまをそしっておれば、米の値は下がらずとも溜飲(りゅういん)は下がるのでございましょうな。あはは……」

　忠相は小さく噴いたばかりで、十一に言った。

「つまり、直助殺しの裁きを、さほど気にかけなかった。所化らのお構いなしを間違いとは、十七年前は思わなかった。米の値を抑える手だてばかりを考えていたからかもな。ともかく、直助殺しはそれで一件落着だった」

「お裁きがお構いなしになったのは、なぜなのですか」

十一は訊いた。

「直助の父親から、《下手人御免》の願いが評定所に差し出された。審理を主導していた留役の説明によれば、直助の父親は、若い所化二人が十二歳の倅の盗みを咎め、ついむきになって手が出てしまうのは、若い者にありがちなことで、不慮の災難に遭ったと諦めるしかない、所化を罰しても倅は戻ってこないと、そのような理由だったそうだ。所化は十七、八の若い衆だ。二人がかりで、十二歳のまだ少年の顔を潰し、助を折るほどの暴行を働き、縄で首を絞めて止めを刺した。それがついむきになってやりすぎてしまう若い者にありがちなことか、不慮の災難に遭ったと諦めるしかないことか。今にして思えば妙だ。そこまでやるのかと、思わずにはいられぬ。だが、あのときは三奉行ともそれで納得した」

「直助の父親は、倅を殺され、悔しくはなかったのでしょうか。怒りを覚えなかったのでしょうか。所化らを許したのでしょうか」

「先ほど申したな。大塚村の畑で直助の亡骸が見つかり、寺社奉行と町奉行所の調べが入って、のみならず、火付盗賊改も探索に乗り出したと」

十一は首肯した。

「直助の父親は、一色伴四郎と言う鉄砲百人組の与力だ。鉄砲を使う根来組で、組屋敷は牛込の念仏坂にある。直助は一色家の二男で、伴四郎が三十代の半ばに生まれた子だ。歳の離れた兄と姉がおり、おそらく兄は今、伴四郎の番代わりをして根来組の与力に就いているにちがいない。姉もすでに嫁いでおるだろうが、確かではない。伴四郎は存命しておる。わたしや雄次郎と同じ六十代だ。鉄砲百人組与力は二百俵高ゆえ、二男の直助があとを継ぐ見こみはないし、部屋住みとして暮らし、養子縁組先が見つかるのはむずかしくとも、侍のまま生きる手だては考えられなくはなかった」

雄次郎左衛門が、ふむ、とうなった。

「そうはならず、直助が本能寺の下男、実情は住持日彦の寺小姓に出されたのは、八歳のときだった。どうやら母親が直助を忌み嫌ったらしい。というのも、直助は、伴四郎が新宿の色茶屋の茶屋女と馴染みになって、茶屋女が産んだ男子だ。伴四郎はその子を引きとり、直助と名づけたが、お内儀は茶屋女の産んだ男子が伴四郎の子かどうか怪しい、仮令、伴四郎の子だったとしても、茶屋女の産んだ子は根来組与力の家には相応しくない、顔を見るのも嫌だとだ。評定所留役の調べで、八歳の直助は父親の伴四郎に手を引かれ、本能寺へ大人しく連れていかれたことがわかっている。幼い子供心にも、自分が母親に疎まれていることに気づいていたのかもな」

「そのとき、父親の伴四郎という方は、倅の直助を邪魔に思い捨てたのでしょうか。それとも、牛込の組屋敷で母親に嫌われて、つらい思いをこれ以上させるよりはと、考えたのでしょうか」

十一がまた訊いた。

「何が言いたい」

「倅の直助を、そのとき捨てたのか捨てたのではないかによって、倅を殺した所化の下手人御免の願いを差し出した本意が違ってくるのではと、そんな気がしたのです」

「そうか。そういう考えもできますな」

雄次郎左衛門が、節くれだった指の皺だらけの手で膝を打った。

「伴四郎は、十二歳になった直助が無残に殺害されたと知らされ、御先手鉄砲組の知り合いの与力に訴えた。それが火盗の頭に伝えられ、火盗も探索に乗り出した。伴四郎の倅を思う無念が、そうさせた。伴四郎は、直助を邪魔に思っていなかった。そう考えられなくもない」

「ですが旦那さま。十七年前、下手人御免の願いが直助の父親より出されたと聞き、これは異なと、思ったことを覚えております。わたしが父親なら、いかなる事情があったとしても、倅を殺した者に厳しいお裁きが下されなければ、怒り心頭に発するでしょう。況(いわん)や、父親が下手人御免の願いなど、あり得ません」

忠相は唇を一文字に引き締めた。

「十一、おぬしを呼んだわけは、まだ話しておらん。これからだ。雄次郎、このあとはおぬしが話してくれ」

「御意」

雄次郎左衛門は、太い首を折った。

「もう、十日余り前だ。雑司ヶ谷村本能寺の住持日彦が、病を得て身罷(みまか)った。まだ六十前の歳だったようだ。その数ヵ月前から、床について養生を続ける日々だった。医師は、少しでも精をつけ養生するしかないと、言っていたらしい。この話は、その日彦の身の周りの世話と看病のために雇い入れられ、日彦の最後のときまでそばにいた八吉郎という下男から聞いたのだ」

と、そこへ庭側の腰付障子に小右衛門ともうひとりの影が差した。

「旦那さま、明かりをお持ちいたしました」

二人の影が縁廊下に着座し、小右衛門が言った。腰付障子が引かれ、小右衛門と、背は高いがまだ前髪を残した痩身の若衆が二灯の行灯を運び入れた。

庭の土塀の上には、夕空がまだ日の名残りの十分な青みを湛えて広がっていた。けれど、木陰でさえずっていた小鳥の声はいつしか消え、居室にもほんの微弱な宵の陰翳が忍び寄っていた。

小右衛門と若衆が運び入れた角行灯が、宵の陰翳を行灯の明るみで払った。

「ほどなく膳が整いますので、お運びいたします」

小右衛門が言い、前髪の若衆が碗や干菓子の小皿を折敷に載せ、二人が消えたあと、広い邸内に寂とした空虚が流れた。

腰付障子は、暮れなずむ夕方の青灰色に染まっていた。

やおら、雄次郎左衛門は続けた。

「日彦は亡くなる四、五日前ののどかに晴れた昼下がり、病が小康を得たらしく、少し歩いてみたいと八吉郎に言った。医師からは、もう当人の望み通りにさせてよいと聞かされており、八吉郎は日彦につき添って寺を出た。足下は覚束ず、寺の近所の野道を、あてなどなく散策するのだろうと、それぐらいに思っていた。ところが、日彦は、雑司ヶ谷村から弦巻川の板橋を越えて、大塚村の野道の道端に桜花を咲かせている山桜の立木の下まで、杖にすがってのろのろと歩んでいった。山桜は周りに枝を広げ、野道にも道沿いの菜畑にも、ちらほらと薄紅色の花びらを舞い散らしていた。十一も存じておるな。あの辺りではよく知られている山桜だ。十七年前、その山桜の下の、菜畑の隅っこに直助の亡骸が埋められた。日彦は自らの死を目前にして、その山桜の下に佇み、桜花を凝っと見あげていた。そのときはそれだけだった。直助殺しの事件など知るわけもない八吉郎は、日彦が美しい山桜の花をこの世の見納めにしたかったのだろうと、それぐらいにしか思わなかった。それから数日のちの夕方、もう起きることは叶わず死の床についた日彦が八吉郎に、十七年前、大塚村の山桜の下に直助の亡骸が埋められた事件にまつわる、おそらくはその当事者しか知らぬであろう窃事を打ち明けた」

十一は黙然と頷いた。

「八吉郎は日彦の容態を気遣って、それまでにとどめても、日彦は話をやめなかった。八吉郎に言わせれば、最期を迎える今こそ言い残しておかなければならぬ、というような様子だったそうだ。十七年前の、所化の知念と本好の直助殺しの顚末は、今、旦那さまが話され、十一も知っての通りなのだが、あれは違う、あれは真実ではない、と日彦は八吉郎に言った。われらは獄門に処せられるべきであった。御仏に仕える身でありながら、御仏の教えをないがしろにし、偽りの果てに生き存えたと。日彦はさらに、あれは折檻でも喧嘩(けんか)でもない、あのときは、ああするしかないとみな思い、みなで示し合わせて、口封じに直助を亡き者にしたとも言った」

「口封じ……」

十一は思わず訊きかえした。

「八吉郎が聞かされた口封じとは、どうやら直助は、見てはならぬものを見、知ってはならぬことを知ったらしい。それゆえ直助は、口封じに始末された。あのとき本途は何があったのか、直助は何ゆえ殺されたのか、それを知っている者は、知念と本好と自分以外にもいた。直助殺しがあって、寺を出た知念と本好とは、それから一度も会ったことはない。知念と本好だけではない。ほかの者らともそうだ。あの者らのことは、もう顔も声も、ふる舞いも、みなぼうっとして、陽炎のように覚束ない。自分は先に逝くが、みなとはいずれ地獄で顔を合わす定めだと。先かあとか、違いはそれだけだと」

雄次郎左衛門は、太く低い声をいっそう低くした。

「当然、ほかの者らとは、と八吉郎は日彦に訊ねた。しかし、日彦はその者らは、と言いかけ、そこで言葉が途ぎれたのだ。力がつき意識を失って、翌日の未明に息を引きとった」

十一はしばし考え、忠相へ向いた。

忠相は十一に頰笑みかけ、穏やかに言った。

「十一、直助殺しの一件、調べなおせるか」

「承知いたしました」

十一の澄んだ目が、忠相の頰笑みにこたえた。

「雄次郎……」

と、忠相が雄次郎左衛門へ目配せを送った。

雄次郎左衛門は、それでは、というふうに十一へ膝を向け、羽織の下の懐より、一通の折封をとり出し、十一の膝の前においた。

「旦那さまはただ今は寺社奉行さまゆえ、雑司ヶ谷の本能寺で起こった直助殺しは、支配外の事件ではない。あのときは明らかでなかった新たな証言があって、月番でなくとも寺社奉行さまが調べなおすのは、出すぎた真似ではない。むしろ然るべきことだ。とは申せ、何分にも十七年前、すでに落着している一件の再調べとなると、快く思わぬ方々もおるかもしれぬ。調べの途中、十一が余計な障りやらもめ事に巻きこまれぬよう、臨時の大岡家寺社役助に任ずることになった。厄介な事態になったならば、寺社奉行大岡越前守さまの御用を務める者だと明らかにしてよい。この調べで評定所に苦情が持ちこまれたなら、旦那さまがすべて対処なさるが、念のために、この封書に旦那さまの書付が入っておるので、持っていくがよい」

「ご配慮、ありがとうございます」

「直助殺しの裁きが下された評定の場に、わたしは三奉行の南町奉行として出座していた。評定所の審理を主導し結審に導くのは、実状において留役であったとしても、それをよしとしたわれら三奉行が、裁きが誤っていたなら、責任を免れるわけではない。十七年の季がすぎても、誤りは誤りだ。誤りであった、誤りであったかもしれぬと、それを知った限りは、とっくにすぎて終ったことだと、蓋をすることはできぬ。水に流すことはできぬ。若い者にとって、十七年ははるかに遠い、古びた季の彼方だが、年寄にはひと夜の夢のごとくでしかない。今さら詮ないことを、年寄の愚痴は迷惑だと謗られるのは覚悟のうえだ。わたしは三奉行のひとりとして、評定の場に出座した責任がある。十七年前、わたしは事実を裁いたのか、それとも操りの木偶であったのか、今になってそれを問われた。ならば、確かめるしかあるまい。裁きに間違いがあったならば、遠くすぎたことであろうと、裁きはまだ終ってはいない。年寄の見たひと夜の果敢ない夢だったと、終らすわけにはいかぬのだ」

「必ず」

と、ただひと言、十一は言った。

そのとき、暮れなずむ夕方の青灰色に染まった腰付障子に、小右衛門と前髪の若衆の影が差した。夕餉の膳が運ばれてきて、温かく香ばしい汁の匂いに、味噌で煮たてた鴨の肉の、甘辛い匂いがまじっていた。

五

本町一丁目の会席御料理《常盤や》の、間仕切を払った広い座敷に、北町奉行の稲生正武、南町奉行の松波正春が、それぞれ内与力二名、ないし一名を従え、夕刻より開かれた酒宴の銘々膳についていた。

その南北両町奉行一行を招いた酒宴の供応役は、江戸の巨大両替商の海保半兵衛である。稲生正武と松波正春は、座敷の上座に並び、本町界隈では評判の町芸者が両奉行の左右にいて、嫣然と酌をしている。

稲生は濃紫に絞り模様の羽織を着け、松波は露芝文をあしらった縹色の羽織で、江戸町奉行の日ごろの厳めしさは影をひそめていた。

両町奉行の内与力らは、奉行所勤めの継裃を焦げ茶や納戸色の地味な羽織に変え、それぞれの奉行の下座に膳を並べ、間仕切をとり払った下座の座敷では、三人の芸者衆が、金屏風を背景に三味線と太鼓に合わせてきらびやかに舞っていた。

贅沢にたて廻した蠟燭たての火が、座敷中を昼間のように明るく照らしていた。

通り側の格子窓に隙なく閉てた明障子に、酒宴が始まったときはまだ残っていた夕刻の青みはすでに消えている。

この会席御料理《常盤や》が店を構える本町一丁目には、徳川幕府の金座があって、江戸の巨大両替屋の殆どは、本町界隈に店を構えている。

昼間はそれら両替屋のお店者のみならず、表店の商人や奉公人が忙しなくいき交う本町一丁目の表通りも、今は宵闇に包まれ、人影もまばらになっていた。

供応役の海保半兵衛と海保の頭取役を務める平兵衛が、稲生正武と松波正春の内与力の末席にそれぞれついていた。

海保半兵衛の隣の膳は、稲生正武の内与力目安方の杉村晴海である。

色浅黒く、ぼってりと肉のついたひと重瞼の険しい目つきで相手を凝っと睨みつけ、薄い唇を不機嫌そうに尖らせる癖がある。相手の身分や立場によって近づき方を変えることを恥じとせず、そういうところがわかりやすい男だった。

「さあさあ、与力さま方にお酌を」

下座のきらびやかな舞いが終ると、半兵衛は芸者衆を急きたて、杉村と自分の膳についた若い芸者にも、

「杉村さまにお注ぎして、差しあげなさい」

と、杉村の機嫌をとってこまごまと気を遣う。

「杉村さま、どうぞ」

芸者が杉村の盃に朱塗りの提子を傾け、杉村はぼってりとした瞼を少しも動かさず、目を細めた。そうして、ずず、と音をたて盃をすすった。

頭取の平兵衛も、松波正春の内与力側の末席につき、供応に余念がない。

芸者衆の脂粉の香が嗅げ、ねっとりとした笑みや甘い歓談が、酒宴を次第に酣へと盛りたてている機を見計らい、半兵衛はさり気なく隣の杉村に訊ねた。

「杉村さま、本日は、評定所一座の内寄合でございましたね」

「さようです。今月は南町奉行所が月番ゆえ、南町奉行所の内寄合座敷にて、三奉行がそろい、いつも通り開かれました」

杉村は言い、小鼻をかすかに震わせた。

巨大両替屋の海保半兵衛には、杉村は丁重な対応を怠らなかった。むしろ、半兵衛

には媚びるような素ぶりすら見せることもあった。

「では、大岡さまもやはり、相変わらずいつも通りでございましたか」

半兵衛がなおも訊ねると、意味ありげなうす笑いを半兵衛に寄こし、

「あの方は、相変わらずですよ。わが御奉行さまにうかがいましたところでは、あの方は一座の気配を読まず、御奉行さま方がそれぞれお抱えの事情を顧慮する気遣いもなさらず、ご自分の言いたいことを言い散らかしたら気が済まれたのか、さっさとお引きあげになったようですぞ」

と、嘲りを隠さずに言った。

「ほう。大岡さまが言いたいことを言い散らかしたので、ございますか。それは、どういう話を、言い散らかされたのでございますか」

「大した話ではありません。詳しくは存じませんが、どうやら、御奉行さま方の仕事の進め方をこうしてはいかがかと、さも重大な考えでもあるかのようにくどくどと話され、それしきの事柄は内寄合の場でなくともよいものをと、一座の御奉行さま方は思いつつ、ご高齢のあの方を尊重してさしあげ、年寄の繰り言のように話し終えるのを、待っておられたようです」

「ははん、さようでしたか。大岡さまらしゅうございますな」

「大体あの方は、政がいかなるものか、財政がいかにあるべきか、詳しくはご存じではありません。従って、三奉行さまの評定所一座の会合では、あの方の考えが通らなくなっており、あの方の発言する機会が少なくなっておるのです。仕方なく、どうでもよい話を持ち出され、評定所一座でのお立場を、どうにか保っておられるのです。しかしまあものも考えようで、今のあの方のご様子ならば、一昨年のような失政を冒す心配はありません。邪魔にならないお飾りであればよろしいのでは」

「まことに……」

半兵衛は盃をあおり、杉村は甲高い笑い声をあげた。

一昨年の元文元年五月、評定所一座は金銀御吹替を断行した。

金銀御吹替、すなわち改鋳を主導した南町奉行の大岡忠相は、改鋳に乗り気ではなかった将軍吉宗を説き伏せ、押しきった。

「御好は遊ばされず候へども御吹替仰付られ候」

大岡忠相は日記にそう記した。

御吹替の狙いは、慶長金を１００とした場合、金の質を60、銀の質を58まで下げ、金より銀の品位を低く抑えることによって、金銀の交換相場を、金高銀安に導くことであった。

徳川幕府お膝元の江戸を中心にした関東東北経済圏は、大坂を中心にした上方西国経済圏に大きく依存していた。

中でも、武家町民を中心にしたおよそ百万の住人を抱えた政治都市江戸は、同時に大消費地でもあって、巨大生産地の上方西国経済圏より日々江戸へ下ってくる、膨大な物資に支えられていた。

その江戸を中心にした関東東北経済圏の通貨は小判などの金貨であり、大坂を中心にした上方西国経済圏は丁銀（ちょうぎん）などの銀貨である。

大消費地の江戸で商いをする商人らは、上方西国の物資を銀貨で仕入れ、それを江戸に輸送し金貨で売らなければならなかった。

当然、金貨を銀貨、あるいは銀貨を金貨に交換しなければならず、交換相場が銀高金安であれば、銀貨で仕入れた上方西国の物資を、金貨で購入する江戸の住人には、交換相場の差額分が高くなる。

大岡忠相が主導した元文御吹替の狙いは、この銀高金安の相場を改め、上方西国で仕入れた物資の高値を正常な値に下げ、安定させることにあった。

海保半兵衛を中心にした江戸の巨大両替屋らは、銀高金安の両替の手数料で莫大（ばくだい）な利益を得ていた。また、銀高相場の利鞘（りざや）で荷受け問屋など巨大商人らも、大きく儲けていた。

巨大両替屋も巨大商人らも、大岡忠相が主導した元文御吹替に猛反発した。

本町の巨大両替屋らは、元文御吹替が断行されると、市場から銀を引きあげて流通量を減らし、本来なら金高銀安になるところを、銀高へと故意に誘導した。

そのため、御吹替前は金一両が銀五十七匁余から五十八匁余だったのが、御吹替直後は四十九匁余まで急騰して、江戸市中の商取引は大混乱に陥った。

その両替屋らを率いていたのが、海保半兵衛であった。

しかし、半兵衛に言わせれば、御吹替直後の通貨の混乱期は、この機会に大儲けを目論む両替屋や大商人が暗躍するのはよくあることであった。機を見て儲けるのがいけませんか、お金儲けは悪いことですか、という思いであった。

大岡忠相は本町界隈の巨大両替屋らに、金銀相場が逆になった理由を質した。両替商らは、「何分人の思惑で相場は動くものなので」などと、適当な説明書を提出し、

大岡忠相は半兵衛らに奉行所へただちに出頭し、説明すべしと命じた。

仕方なく、半兵衛は両替商らと申し合わせ、主人の代理人を奉行所へ出頭させた。ここをのらりくらりとやりすごせば諦める、と高をくくっていた。

ところが大岡忠相は、何ゆえ主人は自ら出頭しないのかと質し、代理人が、主人は

病気だとか他出中だとかとこたえると、冷やかに言った。

「銀高相場の説明を求めたにもかかわらず、いっこうにまともに返答せず、いい加減なことを並べたてるのはけしからん。代理人全員に入牢を申しつける」

代理人全員を入牢、との知らせを聞き、半兵衛は唖然とした。

半兵衛の代理人は、そのころは両替担当の番頭だった平兵衛であった。

一体どういうことだと慌て、あれこれ手を打ったが、どうにもならず、入牢の代理人らのために、綿の袷や単衣の着替え、鼻紙や銭二百文などを差し入れ、同時に両替屋六十名以上に触れ廻り、全店暖簾を降ろして休業とした。

これは享保三年の、大岡忠相がこのときも金銀相場の銀高を、金一両を銀六十匁の相場に持ちこもうとしたことに対し、両替屋仲間が全店休業で対抗し、当時はまだ新任であった大岡忠相をへこませた。

あまり事を荒だてたくはないが、この手でまたひと泡吹かせたら、大岡は代理人らをすぐに解き放つだろうと甘く見た。ところが、

「代理人らを取り調べ中に店を閉め、両替屋の業務を滞らすとは不届き千万。そのような要求は断じて聞けない。万が一、代理人らが偽りの説明を申していたことが明らかになれば、厳罰に……」

と、大岡忠相は半兵衛ら巨大両替屋の圧力に、一歩も引かなかった。

結果は、ひと月半後の元文元年八月十二日、大岡忠相の寺社奉行転出の役替えによって、代理人らは解き放たれ落着した。

半兵衛ら両替屋は、大岡忠相の力を削(そ)ぐために、北町奉行の稲生正武や、のちに大岡に代わって南町奉行に就く前の勘定奉行であった松波正春に働きかけ、稲生も松波も巨大両替屋のため、裏工作に奔走したのだった。

半兵衛らの裏工作は功を奏したが、大岡忠相を寺社奉行栄転という体裁でしか町奉行職を解けず、幕政の最高決定機関である評定所一座から排除できなかったのは、はなはだ遺憾(いかん)ではあった。

その一方で半兵衛は、幕府の高官であれ下役であれ、役人とはこういうものだとこれまで思い描いていた役人とは、大岡忠相はどうやら違う、だいぶ面倒な男のようだ、あの男には気をつけねば、と理解し始めた。

そのとき、廊下側の襖(ふすま)ごしに常盤やの女将(おかみ)の声がかかり、遅れていたもうひとりの客の来着を告げた。

「水下藤五(みぞおちとうご)さまの、お見えでございます」

襖(ふすま)が引かれ、黒羽織に細縞半袴の、地味な装いがいかにも能吏らしい年配の侍が、女将の案内で座敷に入ってきた。

　半兵衛と頭取の平兵衛はすかさず水下藤五を出迎え、手をついて辞儀を言った。

「水下さま、ようこそおいでくださいました。お初にお目にかかります。海保半兵衛でございます。水下さまのご活躍は御奉行さまにおうかがいいたしており、今宵お会いできますことを楽しみにいたしておりました。ささやかな宴ではございますが、日ごろのお役目の疲れを癒され、どうぞごゆるりとおすごしくださいませ」

「水下さま、お待ち申しあげておりました。お初にお目にかかります。海保の頭取を務めます平兵衛でございます。今宵はよろしくお願いいたします」

「水下藤五でござる。評定所留役を務めております。江戸両替商仲間筆頭の海保半兵衛どの、頭取役の平兵衛どののご高名は、かねがねうかがっておりました。わたくしごとき軽輩が、このような席にお招きいただき、恐縮いたしております。こちらこそ何とぞ、よろしくお願いいたします」

　水下は半兵衛と平兵衛にそつなくかえし、両奉行とその内与力衆にも、慇懃な挨拶をした。水下と両奉行とは、評定の場でたびたび同座するため、両奉行は親しげに言葉をかけた。また、両奉行の内与力衆とも顔見知りのようで、水下はすぐに打ち解けた様子だった。

「水下さまの席は、稲生さまのご指示により、こちらに設けさせていただきました。女将、ご案内して差しあげなさい」

水下は女将に導かれ、稲生正武の下手に杉村と並んで膳についた。

「では、みなさまがおそろいのところで、これからが宴の始まりでございます。芸者衆、舞いを演っておくれ。座を華やかにしておくれ」

三味線と太鼓が再び鳴らされ、芸者衆の舞いが始まった。

「水下どの、まずは一献だ。水下どのに注いで差しあげよ」

南町奉行の稲生正武が、傍らの若い芸者に命じた。

「どうぞ」

と、芸者が提子を注し、水下は「ありがたく」と恭しく受けた。

「こちらの御仁はな、評定所のお裁きと御公儀の法を定める審議の場で、われら奉行に代わって、事情の下調べや調書の作成書留、また、奉行が最後に下す裁決のその審理を実際に担当し進める、評定所留役に就いておられる」

稲生が言うと、芸者は、評定所？　という顔つきになって言った。

「お裁きは、常盤橋と数寄屋橋の御奉行所で下されるのでは、ございませんか」

南町奉行所は数寄屋橋御門内、北町奉行所は常盤橋御門内にあった。

「そのほうは、評定所を存じておるか」

「聞いたことはございますが、よく存じません」

「町奉行所がお裁きを下すのは、江戸の町民だけだ。天下の江戸には、町民だけではなく、旗本御家人、幕府お抱えの役人、またそれら縁者や家人、神職、僧侶も数多おる。国元で起こった紛争の裁定を、御公儀に訴える武家もおるし、在郷の百姓が江戸へ訴え出る事件や災難もめ事などもある。その裁きや裁定の行われる役所が評定所だ。辰ノ口にある。辰ノ口は存じておるか」

芸者は、ぽかんとした顔つきで首をかしげた。

「知らぬか。まあよい。評定所は町奉行所よりもはるかに多くの事柄を、われら町奉行のほかに、寺社奉行さま、勘定奉行さま、ときにはご家老さまや大目付さま、目付も同座して審議をして糺す、御公儀の最高の役所なのだ。水下どののような有能な、評定所留役の働きがなければ、われら奉行や方々だけではとても務まるものではない。評定所留役の働きがあってこそ、われらは奉行としての務めを果たすことができ、御政道があまねく天下に敷かれておる。のう、松波どの」

稲生が隣の松波正春に言うと、

「さようさよう。そう言うても過言ではあるまいな」

と、松波はこくりこくりと頷いた。

「水下さまは、優秀で、いらっしゃるんですね。どうぞ……」

芸者はまた、水下に差した。

「いや、優秀などとんでもござらん。わたくしなど、重きお役目に就かれた御奉行さま方の少しでもお役にたてるよう、与えられた目の前の役目を、日々こつこつと果たしておるのみでござる」

すると、水下と膳を並べた杉村が身体を水下へ傾け、うす笑いを見せた。

「そのようなご謙遜(けんそん)を。評定所の水下どのが主導なさる審理は、剃刀(かみそり)のように鋭く果断であると、町奉行所にも評判が聞こえておりますぞ」

「いや。そのようなことは決して、ございません」

水下はさり気なくかえし、三味線と太鼓が鳴らされ、芸者の舞いが続いている下座のほうへ、平然と目を向けた。

そこで稲生は、「ところで水下どの……」と語調を変え、また話しかけた。

「少々お訊ねいたしたいことがあるのだが、今、かまわぬか」

「いかような」

水下はすかさず、芸者の舞い姿から稲生へ向きなおった。

「今日の内寄合の会合は、南町奉行所で開かれた」

「内寄合の議題はすでに評定所に届いており、承知しております」

「万事そつのない水下どのに、内寄合の無粋な話をする気はない。大した話ではないので、放っておいてもよい。と申しても、気にならないわけでもない。それで、水下どのなら事情をご存じではと、思うてな」

「どうぞ。何をお訊ねでございますか」

「内寄合が終ったあと、寺社奉行の井上正之さまと話をする機会があった。井上さまは、今月の上旬、雑司ヶ谷村の本能寺という寺の住持が亡くなった話をなされてな。住持はだいぶ前から病に臥せっており、看病と世話役に麴町の請人宿を通して、八吉郎と言う者が下男に雇われていたのだが、住持が亡くなる前日、看病についていた八吉郎に妙な話を聞かせたらしい」

水下は黙然として、稲生の話に耳を傾けた。

「住持が八吉郎に聞かせたのは、もう十七年も前の享保六年、本能寺の十二歳の寺小姓が殺された事件の話だった。寺小姓を殺したのは寺の二人の所化で、二人は寺小姓が盗みを働いているところを見つけた。寺小姓は盗み癖があったらしく、所化らはそれを咎めて寺小姓と喧嘩になり、つい激昂して殺してしまった。とりかえしのつかないことを仕出かした所化らは、寺小姓が盗みを咎められて姿を隠したかのように見せかけるため、雑司ヶ谷の隣の大塚村の畑に埋めた。だがすぐに露顕し、寺社奉行の役人に捕縛（ほばく）され、評定所のお裁きが開かれた」

「十七年前なら、わたくしが三十五歳のときでございました。雑司ヶ谷村本能寺の、直助という十二歳の下男が殺された一件は覚えております。住持は日彦。直助は表向きには下男なのですが、実情は寺小姓として日彦に仕えておりました。所化の知念と本好が直助殺しの廉で裁かれましたが、直助の父親が下手人御免の願いを差し出し、所化らも、また住持の日彦もお構いなしのお裁きを、寺社奉行さまが申しわたされました。日彦が亡くなっていたのですか。存じませんでした」

「さすが水下どの。十七年も前のお裁きの事情が即座に出てくるとは、凄いな。大したものだ」

「いえ。留役という役目柄覚えているだけでございます。お裁きの詳細な理由は、御仕置済帳を調べればすぐにわかると思います。お調べいたしますか」

「いや、それにはおよばん。でだ、井上さまが仰るには、住持が八吉郎に聞かせた十七年前の寺小姓殺しには、じつは真実が隠されており、寺小姓に手を下したのは所化の二人でも、実際はほかにも一件にかかわった者らがおり、かかわった者らがみなで示し合わせ、実事を隠蔽し、あのお構いなしになった、すなわち、十七年前の寺小姓殺しのお裁きは偽りだった、とそういう話なのだ」

水下は盃を手にしたまま止め、しばし黙考した。それから、言った。

「亡くなった日彦が八吉郎に聞かせた話がまことなら、由々しき事態と申さざるを得ません。日彦は直助殺しを、その隠された真実とかを、どのように語ったのですか。手を下した所化以外に、かかわっていた者らを明らかにしたのですか」

「それを言う前に、住持の意識が失せ、再び戻ることはなかったのだ。ゆえに、寺小姓殺しの真実も、それにかかわった者も不明のままだ。しかも、死の床にあった住持が下男に聞かせた真実やらが、まことに真実かどうか、あてにはならん。錯乱し、でたらめな妄想を言い触らしたのでなければ、の話だ」

「肝心のところが、明らかでないのですか。それでは、調べなおしはむずかしい。いたし方ございません」

水下は静かに盃を乾した。

すると、稲生はわざとらしく声をひそめてさらに続けた。

「井上さまの話がそこまでなら、申したように大した話ではない。ゆえに、放っておいてよいのだ。井上さまも、この話を気にはなされなかっただろう。ところが、井上さまの話には続きがある。外桜田の大岡家の家人が、本能寺の下男に雇われていたその男をわざわざ訪ね、住持の亡くなる前日に聞いた十七年前の話を、確かめにいったことがわかっておるのだ。大岡家の家人が本能寺の下男の話を聞きにいったのは、間違いなく大岡さまのお指図だ。それで井上さまは、どうやら大岡さまが十七年前の事件を気にかけておられるようですぞと、こっそり教えてくだされた。むろん、大岡さまが十七年前のすでに落着し、今さら蒸しかえしてもどうにもならぬ一件を、気にかけようがかけまいが、どうでもよい。勝手になされよと思いつつ、水下どのもご存じの通り、あの方は周りへの配慮気遣いに乏しく、評定所一座の重役にありながら身勝手がすぎるお方だ。一体何が狙いで十七年前の一件をと、こちらもつい気になって、今宵、水下どのとご一緒する機会に、何か思いあたることがあるのかないのか、お訊ねしようと思っていたのだ」

「十七年前、享保六年の本能寺で起こったあの事件は、覚えております。わたくしと同役の君島友之進(きみしまとものしん)の両名で、下調べ並びに審理を進めました。留役はあくまで、御奉行さま方のお裁きを下支えいたす役目ゆえ、いかなるお裁きいかなる審議においても、軽重をつけることはございません。本能寺の一件も、そのように下調べを行い審理を進め、結果を御奉行さま方に進言いたしました。よって、本能寺の事件に思いあたること気になることは、十七年前も今も別段ございません」

「それが、評定所留役のお役目だな。相わかった」

稲生は納得したかのように破顔した。

だが、水下はそれではまだ足りぬかのごとく言い添えた。

「十七年前、大岡さまは南町の御奉行職に就いておられ、三奉行のおひとりとして、本能寺の事件のお裁きに出座なされました。住持日彦の今わの際（きわ）に残した言葉によって、ご自身が出座なされ下されたお裁きの真偽に少しでも疑いが生じたのですから、仮令、すでに長いときがすぎた一件であっても、念のためお確かめなさるのは、ごもっともなことではございませんでしょうか。では、大岡さまのお訊ねがあった場合におこたえいたすよう、一件の御仕置済帳を見なおしておきます。われらの調べに、見落としがあったとは、思えぬのですが」

水下はわずかに表情を曇らせながらも、慇懃な素ぶりをくずさず言った。

そのとき、末席の海保半兵衛は、下座の芸者衆の華やいだ舞いを眺めつつ、稲生と水下の遣（や）りとりが耳に入り、気をそそられた。

半兵衛は杉村の横顔ごしに、水下をさり気なく見遣（みや）った。

水下藤五は、五十すぎと聞いている。

けれども、水下の見た目はまだ四十代の半ば前、三十代に見えなくもなかった。稲生との遣りとりの最中、若衆のころはこうであったろうと思わせる整った顔だちに、静かな笑みや憂いを浮かべ、ときに眉をひそめて見せる様子が若やいでいた。

この男、若いな。ただ、こういう男は肚の中が読みづらい。用心せねば。

と、海保半兵衛はふと、そう思った。

第二章　山桜

一

花の散り果てた山桜に、若葉が萌え始めていた。

道端のその立木は、野道にも道沿いの菜畑にも枝を広げ、まだ浅い若葉の色づきの間から、斑模様の木漏れ日を、ただ一本の木の下に降らせていた。

とき折りそよぐ春風に若葉がゆれ、木漏れ日を頰笑みのように乱した。

十一は山桜の下を出て、畑の間をいく重にもくねりながら、西方の雑司ヶ谷村へと野道をたどっていった。

青竹のような長身痩軀に、栗皮色の単衣と紺帷子の筋が胸元を縁どる上衣、小倉織の紺の裁っ着けを着け、黒足袋草鞋、両刀ではなく、その長身には玩具のように頼りなげな黒鞘の小さ刀を帯びている。

　つるつるに剃った月代と小さな髷を結った才槌頭に深編笠をかぶり、大股でのどかに歩んでいく姿は、もち竿をかついでいれば、野をゆく鳥刺の恰好である。

野道は、右手の畑の彼方に雑司ヶ谷組の御鷹部屋御用屋敷を眺め、左手には小高い山地の樹林に囲われた護国寺の堂宇の茅葺屋根を望みつつ、畑の間をいく重にもくねって続いていた。

ほどなく、北側の宝蔵寺と南側の青龍寺の間を抜け、弦巻川の板橋を渡った。

雑司ヶ谷村のこのあたりからは、ずっと南の彼方につらなった高田目白台と、台地の上に森のように木々が繁る数戸の大名屋敷が遠望できた。

野道はやがて、鬼子母神社前の賑やかな百姓茶屋町に入っていき、すぐに三叉路に突きあたった。三叉路を南方へとれば護国寺のほうへいけ、北方へとる道は、朝の刻限に早や参詣客が賑わう鬼子母神の参道である。

十一は、北方の鬼子母神の参道へ歩みを進めた。

　料理屋や茶屋の客引きの「お入んなせ」の呼び声がかかり、土産物売の店では、栗の花でこしらえた木兎、藁細工の獅子、五色の風車や飴が売られて、参詣客の頭の向こうには、鬼子母神の朱の大鳥居と境内の賑わいが見えていた。

本能寺の山門が、大鳥居前の門前町屋の一角に開かれていた。山門に《妙永山》と書かれた扁額がかかっている。

山門を一歩くぐると、朝っぱらからの参道の賑わいが急に寂とした。

境内には一基の石灯籠が見え、松の高木や梅の木などが思い思いに枝をのばしていた。境内の奥に茅葺屋根の本堂と廻廊、そして、僧房や庫裏と思われる低い屋根が、本堂の片側に並んでいた。

一棟の腰高障子の外に、板葺屋根の井戸があった。

折りしも、墨染めの衣の若い僧が手桶を提げて出てきた。少年の面影を残した修行僧らしく、丸めた頭がまだ青々としている。

修行僧は大股で歩みを進めていく十一にすぐ気づき、手桶を井戸端におき、つるべに手をかけた恰好で、きょとんとした目を寄こした。

十一は深編笠をとって、若い修行僧に丁寧な辞儀をした。

「畏れ入ります。古風十一と申します。寺社奉行大岡越前守さまのお指図を受け、当本能寺ご住持妙相さまにお会いいたしたく、まかりこしました」

修行僧は、きょとんとした目をそらさず、

「寺社奉行の大岡越前守さま、でございますか？」

と、聞きかえした。

「はい。寺社奉行大岡越前守さまのお指図を受け、本日、まかりこしました。ご住持妙相さまにお取次を、お願いいたします」

十一は、修行僧へやわらかく頬笑みかけた。

「住持さまはただ今、本寺の法明寺（ほうみょうじ）にお出かけでございます。ほどなくお戻りになられますが、あの、連乗和尚（れんじょうおしょう）さまがおられますので、うかがってまいります」

修行僧は十一の返事も待たず身をかえし、腰高障子の中へ消えた。

およそ四半刻（しはんとき）余ののち、十一は、庭側の明障子を開けた僧房に、法明寺より戻ってきた住持の妙相と対座していた。僧房は濡縁（ぬれえん）ごしのがらんとした庭に面し、庭を囲う低い垣根の向こうに、村の畑と百姓町の茅葺屋根が見えていた。

妙相は十一が差し出した大岡越前守の書付に目を通していて、十一は、先ほどの修行僧ではなく下男が出した香ばしい焙（ほう）じ茶を、一服していた。

妙相は、前の住持日彦（にちげん）が亡くなったあと、本寺の法明寺より差し向けられ、住持を継いだばかりの三十代半ばの僧であった。やがて、

「わかりました」

と、書付を折封に仕舞（しま）い、十一の前に差し戻した。

「寺社奉行さまの大検視（だいけんし）さま小検視さまご一行のご巡視とは、だいぶご様子が違いましたもので、ご無礼いたしました。古風十一さまおひとりで？」

「寺社奉行大岡越前守さまのお指図を受けておりますが、今はまだ大岡さまの内々のお調べゆえ、わたくしひとりでまかりこしました。この書付は、不審に思われたなら見せるようにと、大岡さまよりお預かりいたしたのです」

十一は書付の折封を懐に差し入れた。

「高名な大岡越前守さまのお名前は、存じております。大岡さまの内々のお調べということは、寺社奉行さまの御用ではないお調べなのですか」

「寺社奉行さまにかかり合いのあるお調べに、間違いはありません。ですが、今はまだ事情がつまびらかではないのです。大岡さまがお気にかけられ、ご一存にて念のために調べよと、わたくしに命じられたのです」

「ほう。事情がつまびらかではなく、大岡さまのご一存にて？　なるほど。それで内々のお調べですか。当然、この本能寺にかかり合いのあるお調べなのですね」

「かかり合いがあります」

「ご存じとは思いますが、拙僧は、先だって本能寺住持の日彦さまがお隠れになり、日彦さまのあとを務めるよう、本寺の法明寺より遣わされたばかりです。本能寺にかかり合いのあるお調べとなれば、どれほどのこともおこたえできないと思われます。それでよろしいのですか」

　十一は首肯し、妙相が促した。

「では、どのようなお訊ねでしょうか。お聞かせ願います」

「十七年前のことです。この本能寺にて、直助という十二歳の下男が殺されました。直助を殺したのは、当時、本能寺の所化であった十八歳の知念、並びに十七歳の本好の両名でした。直助は両名に肋を折るほどの激しい暴行を受け、縄で首を絞めてとどめをさされたのです。知念と本好が直助殺しにいたった経緯は……」

　十一は語り始めた。

　その間、妙相は白衣の膝に手をそろえ、目を伏せ殆ど身動きしなかった。一度、焙じ茶を少し口に含み、だいぶ高くなった日が降る明るい庭へ目を投げた。

　しかし、日彦が息を引きとる前日の夕刻、下男の八吉郎に聞かせた、十七年前の直助殺しが、いく人かが示し合わせて口封じに直助を亡き者にした話になると、妙相は眉をひそめ、しきりに首をひねった。

「直助が何を見、何を知ったのか。また、直助殺しにかかわった者らは誰なのか、八吉郎は日彦さまに訊ねましたが、日彦さまはそれを言いかけたところで、意識を喪われ、そのまま翌日の夜明け前に息を引きとられました。大岡さまは、日彦さまが八吉郎にもらされたその話を伝え聞かれ、これを放っておくわけにはいかない、真否を確かめる必要があると思われたのです」

「日彦さまが下男にもらされた、定かではないそれだけの話で、大岡さまは古風さまに真否を確かめるようにと、申されたのですか」

「十七年前、大岡さまは南町の御奉行職に就いておられました。評定所で開かれた直助殺しのお裁きの場に、三奉行のおひとりとして出座なされ、三奉行のおひとりとして、そのお裁きに責任があると、お考えなのです。仮令、一件が落着して十七年がすぎても、正しく裁かれたかどうかを疑う話が聞けたなら、その真否を確かめる責任があると、申されました」

「下男の八吉郎は、日彦さまの葬儀の折り、まだ寺におりました。どういう男かは存じております。八吉郎は、日彦さまよりもらされたその話を、寺の誰にも話しておりません。拙僧も今初めて、うかがいました。八吉郎はなぜ、誰にも話さなかったのでしょうか。斯く斯く云々と御奉行所に訴え出なかったのは、なぜでしょうか」

「ひとつには、日彦さまはすでに衰弱しておられ、八吉郎自身が本途の話なのか妄想なのか、確信が持てなかったのです。御奉行所に訴え出なかったのは、仰られたように、定かではないそれだけの話では、訴え出ても相手にされないか、かえってお叱りを受けかねないと恐れ、端から訴え出る気はなかったようです」

ふむ、と妙相はうなった。そして、しばし沈黙したあと、やおら言った。

「十七年前、拙僧は十八歳にて、本寺の法明寺の所化、すなわち修行の身でございました。知念と本好も本能寺の所化にて、修行仲間ではありませんが、ほぼ同じ歳、同じ雑司ヶ谷の本寺と末寺ゆえ、顔は見知っておりました。十七年前の事件はよく覚えております。知念と本好が、まだ少年の下男を殺害しお縄になったと聞いたのは、大塚村の畑に埋めた下男の亡骸が見つかったその日でございました。吃驚して、言葉がございません。知念と本好が引ったてられ、お取り調べのあと、小伝馬町の牢屋敷に入牢になったと、それもその日のうちに法明寺に知らせが入ったのでございます。師の明真さまが、拙僧ら修行僧を本堂に集め、動揺せずこれまで通り修行に励むようにと諭されました。その折りに、知念と本好が盗みを働いた下男を咎め、口論の末に双方激昂し、下男を殺害するにいたった経緯を聞かされ、修行半ばとは言え、御仏に仕える身が心を乱して人を殺めるなど、あってはならぬこと。修行が足りなかったと言わざるを得ないと、明真さまが申されたことを覚えております」

「しかしながら、下男の直助の父親が下手人御免の願いを差し出し、知念と本好、住持の日彦さまも、お構いなしとなりました。それはご存じでしたか」

「存じております。殺されたのが十二歳の少年、殺したのが十八歳と十七歳の修行僧、どちらも若く未熟で、口論の末に激昂してこうなったが、深い遺恨があってのことではなかった。若い修行僧を罰しても、倅は生きかえりはしない。もうよい、とお父上はお考えだったと聞いておりました。拙僧ら修行僧の間では、よかった、とみなで話をいたしました」

「ですが、直助殺しが、日彦さまがもらされたように、ある者らが示し合わせ企んだ口封じだったとしたら、どう思われますか」

妙相は、晩春の明るい日差しの降る庭を眺めて言った。

「それを、長い季がすぎ去った今お訊ねになられても、おこたえのしようがございません。もし、真実が日彦さまのもらされたような事であったとして、今それをおとりあげになって、今になって真実を明らかにしても、とりかえしはつかないのではございませんか。直助殺しのお裁きは正しいお裁きではなかったと、波風をたてる意味が、拙僧にはないような気がいたします」

「そうでしょうか」

十一は妙相に見かえされ、ぱっちりと見開いた目を気恥ずかしそうに細めた。

「日彦さまが今わの際にそれをもらされたのは、あのときの真実を消し去ってしまいたくなかったのではないでしょうか。間違いを犯したと、日彦さまはずっと負い目を感じてこられたのでは……」

ふっ、と妙相はかすかな嘲りをにじませて破顔した。

「今さら負い目ですか？　十七年前に仰るべきでございました。まあ、よろしいでしょう。それで、古風さま、拙僧に何をお訊ねでございますか」

「知念と本好は、お構いなしになったのち、寺を去ったと聞いております。今、二人はどこでどのように暮らしているのでしょうか。それから、あの当時、日彦さまの下に寺僧の浄縁さまがおられたそうですね。年配の寺男も雇い入れていたとか。そういう方々の消息を、教えていただきたいのです」

「事と次第によっては、本能寺の評判を落としかねませんが、内々のお調べではあっても、大岡さまのお指図なのですから、隠しだてはいたしません。拙僧は、先だっての日彦さまがお亡くなりになったあとの住持を継ぐまで、法明寺にて修行いたしておりましたゆえ、当本能寺の事情を詳しくは存じません。と申しますか、あのころのことを存じておる者は、今はもう寺にはおりません。まず、当時いた寺男の次平は、十年ほど前に亡くなっております。それから寺僧の浄縁さまは、拙僧より七つ年上で、日彦さまのご指導の下、本能寺の実務をとり仕きられ、また所化の知念と本好の師も務めておられました。知念と本好が直助を殺めたあの一件でお縄を受けたとき、二人の師であったご自分がいたらなかったゆえ、このような過ち（あやま）を招いてしまった。修行僧の落度は師の落度であると、ひどく心を痛めておられると聞こえておりました。知念と本好が、直助の父上より下手人御免の願いを出されお許しになると、それを機に還俗（げんぞく）を願い出られ、本能寺を去られたのでございます。知念と本好も、本能寺に戻ることはできず、やはり、還俗をせざるを得なかったようです。御仏に仕える修行中の僧が人を殺めたのですから、そうなるであろうと言われてはおりました」

妙相は頬に手を当て、考える間をおいた。そして言った。

「あれから十七年、浄縁さまも知念も本好も、還俗したのちどこで何を生業（なりわい）に暮らしているのやら、定かには存じません。ずっと以前、浄縁さまは郷里の下石神井（しもしやくじい）に戻られたと、噂を聞いた覚えがございます。知念と本好の行方（ゆくえ）は存じません。日彦さまはご存じであったに違いないでしょうが、寺を去った三人のことは、一切お口にされなかったそうです。事件のことも忘れ去られていっておりましたし……」

そのとき、庭で餌を啄（ついば）んでいた雀（すずめ）が、羽音をたてて慌ただしく飛びたった。

二

十一は本能寺を出て、鬼子母神から南へとった。

目白台を越え、百姓町を抜け、南蔵院、氷川社をすぎると、田畑の間をいく野道の先に、井之頭上水に架かる丸く反った姿見橋が見えた。

四半刻後、十一は牛込の武家屋敷地をいき、月桂寺前を根来組と呼ばれる鉄砲百人組根来組の組屋敷のほうへ折れた。

髪を桂包にした下婢ふうの女が、人参と牛蒡の根菜を盛った笊を提げていき違うとき、この界隈では見かけない深編笠に裁っ着けの十一に、訝しそうな目つきを寄こし、通りすぎていった。

根来組与力衆の組屋敷地に木戸門が開かれていて、屋敷地に真っすぐ延びる通りをいった。通りの彼方で、どおん、と低い銃声が聞こえた。

組屋敷地には鉄砲場があり、鉄砲の稽古が行われているのだろう。

人の背丈よりも低い土塀に囲われ、板屋根の小門ながら、脇門があって、二百俵どりの根来組与力らしい厳粛な構えだった。

脇門をくぐると、踏み石の先に玄関と式台があった。

形ばかりの式台の先に取次の間があって、衝立が目隠しになっていた。

「お頼み申します。お頼み申します」

十一は深編笠をとって、二度声をかけた。すぐに返事はなかった。

「お頼み申します。こちら……」

また言いかけたとき、薄暗い屋内より、「どうれ」と声がかえされた。足音が近づき、衝立の片側から袴姿の若い男が現れた。

無腰の若党風体で、衝立を背に着座し、十一の風体をさり気なさを装いつつ素早くねめ廻した。それから、浅く一礼すると、ぞんざいに言った。

「お名前と、ご用件をどうぞ」

「古風十一と申します。わたくしは、寺社奉行大岡越前守さまのお指図を受け、本日、こちらの一色伴四郎さまをお訪ねいたしました。何とぞ、一色伴四郎さまにお取次を願います」

「寺社奉行の大岡越前守さまの、お指図を受けて？　なんですか、それは」

若党は訝しそうに繰りかえした。

「はい。わたくしは、大岡越前守さまのお指図を受け、大岡さまの御用を相務めております。ご不審ならば、大岡さまよりその旨の書付をいただいておりますので、お改め願います」

十一は懐の書付を抜き出し、「何とぞ」と、若党へ差し出した。

若党は式台に降り、書付の折封をぞんざいに受けとった。

「旦那さまはただ今、ご出仕です。ご隠居さまはおられます。ご隠居さまで、よろしいのですね」

「はい。一色伴四郎さまにお取次を願います」

「しばしお待ちを」

十一は玄関前の庇下でだいぶ待たされた。

一色伴四郎は、六十代の半ばに近い。真っ白な髷を結い、中背の痩身は、少し背中が丸くなっていた。血の気のうすい色白の細面だが、目つきは鋭く、唇を気むずかしそうに結び、十一を凝っと見つめた。

隠居の身らしく、納戸色の単衣を着流し、苔色の袖なし羽織を羽織っていた。

通されたのは、玄関わきの縁側のある部屋で、床の間と床わき、開き戸の納戸が並んで、一色伴四郎は床の間を背に、十一と向き合った。

床わきの刀架には、伴四郎の黒鞘の両刀が架かっている。十一の小さ刀は若党が預かり、部屋の隅にたてかけた。

若党が運んできた茶托の碗が、二人の前に手つかずのまま置かれている。若党は縁側の腰付障子を両開きにし、一本の柿の木が枝をくねらせる狭い庭と、屋敷地の通りに面した低い土塀が見えている。

「大岡さまの書付は拝見いたした。古風どのは、寺社奉行の大岡さまの寺社役助、というお役目なのですな。それは、どのような」

伴四郎は書付の折封を手にし、膝の前においた。

「はい。わたくしの役目は、かつてある寺であった事柄の再調べでございます。すでに落着しておりますので、寺社役は再調べの手が廻らず、大岡さまよりわたくしが助役として、再調べを申しつかりました」

「すでに落着しておるのに、何ゆえ再調べなのですか」

「かつては知らなかった疑念を差しはさむ余地が、その事柄に新たに生じました。疑念を解くように、今一度、事情を調べよと、大岡さまのお指図なのです」

「そのようなお役目に就くにはお若いが、古風どのはおいくつですか」

「二十三歳に相なります」

「二十三歳？　もっとお若いかと思った。それがしは、倅に家督を譲り、隠居をしてもう十年に相成ります。そのような大岡さまの大事な調べを、当主の倅でなくともよろしいのですか」

「むしろこれは、ご隠居さまにお訊ねする事柄なのです」

「隠居のそれがしに？　かつてとは、いつのことなのですか」

「十七年前の享保六年です。大岡さまはそのとき、寺社奉行さまではなく、南町の御奉行さまに就いておられました。調べは、雑司ヶ谷村の本能寺という寺で起こったある人殺しの一件です」

伴四郎は眉間の皺を深くした。

「あいや、待たれよ」

と、伴四郎は十一を止めた。急に顔をしかめてしわがれた咳払い(せきばら)をした。やおら、座を立っていき、縁側の両開きにした障子戸を閉めた。

それから、再び十一と向き合った伴四郎は、すでに、気づいていた。

「言われた通り、その一件はすでに評定所において落着したはずでは。いかに寺社奉行さまのお指図とは申せ、それを今になって蒸しかえすのは、いささか差し障りがあるのではござらぬか」

「ご隠居さまのご懸念は、ごもっともです。大岡さまもそれはご承知のうえで、疑念が生じていながら、疾うに終った一件として放っておくことはできない、あくまで、大岡さまのご一存により、念のため再調べをいたし、疑念が解ければそれでよいと、お考えなのです」

「疑念が解けなかったら、いかがなさる」

「大岡さまがご判断なされます」

「失礼だが、古風さんのようなお若い方に、そのお役目が務まりますか。歳を重ね、人の情けの機微に触れてこそ、ようやく見える道理がある。それが、古風さんにわかりますか」

「わたくしは大岡さまに、本途は何があったのかを調べよと、申しつかりました。ご隠居さまは、十七年前の直助さんの死に新たな疑念が生じても、あれはいたし方なかった、それで済ませてもよいと、お考えなのですか」

「仕方がないのでも、済ませてよいのでもござらん。直助は死んだ。あれは生きてはおらぬ。あのとき、それがしはもう罪も咎めも考えたくはなかった。だから、下手人御免の願いを出したのです。お若い古風さんにはわかるまいが、そういう人の情けもあるということだ。それがしの申すことはそれだけです」

これは……

と、伴四郎は膝の前の書付の折封を、十一の膝の前へ押し進めた。

「ご隠居さま、ひとつだけ、お聞かせ願えませんか。十七年前の事件のことではありません。もっと前のことです」

「もっと前のことを？　なんですか」

伴四郎は、煩わしそうなため息をもらした。

「直助さんが八歳のとき、本能寺の下男奉公に出されたとお聞きしました。ご嫡子（ちゃくし）の兄上がおられても、次男以下、部屋住みとして暮らす厄介者は数多（あまた）おります。じつはわたくしも、父の厄介者なのです」

「うん？」

「わが父は、千駄木組御鷹匠組頭の古風昇太左衛門と申します。わたくしは父の十一番目の子です。十一番目となると、父は名を考えるのが面倒になったゆえ、十一と名づけた、と兄より聞かされております。一族には、わたくしより年上の甥（おい）や姪（めい）がおります。兄たちはみな鷹匠になりましたが、わたくしは鷹匠にはならなかったのです。よって、わたくしは父の郎党であり部屋住みです」

「古風さんは、大岡さまのご家来衆ではござらんのか」

「わたくしは大岡さまより捨扶持をいただき、このたびのような内々の御用がある場合にのみ、大岡さまのお指図を受けております。大岡さまのお呼び出しのないときは、父の郎党として、野山を廻って餌差を務めております」

「餌差？　鳥刺ですな。さようか。鷹匠組頭の倅が、鷹匠にならず鳥刺とは、お父上がよく許されましたな」

「子が多かったゆえ、ひとりぐらいそういう者がいてもよいと、思っているのかもしれません。直助さんを寺奉公に出さず、仮令部屋住みでも武士として生きる手だてを講じようとは、お考えにならなかったのですか」

「あれはあれで事情があった。若い古風さんには、おわかりにならぬ」

「直助さんは、新宿の茶屋の、下男奉公に出された倅ゆえ、馴染み(なじ)の茶屋女との間にできた子と聞いております。茶屋女の産んだ倅ゆえ、下男奉公に出されたのですか」

「馬鹿な。直助を産んだ母親が誰かなど、古風さんにかかわりはない。いらざることを申されるな」

伴四郎は刺々(とげとげ)しく言った。目を背け、部屋の空へ流した。沈黙が続き、庭側の腰付障子に射した白い日を、まぶしそうに目を細めて見つめた。

「出すぎたことを申しました。お許しください」

十一は詫びた。しかし、

「あれは、直助が八歳の秋でしてな。気持ちのよい、晴れた日でした」

と、その光景が甦ってきたかのように、伴四郎は言い始めた。

「直助は、身の廻りのわずかな物を風呂敷に包み、八歳のまだ小さな背中にかついでおりました。それがしが、持ってやろうと言うても、黙って首を横にふって、ぎゅっと唇を嚙み締め、それがしのあとについてきたのです。あの日、この屋敷を出てから、それがしも直助も一度も立ち止まらず、ふりかえりもしませんでした。鬼子母神さまにお参りをして、門前町屋で飴を買ってやる、風車も買ってやる、昼は門前町の料理屋で美味しい料理をいただくのだ、と直助に言うと、やはりぎゅっと唇を結んで頷いたばかりで、黙っておったのです。それからはもう、われらに何も言葉はありません。ただ、黙々と歩き続けたのです」

伴四郎は、深く重たげなひと息を吐き、そして続けた。

「放生寺門前の坂を上り、高田馬場から急な坂道を、井之頭上水へと下っていきました。井之頭上水に架かる姿見橋を渡るときになって、橋の上で直助が初めて立ち止まりましてな。きた道をふりかえって、しばらく見つめておりました。泣きもせず、凝っと見つめておった。それがしはそのとき、直助は気づいておるのだと、わかりました。もう、この道を戻ることはないと、自分は捨てられるのだと、八歳の子供なりに見納めにしておったのです。それがしは、直助が不憫で、可哀想でならなかった。胸が締めつけられました。にもかかわらず、その一方では胸を撫でおろしておった。これで、厄介払いができたとです。それがしはわが倅を、捨てたのです。なんという父親だ。仰る通り、直助が新宿の馴染みの茶屋女が産んだ子でなかったら、ああはならなかった。直助は今も、きっと生きておったでしょう。生きておれば、もう三十歳に近い年ごろです。母親に似て色白の、目鼻だちの整った可愛い童子でした。さぞかし、よい男になったでしょうな。生きておれば……」

十一はそっと訊いた。

「直助さんの母親は、どのような方だったのですか」

すると、伴四郎はこたえた。

「追分に近い新宿上町の、茶屋女でした。直助を産んだのは、お雪が十九の秋の初めごろでした」

「お雪さん、というお名前なのですね」

「秩父の、炭焼きと小さな畑を耕す貧しい百姓の娘だと、言っておりました。雪の降る日に生まれたから、雪とつけられたそうです。貧しい百姓の娘にしては器量はまずまずだったが、そう目だつほどではなかった。ただ、笑顔がたまらぬほど優しくて、それがしはお雪の笑顔にほだされたのです。妻の悋気が激しく、妻の凍りつく目を盗んで会いにいくのに苦労しました。それでも、お雪の待つ茶屋通いをやめる気はなかった。それがしが三十三、四歳のころです。直助は、母親のお雪似だった。生まれて三月の赤ん坊の直助を見て、愛おしさが募りました。あのときは、わが倅として、わが一色家の男子として育てるつもりだったのだ。嗚呼、愚かなことをしてしまった。ほかに手が、なかったのか」

伴四郎は低いうめき声を、絞り出した。

日本橋から二里弱、甲州街道と成木街道の追分に開設された新宿が、享保の御改革の風紀取り締まりを受けて廃止され、もう二十年がたっていた。

上町にあった色茶屋の《菱や》は、新宿が廃止を命じられた享保三年、何軒かの旅籠や茶屋とともに、鳴子坂の天神前へ店替えをした。

その折り、多くの酌婦、飯盛、茶屋女らも鳴子坂へ移った。

伴四郎は、菱やは亭主が倅に代わって、今も鳴子坂の天神前で参詣客や嫖客目あてに商売をしていると言った。ただし、お雪はもうずっと以前に菱やを去っていた。

今はどこで何をしているのか、生死すら、伴四郎は知らなかった。

午後の日は西に傾きつつあるものの、春の陽気というより、汗ばむほどの日射しが鳴子坂をまぶしく照らしていた。

十一は急な鳴子坂がゆるやかになったあたりの、酒亭や一膳飯屋、土産物屋が狭い間口を並べている天神前の一角に、菱やらしき茶屋を見つけた。

化粧の濃い赤い襷(たすき)がけの茶屋女がひとり、菱やの引違いの縦格子の戸を引いた店頭に立って、「お入んなせ」と、通りがかりに呼び声をかけていた。

茶屋は、板葺屋根の軒の低い二階家だった。

表戸わきの柱行灯に火は入っていないが、ひしや、と記してある。

店頭の茶屋女は小柄で、背の高い十一があまり嫖客らしくなく大股で近づいていくと、たじろぐように半歩退き、呆気(あっけ)にとられて見あげた。

「お入んなせ」

と言った相貌は、白粉(おしろい)と紅で装っていても、案外に年増だった。

十一は深編笠に手をかけ、辞儀をした。

「お訊ねいたします。こちらは二十年以前は、新宿上町にて店を開かれていた、茶屋の菱やさんですか」

はあ？という顔つきを女は寄こした。

「内藤新宿の宿場が廃止になる以前は、上町にあった菱やさんが、今は鳴子坂の天神前でご商売を続けておられるとお聞きしました。そちらの菱やさんでしょうか」

「は、はい。あっしはよく知りやせんが、たぶんそうだと思いやす」

「ご亭主に、おうかがいしたいことがあって参りました。お取次を願います」

十一は、高い頭を低くした。

「あの、旦那さん、どんなご用で、ございやすか」

「菱やさんが上町にてご商売をなさっていたころ、こちらに務めていたお雪さんの行方を訊ねています。お雪さんは宿場が廃止になる前の年、菱やさんをやめ、新宿を離れたと聞いております。新宿を離れ、お雪さんは今はどちらにおられるのか、それを知りたいのです」

「お雪さん？」

女は聞きかえし、往来の通りかかりに、「お入んなせ」と声をかけた。

「ちょいとお待ちくだせえ。旦那さんに聞いて参えりやす」

女がうす暗い戸内へ消えて、少し待たされた。

ほどなく、まだ四十前と思われる亭主が往来に出てきた。

「お待たせいたしやした。亭主の亥左吉と申しやす。お名前とご用件を、おうかがいいたしやす」

と、腰を折って手もみをしながらも、訝しそうに十一を見あげて言った。

十一は名乗り、二十年余前、新宿上町に店があった菱やに務めていた、お雪の行方を訊ねてきた用件を伝えた。

「はあ、およそ二十年前、うちで務めていたお雪でございやすか。うろ覚えに覚えておりやす。新宿の廃止が決まる前年の、あっしが十四でございやした。谷中の茶屋へ務め替えした女です。お雪は確か十六から務めを始め、十年ぐらい菱やにいたと思いやす。こういう色茶屋ですから、女の出入りは頻繁なんで、十年も務める女は殆どいませんが、どういうわけか、お雪は長く務めておりやした。お雪が小さな柳行李をひとつ提げ、上町の店を出るとき、お父っつあんが、達者でなと声をかけ、しょんぼりと寂しそうに去っていくお雪の後ろ姿を、覚えておりやす」

「お雪さんは、谷中の茶屋へ務め替えをして、今も谷中にいるのでしょうか」

「そいつはわかりやせん。あれから二十年以上がたって、お雪は四十代の半ばをすぎて、五十に近い歳です。そんな歳で色茶屋務めができるわけがねえし、今はどこで何をしているのやら。それも、お雪が無事に生きていたらの話です。ところでお侍さま、どういうわけで、お雪の行方をお訊ねでございやすか」

　十一は、一色家の名は伏せ、お雪が菱やに務めていた十九のときに産んだ直助という子供にまつわる一件を、かいつまんで話した。

「ほう。そんな事情がございやしたか。今の今まで存じやせんでした。お父っつぁんも、たぶんそこまでは知らねえんだろうな。承知いたしやした。古風さま、ここじゃあほかのお客さまの出入りの差し支えになりやす。どうぞ、お入りくだせえ。お父っつあんなら、お雪の行方を何か聞いているかもしれやせんし、手がかりになることを知ってるかもしれやせん。ただし、お父っつぁんは二年ばかし前、卒中で倒れましてね。今はなんとか回復しやしたが、身体の片方のいうことが利かず、言葉も少し聞きとりづらいんでございやす。ですが、そいつを我慢していただけりゃあ、古風さまのお役にたてるかもしれやせんので、どうぞ、どうぞお入りくだせえ」

　亥左吉は勧め、十一をほの暗い前土間に通した。

　前土間においた炉に炭火が熾(おこ)り、湯釜がうすい湯気をゆらしていた。ほの暗い前土間の縁台に二組、奥の店の間にひと組の客と女がいて、女と客のひそひそ声や笑い声が漂い、表の昼間の様子とはだいぶ違っていた。
店の間から二階に上る段梯子(だんばしご)が見え、二階にも客が入っているようだった。亥左吉

に案内されて前土間に入った十一に、

「おいでなさんせ」

と、女たちが口々に高い声を寄こした。

「古風さま、こちらでございやす」

十一は、前土間を抜け店の奥へ導かれ、先代の田ノ助に会った。

三

十一は牛込の武家屋敷地を抜け、七軒寺町、宗参寺門前、清松寺門前をすぎ、通寺町の往来へと坂道を上ったころ、春の宵の空は暮れなずむ深い紺青色を残しつつ、ちらちらとそこかしこに星がぽつりぽつりときらめき始めていた。

高札がたっている自身番の角を肴町へ折れ、御箪笥組の武家屋敷地と通りを挟んだ肴町の、通りからまたひと曲がりした路地に、二階家が三戸並んだ奥の一軒が、金五郎の裏店であった。

店に前庭はないけれど、引違いの腰高障子の表戸わきに、鉢植えの撫子が赤と紫の可憐な小花を、淡い明るみに溶けそうに咲かせていた。

「ごめん、十一です」

十一は深編笠をとって、表戸を開けた。

「遅くなりました」

続いて言うと、

「十一さま、お待ちしておりやした。おあがりくだせえ」

「十一、あがらしてもらえ」

寄付きの二階へあがる板階段の上から、金五郎と雄次郎左衛門の声がかえってきた。

台所にいたお槙がすぐに寄付きにきて、十一を頰笑みで迎えた。

「十一さま、おいでなさいやし。今日の昼前、千駄木組の古風さまから、綺麗にさばいて塩をふった立派な鴨を二羽もいただきやした。うちだけでは食べきれませんので、お隣さんとそのお隣さんにも、お裾分けさせていただきやした。珍しがって本途に喜んでいただきやした」

「今日は金五郎さんのところで、岡野さまと三人で寄合になると父に伝えますと、ならば鴨を届けておいてやると父が申しておりました。ここのところ、鴨がよく捕れるのです。そう言っていただけたら、父も喜びます」

「お気遣い、ありがとうございます。古風さまによろしくお伝えくださいやし。さあ、十一さま、あがってあがって。岡野さまは、十一さまが待ちきれぬので先にきたと、半刻前からお見えになって、うちの人と少しずつ始めています」

寄付きから、才槌頭がつかえそうな階段上り口の横木をくぐり、二階へあがった。

二階の四畳半に、岡野雄次郎左衛門と金五郎が胡坐をかいて向き合い、干魚、蕪と胡瓜と白菜に、赤唐辛子と昆布を細かくきって風味をつけた浅漬けを肴に、気持ちよさそうに杯を交わしている。

傍らの陶の火鉢にかけた鉄瓶で徳利を燗にし、四畳半の出格子の障子戸が開け放たれ、暮れゆく紺青の空と星のきらめきが眺められた。

「十一、やっときたか。まあ坐れ」

「十一さま。お待ちしておりました」

「まずは一杯だ」

雄次郎左衛門が、十一が小さ刀を後ろにおいて座につき、杯を手にするのを待った。小皿に塗り箸、杯を重ね、正月に表を張り替えた青畳に支度ができている。

「いただきます」

十一は温めの燗酒を、ひと息で呑んだ。喉が渇き、燗酒が美味かった。

「十一さま、あっしも熱いのを一杯いきましょう」

　と、金五郎が鉄瓶から出した徳利を手拭でぬぐい、十一の杯に傾けた。

「まあ、膝をくずせ。十一がこぬので先にきた。金五郎には、あらかたの話はした。今宵は、何から手をつけるか段どりを決めねばな。本能寺にはいってきたか」

「はい。日彦のあと住持に就いた妙相と会い、話を聞きました。それから、牛込の根来組の組屋敷へ廻り、直助の父親の一色伴四郎に会いましたが、直助の一件にかかわる詳しい話は聞けませんでした。初めは、とっくに済んだことを蒸しかえされるのは迷惑だ、事情を知りもせぬのに首を突っこむな、という応対で、直助殺しにかかわる当時の事情は何も聞けませんでした」

「そうだろうな。思い出したくない事情、話したくない事情がありそうだ」

「ただ、直助を産んだ母親の話が少し聞けました。それで、牛込から鳴子坂の菱やという色茶屋へ寄ってきました」

「鳴子坂ってえますと、新宿追分から成木街道をとって淀橋へ下る……」

　金五郎が言い、十一は頷いた。

「坂下の天神前に菱やという茶屋があって、直助を産んだのは菱やの茶屋女です。菱やは新宿が廃止になる前は、新宿上町に店を開いておりました。母親は、十六、七のころに菱やの抱えになり、お雪という名で出ておりました。一色伴四郎と懇ろになって、十九で直助を産み、伴四郎が直助を引きとったのです」

「お雪が菱やに、まだいたんですか」

金五郎が言った。

「いえ。お雪は新宿が廃止になる前の年に務め替えをし、菱やにはおりません」

「新宿の廃止が二十年前の享保三年。その前年ならば二十一年前に、お雪という女は菱やから務め替えをしたのか」

「はい。谷中の色茶屋に。あとで気づきました。その年は直助が八歳で、牛込の一色家から雑司ヶ谷の本能寺へ下男奉公に出された年でもあります」

「武家の倅が、寺の下男奉公にな。直助が一色家を出されたことと、お雪の務め替えは、かかり合いがあるのかもな。お雪は、直助が殺されたことを知っておるのか」

「それはわかりません。菱やは二代目の倅が継いでおり、お雪は父親の代に抱えられていたのです。父親も倅も、直助が死んだとは知りませんでした」

「そうか。ご苦労だった。さすが、十一は若いな。それだけ廻ってきたなら、遅くなるわけだ。それで金五郎。これからの手はずだが……」

「十一さま、大岡さまのご意向は岡野さまからうかがい、大体承知いたしやした。十七年前のあの当時、本能寺にかかり合いのあった人物から、できるだけ話を聞いて廻りやしょう。まずは、今日の訊きこみの中みを、お聞かせ願いやす」

金五郎が、十一の杯に酒を注ぎながら言った。

金五郎は馬喰町の宝屋という読売屋の、元は読売だった。

女房のお槇は、十二歳下の神田銀町の町芸者で、お槇のお腹に金五郎の子が宿り、お槇は町芸者をやめて、金五郎と神田の裏店に所帯を持った。

あんな読売屋と馬鹿だね、と芸者仲間に散々言われた。

けれど、昼夜の区別なく江戸市中を嗅ぎ廻る読売屋の性で家を空けてばかりの亭主に代わって、辛抱強く所帯を支え、生まれたひとり娘を育てた。

十年余前、牛込肴町のこの一軒家を手に入れ、ひとり娘を日本橋の商人の家に嫁がせたのも、この店からである。孫も二人できていた。

一昨年の元文元年、金五郎は四十数年も仕事をした宝屋をやめ、この神楽坂上通寺町の、牛込肴町の一軒家に、女房のお槇と夫婦水入らずの静かで穏やかな、しかしながら、少々張り合いの乏しい隠居生活を送ってきた。

この春、金五郎は六十三歳になって髪はごま塩だが、小銀杏の髷はふさふさして、広い額と中高の彫の深い目鼻だちに、今もなお若いころの精悍さを留めていた。

金五郎と岡野雄次郎左衛門のつき合いの始まりは、享保三年、南町奉行に就いて間もない大岡忠相が、それまで各町ばらばらだった町火消についての、七ヵ条の規定を町年寄に申しわたし、新たに編成する施策を打ち出したときだった。

金五郎は、大岡越前守の町火消の編成を、読売にしばしばとりあげた。

あのころ、大岡物を扱った読売はよく売れた。町家では名奉行と、評判が広がっていた。のちになって、だんだんそうではなくなったが。

金五郎が、目安方の雄次郎左衛門をいきなり訪ね、「御奉行さまの……」といろいろ訊き出したのが、二人のつき合いの始まるきっかけになった。

雄次郎左衛門は、柄の悪い読売屋が煩わしい、と思っていた。

初めは、主人の悪い評判を読売に書きたてられては面目ないので、仕方なく相手をすると、案外に男伊達（おとこだて）の金五郎の気性が面白く、また気心の相通ずるところがあって気に入り、以来およそ二十年、金五郎との親交は続いている。

一昨年の元文元年、大岡越前守が、南町奉行から、旗本の身で大名格の寺社奉行に転出し、雄次郎左衛門も南町奉行所の目安方を退いて主人とともに、外桜田の大岡邸に戻った。その折り、金五郎は雄次郎左衛門に言った。

「ちょうどいいころ合いですかね。名奉行大岡越前守さまがお退きになったこれを機に、あっしも読売屋稼業の足を洗うことに決めました。気がついたら、こっちももう還暦をすぎて六十一です。あっという間の歳月でございやした」

　しかし、雄次郎左衛門はそんな金五郎をからかった。

「何を言う。金五郎はわたしより四つも若いではないか。まだまだ、柄の悪い読売屋が似合っておるぞ」

「勘弁してくだせえ。読売屋が老いぼれて、休み休みしながらでなきゃあ、読売種を嗅ぎ廻るのがつらくなったら潮どきです。大岡さまには、持ちあげたりけなしたりでずい分稼がせていただきやした。読売屋に心残りはございやせん」

　ところが、読売屋をやめて一年と数ヵ月がたったころ、

「じつはな、旦那さまの内々のお指図なのだが、ちょいと手伝うてくれまいか。よき男だが、まだ年が若い。その男に、読売屋の知恵を貸してやってほしい」

　と、雄次郎左衛門に持ちかけられた。

　お槇とののどかで気楽な、ただ少しばかり張り合いの乏しい隠居暮らしを送っていた金五郎の読売屋の性根に、またぼっと小さな火がついたのだった。

　去年の冬、雄次郎左衛門は十一を金五郎に会わせるときに言った。

「金五郎は、ただの柄の悪い読売屋とは違う。性根には、表からは見えない人の世の

からくりを見たい知りたい、という好奇心があふれておる。歳はとっても十一の調べにきっと役にたつはずだ。十一に会わせたかった。旦那さまもご承知だ」

階下でお槇が金五郎を呼んだ。

「おまえさん、支度が整ったから運ぶのを手伝っておくれ」

「そうかい。いい匂いがしてきた。ちょいとお待ちを」

金五郎が着流しの身頃を、若衆のように威勢よくたぐり、軽々と階下へ下りていった。階下の台所のほうで、金五郎とお槇の遣りとりが聞こえ、ほどなく、味噌の焼けた匂いとともに湯気がゆれる鍋を両手で提げ、用心しいしい階段を上ってきた。

金五郎の後ろから、お槇が大きな平盆に奴豆腐の鉢、大根と人参とごまの鱠、笊に盛ったうどん、そして、小皿や碗を重ねてあがってきた。

金五郎が鍋敷きにおいた土鍋には、蒟蒻に人参、牛蒡を油で炒め、それに葱とたっぷりの鴨肉を合わせ、味噌で煮たてていた。

おう、と雄次郎左衛門が、早や少し赤らんだ顔をゆるめた。

「十一さまのお父上からいただいた鴨ですよ。あとでうどんを入れて少し煮たてても、美味しくいただけると思います」

お槇は平盆を鍋の横に並べて言った。

「ふむ。味噌の香りと鴨肉の甘い匂いが絶妙に溶け合っておる。おかみさん、馳走に相なりますぞ」

「どうぞ、ごゆっくり」

三人の寄合は、中断せざるを得なかった。

そうして、宵のときが流れ、開け放った障子戸から綺麗な星空が見えた。三人は土鍋の鴨肉を平らげ、残った汁でうどんを食い酒を呑みながら、ぼそぼそと、中断していた寄合の続きを始めていた。

十一は本能寺の訊きこみの話を続けた。

「日彦が八吉郎に言い残した、直助殺しを示し合わせたみなとは、知念と本好、住持の日彦、そのほかに誰か、ということになります。あの夜、寺の住人ではない誰かがいた。ひとりか二人、あるいはもっといたかもしれません。住持の妙相が申しますには、事件が起こった十七年前のあの当時、本能寺に居住していたのは、住持の日彦、寺僧の浄縁、知念と本好の二人の所化、寺男の次平、それと下男の直助です。寺男の次平は、十年ほど前に亡くなっております。次平は、直助殺しの当夜、境内の下男小屋に戻りすでに休んでいて、直助と所化らの争いは何も気づかなかったとお調べでは証言しており、これはもう確かめようがありません。寺僧の浄縁は、所化の知念と本好の修行の師でもありましたので、弟子の二人の犯した過ち、すなわち、弟子の落度は師の落度であると、評定所のお裁きが下されたのち、寺を去りました」

「還俗したのだな。今はどこでどのように暮らしておるのか、それはわかるのか」

雄次郎左衛門が言った。

「還俗して、郷里の下石神井村に戻った噂を、ずっと以前に聞いたことはあったそうです。しかし、定かなことはわかりません。それから、知念と本好も、直助の父親の下手人御免の願いによって、お構いなしでしたが、やはり還俗しております。妙相は、両名の消息もまったく知らないと、申しておりました」

「直助が見て知った何かが、みなにとっては、口封じに始末するぐらいの大層な何かだった。日彦が亡くなった今、そのわけを、知念と本好は間違いなく知っておるはずだな。まずは知念と本好の両名、そのどちらかでも見つけねばな」

「岡野さま、知念と本好の郷里が評定所でわかるはずです。郷里に訊ねれば、二人の今の居どころが知れると思うのです。そちらの調べを、お願いできませんか」

「よかろう。評定所より手付の松亀柳太郎が、わが大岡家役宅に遣わされておる。松亀に頼めばわかるだろう。ただし、手続きなどにうるさい男だから、ときがかかるかもしれんがな」

するいと、金五郎が言った。

「享保六年の直助殺しの一件は、あっしはかかわっておりませんが、宝屋でもとりあげたのを覚えておりやす。下手人の本能寺の所化二人はすぐに捕まって、事件はあっさり落着したんで、ずい分騒がれた割には、忘れられるのも早かった」

「宝屋の読売も、あまり売れなかったか」

「へい。ですが、直助殺しは、何人かが示し合わせて口封じにやったと、本能寺の住持の日彦が今わの際に言い残したと、岡野さまから聞かされ、ちょいとぞっとしやした。住持の日彦は、示し合わせた者らだけしか知らない、直助殺しのもうひとつの筋書きを、十七年の間、ずっと隠し通してきた。ところが、仏に仕える身が、そいつを隠し通していては成仏できねえどころか、これじゃあ地獄いきだと思った。今わの際に、もうひとつの筋書きが隠されていると言い残した。だとしたら、十七年前に一件落着の筋書きはなんだったんだと、柄の悪い読売屋だって好奇心をそそられますよ。誰が本途のことを言い、誰が嘘を言ったのか。何が隠されているのか、それともやっぱり空っぽなのか、蓋を開けてみるまでわかりませんが……」

「金五郎、何から手をつける」

「口封じに始末された直助が見て知ったのは、見ても知ってもならねえ何かが、本能寺の境内のどこか、僧房や本堂や庫裏や墓所や、どこかしらにあった、もしくは行われていた。つまり、直助はついそれを見てしまった。知ってしまった。たぶん、そういうことだと思われます」

「本能寺で、夜な夜な賭場が開かれていたとかだな」

「そりゃあ、博奕（ばくち）は御禁制ですが、賭場を十二歳の直助に見つかったぐらいなら、誰にも言ってはならんぞ、と堅く口どめすれば済みますよ」

「済む」

岡野はうなった。

「十一さま、まずは本能寺で何があったのか、そっちを探ってみましょう。口封じをしなきゃあならねえほど大層な何かがあったなら、示し合わせた者ら以外にも、もしかしてと、疑念を持っていた者がいる見こみがあります。明日朝早めに、また朝飯を食いにきてくだせえ。出かけるあてが、ひとつありやす」

「わかりました」

十一は最後のうどんで腹を満たし、箸と碗をおいた。

「その前に、会って話を聞きたい者がおります。一件の調べとはそれるのですが、金五郎さんにもきてほしいのです」

「ほう。どちらへ」

　金五郎が訊ね、

「どこへいくのだ、十一」

　と、雄次郎左衛門が訝った。

「新宿上町の菱や抱えだった、直助の母親の話が聞けるかもしれません。母親のお雪です。鳴子坂の菱やを訪ね、菱やの前の亭主の田ノ助に会いました。田ノ助は卒中で倒れ、身体が不自由で言葉も上手く話せず、ただ、頭だけはしっかりしており、お雪はたぶん、板橋の旅籠の《川竹》にいると言っておりました。新宿から谷中の茶屋に務めを替え、それから転々として板橋へ流れたようです。年は宝永七年に直助を産んだ年が十九歳でしたから、今は四十七歳です。どうやら川竹の遣り手らしいと。一件とはかかわりはなくとも、お雪が直助のことを何か知っているかもしれません。会って話を聞いておきたいのです」

「捨てた子だ。捨てた子の話はしたくないかもしれぬがな」

「はい。話したくないなら、無理にとは思いません」

「承知しました、十一さま。あっしもお供いたします。母親の話を聞くのも、悪くねえ。待ち合わせはどこにしますか」

「宿場の手前で王子道（おうじみち）と分かれる道端に、庚申塚（こうしんづか）が建っています。庚申塚のところで朝五ツに……」

そこへ、お槇が板階段をそろそろとあがってきた。

「おまえさん、済んだものを片づけましょうか」

「おう。もう終った」

「お槇どの、まことに美味かった。満腹いたしました」

平らげた鍋や皿を重ねていくお槇に、雄次郎左衛門が言った。

「綺麗に食べていただいて、ありがとうございます。干柿がありますので、お口直しにいかがですか」

「いいですな。いただきますぞ」

「干柿を肴に、残りの酒を呑（や）るのも案外いけますからね」

あはは……

雄次郎左衛門と金五郎が言い合って笑った。

「わたくしも手伝います」

と、片づけを手伝いかける十一に、お槇の白い顔が頬笑んだ。

「いいんですよ、十一さま。うちの人が手伝ってくれますから」

「よしきた。十一さま、お気遣いなく。この家の中のことは、女房のお槙とあっしにお任せくだせえ」

金五郎が平盆をひょいと持ちあげ、器がかちかちと笑うように鳴った。

四

その朝、板橋中宿の往来を上板橋方面へ折れる角に構える旅籠《川竹》の、店頭が騒めいた。この刻限、旅人や宿場女郎目あての嫖客はすでに宿を発ち、宿場のお店者や住人、荷車、荷馬を牽く馬子、両天秤の行商、籠舁きらが往来している。

そこへ、後手に縛められ、島田の髷が崩れて肩に垂れ、着物の裾を引き摺りながら、よろけつつ運ぶ跣の爪紅がかえって痛々しい若い女が、石神井川に架かる板橋を渡ってくるのが見えていた。

女は四人の尻端折りの若い者に囲まれ、ひとりが縛った女の縄尻をとっていた。

往来のざわめきは、あられもない女の姿に、驚きや好奇、哀れみの声があがったのではなく、性懲りもなく、あるいは、またか、というような嘲笑やため息だった。

女はつかれた様子で、歩みがのろく、たびたび若い者に肩を小突かれ、つんのめったり転びそうになるのを、縄尻をとる若い者が強く引き戻すので、苦痛に白粉が剝げて斑になった顔を歪め、つらそうな泣き声をもらした。

「騒ぐんじゃねえ」

前をゆく男が、女を見かえって叱りつけた。

若い者らは女を引ったて、川竹の店頭に足を止めた通行人の間をいき、路地へ折れて川竹の裏手の勝手口のほうへ通った。

なつめの木の下に板屋根つきの井戸があり、勝手口の腰高障子が閉じている。

男が勝手口へ小走りに駆け寄り、腰高障子を引いて首を突っこんだ。

「旦那、とっ捕まえやした」

勝手の土間でどやどやと人の気配がし、川竹の亭主らしきよく肥えた年配の男と女房と思われる化粧の濃い年増、それから、これは年増というよりはもう年配の、地味な細縞を着けた、殆ど化粧っ気のない頰に古疵のある女が出てきた。

勝手口には旅籠の使用人らが集まり、腰高障子の隙間から、若い者に囲まれ井戸端に佇む女を見ている。

「まったく、油断のならねえ女だぜ。借金するときは殊勝なふりを装いやがって、隙さえありゃあ泥坊猫みてえに逃げ出しやがる。大した稼ぎもねえのに飯は一人前に喰らいやがる。こういう仕つけの悪い性悪女は、どうやら痛い目を見なきゃあ、行儀よくできねえと見える。お雪、たっぷりと身体に言い聞かせて、行儀よくできるように仕つけてやれ」

「お雪、たっぷり、可愛がってやんな」

隣の年増の女房が、声を甲走らせた。

「へい」

お雪は、手にした細長い竹の笞をびゅんと撓らせ、若い者らに言いつけた。

「さっさと着物を脱がせな。納屋に吊るすんだよ」

旅籠の裏手の一角に、土壁に板屋根の古い納屋がある。

若い者らは縛めていた縄を解き、女の着物を寄って集って剝ぎとった。

女はたちまち、朱の腰巻をのぞいて一糸まとわぬ姿にされ、若いたわわな胸を両の腕で蔽い隠してしゃがみこんだ。

「湯文字はどうしやす」

「性悪女にそんなものはいらない、素っ裸にしてぶらさげてやんな」

二人の若い者が、胸を蔽っていた女の両腕を荒々しくつかんで、女に起きあがる暇も与えず、腰巻を毟りとり、納屋のほうへ引き摺っていった。

女は悲鳴をあげ、あられもない恰好で足をじたばたさせた。

お雪は勝手口に集まって、戸の隙間からのぞいている使用人らを叱りつけた。

「見るんじゃないよ」

お雪の剣幕に、勝手口の腰高障子がぴしゃりと閉じられた。

女は、がらくたの物置に使われている古い納屋の、屋根裏の梁に両手首を縛られ、宙ぶらりに吊るされた。

女の裸体がゆらりゆらりと揺れ、梁に擦れて縄がきりきりと鳴った。納屋の小さな明かりとりから射すひと筋の光が、女の裸体を白い帯になって照らした。

女は痛さと苦しさに、声を放って泣いていた。

「泣いたからって、容赦しないよ」

お雪の笞が鋭い音をたてて、女の背中に浴びせられた。笞で打たれるたび、女の泣き声に悲鳴が混じった。

「おまえが性悪だからこんな目に遭うんだ。二度と逃げようなんて気を起こすんじゃないよ。身体でしっかり覚えるんだね」

お雪は喚き散らし、笞をうならせ打ち続ける。

女は泣きながら、「堪忍してえ」と許しを乞うが、笞打ちの手を一時も休めなかった。そのうちに、お雪の額には汗がうっすらと浮き出て、吊るされた女のほうも、泣き声と悲鳴が小さくなり、今にも消え入りそうになった。女の背中や丸い臀部、太股の裏側あたりまで、笞の痕が赤い蚯蚓腫になって、いく筋も残っていた。

女は吊るされたまま、がっくりとうな垂れた。

亭主は大きな腹を擦り擦り、あは、と嘲笑った。

「気を失いやがった。馬鹿女が。お雪、あとは任せた」

「手加減するんじゃないよ」

年増の女房がお雪に言った。この女房も元は旅籠女郎だったのが、亭主に気に入られ、女房に納まった。

「へい。ちゃんと仕つけてやりますんで、任しておくんなさい」

お雪は、気を喪った女の身体を笞で突いてゆらして見せた。

亭主が、年増の女房とともに納屋を出ていくと、お雪はふっと息を吐き、汗ばんだ額を手の甲でぬぐった。頰の疵の汗は、指先で擦った。

「女の目を覚まして、また痛めつけやすか」

年嵩の若い者が言った。

「いいよ、もう。降ろしてやりな」

「えっ、いいんですかい。旦那の言いつけで、たっぷりと痛い目に遭わせて、逃げようなんて気を二度と起こさねえように仕つけるんじゃ、ねえんですかい」

「いいんだよ。物には程度があるんだ。旦那はあんなふうに言うけど、痛めつけすぎてこの女が使い物にならなくなったら、こいつの稼ぎ分はおめえらが弁償しろって、言うに決まってるんだ。あんたたち、それでもいいのかい」

「あ？　ああ、まあ、そいつはどうも……おい、縄を解けとけ」

若い者らは女を土間に降ろした。

女は土間にぐったりと横たわった。

若い者が草履の爪先で、女の肩を小突いた。

「おい、起きろ」

ふっと気がついた女が、薄目を開けてお雪を見あげ、またすすり泣きを始めた。

「しょうがないね。意気地(いくじ)なしのくせに、やることが向こう見ずなんだから。本気で逃げられると、思ったのかい。仮令逃げられても、この恐いお兄さん方が、おまえのお父っつあんとおっ母さんのとこまで、追っかけていくんだ。わかってんのかい」

お雪は笞の先で、女の剝き出しの太股が歪むほど突いた。

女はすすり泣きながら、うんうん、と頷いた。

と、そこに納屋の板戸が引かれ、外の明かりが埃の舞う土間に射した。

下働きの男が恐る恐る覗いて、お雪に言った。

「お雪さん、お客さんですよ。若いお侍と供の中間風体の二人……」

「若い侍と中間風体？　あっしにかい。人違いじゃないのかい」

お雪は聞きかえした。

「二十年ほど前、新宿の菱やの抱えだったお雪さんだと、言っておりやしたが、お雪さんじゃあねえんですかい」

「新宿の菱や……」

お雪はふと呟いた。

お雪は、勝手の土間と台所の板間を隔てた薄暗い通路をとり、表の前土間へ足早に草履を鳴らした。

通路を跨いで二階へあがる板階段の下をくぐると、前土間の張り店の傍らに、背の高そうな痩身の侍と、侍ほどではないものの、やはり大柄で、こちらは屈強な身体つきの町民風体が、並んで立っている。

侍は栗皮色の単衣に小倉織の紺の裁っ着けに黒足袋草鞋、両刀ではなく、黒鞘の小さ刀一本を帯びているばかりで、深編笠をかぶっていた。隣の町民風体は菅笠をかぶり、朽木縞の上衣を尻端折り、黒股引に黒足袋草履掛である。

張り店の部屋に、午前の刻限は女郎衆の姿はない。表の往来も、旅客や嫖客が通るには早い刻限だった。旅籠の風呂場のほうで、数人の女郎らのいい合いがうるさかった。昼見世が始まる午後まで、女郎らが気ままにできるときである。

お雪は胸のざわめきを覚えながら、店の間沿いの通路に草履を鳴らした。

二人がお雪に気づき、深編笠と菅笠をとった。侍は才槌頭の、目がぱっちりとした若衆だった。町民風体は、ふさふさした白髪の髷を結い年寄に見えたが、鼻筋の通った中高のいかつい風貌が老いを感じさせなかった。

誰だい。知らないね。

お雪は思った。

十一と金五郎は、前土間の折れ曲がりの通路をくるお雪に辞儀をした。

お雪はほっそりとした様子に、化粧っ気のない顔つきは険しかった。つぶし島田の髪には白いものが目だち、四十七の歳より老けて見えた。

頬に、古い疵痕が残っている。

「雪です。あっしになんぞご用と聞きやした。あっしはお二人さんを存じやせん。どちらのどなたさんで」

お雪は折れ曲がりの角に立ち止まり、先に声をかけた。

「古風十一と申します。わたくしは寺社奉行大岡越前守さまの命を受け、寺社役助を務めております」

「あっしは、金五郎でございやす。古風さまの御用聞(ごようきき)でございやす」

「お、大岡、えちぜん？」

お雪が怪訝(けげん)な顔つきを見せた。

「およそ二十年前、新宿上町の菱や田ノ助さんの抱えだったお雪さんを、お訪ねいたしました。お雪さんが板橋中宿の川竹に務めておられると、田ノ助さんよりうかがったのです」

菱や田ノ助の名前を言うと、お雪の訝しむ目つきが、少しやわらいだ。

「新宿が廃止になって、菱やが鳴子坂の天神前に移ったことは、ご存じですか」

十一は言った。

「菱やのご主人の田ノ助さんには、本途にお世話になりやした。川竹の遣り手婆(ばば)あに雇われたのは、七年前です。今じゃ、女郎衆に鬼のお雪と呼ばれておりやす。新宿を出て一度もご挨拶にいったこともないのに、田ノ助さんはあっしが板橋にいると、よくご存じでしたね。田ノ助さんはお変わりござんせんか」

「田ノ助さんは三年前、卒中で倒れ、命に別状はないようですが、身体が不自由なご様子で、菱やは倅の亥左吉さんが継いでおります」

お雪は言葉を失い、眼差しを歪めた。

「田ノ助さんにはいつかご挨拶をと思っていても、気ままにできる身ではありませんから、ずっとご無沙汰でした。そうだったんですか。卒中で倒れ、身体が不自由になられましたか。お気の毒に」

「お雪さん、お雪さんにお訊ねいたしたいことがあって、おうかがいいたしました。少々、よろしいでしょうか」

お雪は十一と金五郎を見つめたまま、不審そうな間をおいて言った。

「大岡なんとかさまの、御奉行さまの名前は聞いたことがありやす。けど、古風さんと金五郎さんは、妙なとり合わせですね。おまえさん方が、そんな名の知られた御奉行さまのご家来衆には見えやせん」

「大岡さまよりお預かりした、寺社役助の書付を持参しております。それを見ていただければ、おわかりいただけるのでは」

「書付ったって、あっしはひらがなしか読めないんです。それに、宿場女郎の遣り手婆あのあっしみたいなのが、御奉行さまの書付を見て、それが本物かでたらめか、どうやってわかるってんですか」

するとと、金五郎が言った。

「お雪さん、古風さまとあっしが大岡越前守さまの本物の御用の者か、でたらめなのか、ご不審はごもっともでございやす。ですが、まずは古風さまのお訊ねか、話だけでも聞いていただけやせんか。古風さまのお訊ねが、お雪さんにかかり合いがあることだけは間違いねえんです。話を聞いて、こたえたくねえならねえと、そう言っていただけりゃあ、無理には訊ねませんので」

お雪は押し黙って、十一と金五郎を交互にまじまじと見つめていた。

それから、ふっと息をついて言った。

「何を訊きたいんです？」

「お雪さんが産んだ、直助さんのことをお訊ねします」

十一が言った。

風呂場のほうで、女郎らのいい合いが続いている。

「ちょいとお待ちを……」

お雪はまた通路に草履を鳴らし、旅籠の奥へ消えた。すぐに、風呂場のほうで言い合いをしている女郎らを、お雪が叱りつけた。旅籠は一瞬、寂と静まりかえった。宿場の往来を牽かれていく、荷馬のいななきが聞こえた。

しばらくして、お雪が通路を跨ぐ板階段下から顔を出し、十一と金五郎に声を寄こした。

「こっちへ」

そこは、旅籠の廊下がいき止まりの、明かりとりもない布団部屋だった。古簞笥や布団を重ねた狭い部屋の隅に、人ひとりが寝起きできるほどの場所があった。

「ご主人がうるさいので、ここで我慢してくださいな」

と、それでもお雪は、勝手から湯気が上る鉄瓶と碗を小盆に載せて運んできた。

三人は膝を寄せて向かい合い、お雪の淹れた番茶を薄暗い中で一服した。

「ここがあっしの寝間です。狭くても、あっしひとりなら手足を伸ばして寝ることができやすから、ありがたいことです。住み慣れると、こんなところでも愛着を覚えましてね。先のことは何も考えず、あるのは今だけです。ここでぽっくり逝ったら、あっしの終の棲家になりやす」

お雪は言った。

「あっしが、十九の歳でした。けど、あれはあっしの子じゃありやせん。生まれてすぐ、他人の家の子になったんです。あっしが母親役をやったのは、ほんの三月ほどでしたかね。菱やのお客さんをとるときは、隣に寝かせて、泣かないようにあやしながら済ませやした。若かったんですね。何も考えず、ただあたふたしてばっかりで。菱やのご主人の田ノ助さんが、仕方がないと、しぶしぶ産むのを許してくれたんです。三月で母親役は終りやしたが……」

「直助さんの父親は、牛込の根来組与力一色伴四郎さんですね」

「それも、大岡さまのお調べにかかり合いがあるんですかね」

「定かではありません。ただ、一色伴四郎さんにはお会いいたしました。直助さんは一色家の二男として、育てられました。直助さんのことをお訊ねしても、殆ど何も話してはいただけませんでしたが」

「古風さん、直助は十七年前、死んじまったんですよ。十二歳でした。大岡さまは、十七年も前に死んだ直助の何を調べよと、お命じなんですか」

「直助さんが亡くなったことを、ご存じだったんですね」

「直助が死んで何年もたってから、谷中の茶屋に抱えられていたときでした。そんな噂話をお客さんから聞きやした。お客さんは何も知らず、雑司ヶ谷の本能寺で何年か前に、直助という十二歳の下男が殺された話をしたんです。あっしは、吃驚して開いた口がふさがらなかった。てっきり、いずれは直助は出家して、お坊さんになるんだろうなと、ぼんやりと思っていましたから」

「生まれて三月の直助さんが、一色家に引きとられ、八歳のとき、雑司ヶ谷の本能寺へ、下男務めに出されたのです。お雪さん、直助さんは一色家の男子として引きとられたのではなかったのですか」

「一色さんが、そうするしかないと仰ったんです。自分の産んだ子を捨てた母親が、あとになって何を言っても、どうにもなりませんよ」

「そうするしかないと?」

お雪は頷き、物憂げに言った。

「お寺のお坊さんになってくれればまあいいかって、自分に言い聞かせやした。直助が一色家を出されてから、どこか違う土地に移りたいと、思ったんです。新宿にいるのがつらくなりやしてね」

腰付障子の障子の明るみしかない中で、お雪は頬に残った古疵の黒ずんで見える痕を、涙をぬぐうように指先でなぞった。

「谷中の茶屋のご主人に事情を話し、見張りの若い者がついて、雑司ヶ谷の本能寺にいきやした。何年か前にこの寺で亡くなった下男の直助を産んだ者で、と言いやすと、住持の日彦さまが会ってくださって、直助がどんな目に遭ったか、聞かされやした。その折り、直助の墓所が牛込の月桂寺にある一色家の墓だと教えていただいて、可哀想な短い一生でも、無縁仏にはならず、父親の家の墓に納まったんですから、ちょっとだけ安心しやした。まさか、あっしなんかが墓参りにいけやしませんので、それで直助のことは、全部終りです」

「住持の日彦さんは、直助さんが命を奪われたときの経緯を、お雪さんにどのように話したのですか」

「どのように？　下手人は若い所化の二人で、初めは口喧嘩だったのが、かっとなった所化らが十二歳の直助に手加減せず、殴る蹴るの乱暴を働き、気がついたら直助はもう息をしていなかった。所化らはすぐお縄になってお裁きを受けたと、日彦さまは仰いました。あっしはそんなふうに聞いておりやす」

「本能寺の日彦さんは、この三月の上旬、病により、身罷りました」

お雪は、はあ、と不思議そうに言った。

「病が昂じ、もう起きあがることもできず、今日か明日かというその期に及んで、日彦さんは十七年前の、直助さんが亡くなった子細をある者に言い残しました。日彦さんが言い残したのは、お雪さんに教えたこととは違う子細だったのです」

「違うって、何がです？」

お雪はきょとんと首をかしげた。

十一は、日彦が今わの際に下男の八吉郎に言い残したことから、大岡忠相より真相を調べるようにと指図を受け、お雪を訪ねた今朝までの経緯を話して聞かせた。

首をかしげていたお雪の目から、ひと筋、またひと筋と、涙が伝った。

五

お雪は言い始めた。

「秩父の炭焼きと小さな畑を耕す山暮らしの、百姓の生まれです。十六のとき、わけがあってっていうか、まあ貧乏の所為で身売りして、新宿上町の菱やの抱えになりやした。菱やは色茶屋ですから、十六で色を売る茶屋女になったんです。新宿はできたばかりの新しい宿場町で、とても活気があって、旅のお客さんばかりじゃなく、飯盛の旅籠女郎の姐さんやら、あっしらみたいな色茶屋の女目あてに、江戸のお客さんも沢山遊びにきやした。お務めはつらくて悲しかったけれど、我慢して一生懸命お客さんを喜ばせるふりをして務め、そのうち務めには慣れやした。なんてったって、山では盆と正月にしか食えなかった白いご飯が、お腹いっぱい食えたんです。国のお父っつあんやおっ母さんや、弟や妹のことを思い出して泣けやした。半年かそこらがすぎて、お務めにすっかり慣れたころ、五、六人のお侍さんが菱やにあがって賑やかに酒宴を開いて、そのあと、あっしが務めたのが、一色伴四郎さんだったんです。一色さんはもう小父さんの年ごろでした。でも、茶屋遊びは慣れていなくて、むっつりと堅くなっていましてね。それをほぐして導いてあげたらとても喜んでくださって、あっしも姐さん方みたいに一人前の茶屋女になれた気がして、少し嬉しかったのを覚えています。それから一日おいて、一色さんがお独りで菱やに見えたんです」

廊下に閉てた腰付障子を透かして、川竹の表側の明るみが、布団部屋にうっすらと射していた。その廊下の明るみのほうで、男と女の声がした。

「おい、お雪はどこにいる」

「お客さんが見えて、部屋にいますよ」

「なんだ。客の用はまだ済んじゃいないのか。長いな。なんの用だ」

「旦那さん、ご存じじゃないんですか。どうやら、お上の御用のようですよ」

「どうだかな。怪しいもんだ。お上の御用なら、もっとちゃんとしたお侍方がくるだろう。おまえちょっと覗いておいで」

「いやですよ。旦那さんがいってくださいよ」

それから、男と女の声が途ぎれ、流し場で水を流す音や碗や皿がかちゃかちゃとこまかく鳴る音が聞こえた。

ふん、とお雪は鼻で笑った。

「わざと聞こえるように言ってるんです。ここの旦那は吝くて、給金を払っている使用人が旅籠の仕事以外の用をしているのが気に入らないんです。いいんですよ、昼見世が始まるのはまだだいぶ先ですから」

十一と金五郎は頷き、話の続きを待った。

「馴染みってえのがこういうことなんだって、十七、八のあっしにもわかりやした。初めのころは、三日にあげずって言うんですかね。いい小父さんなのに、一色さんは足しげく通ってきて、あっしも縮尻らないようにつくしやした。姐さん方に、馴染みは三人はいないと、こっちに差し支えがあるときに大変だからと言われやした。それに、お侍の馴染みはいろいろ厄介な事が多いし、金払いもあてにならないので、人気はあまりなかったんです。けど、あっしは一色さんひとりで精一杯だったんです。それから、子供には気をつけるんだよ、こうするんだよって、教えられてもいました。

用心しなきゃあって、思ってはいたんです。でもまだ若くて、真剣じゃなかった。馬鹿ですよね。後悔先にたたずですよ」

お雪は、すぎた昔を思い出す間をおいた。そうして、すぎた昔の愚かだった自分に呆(あき)れるように、ため息をついた。

「一色さんが三十代の半ばで、牛込に組屋敷がある根来組とかの与力さまと知って、だからいつも、あんな気むずかしそうな、恐そうな顔をしているんだと思いやした。あっしと二人のときは、よく笑う、どちらかといえば気の小さい小父さんだったんですよ。一色さんと馴染みになって、四、五ヵ月がたったころ、お腹に一色さんの子ができやした。菱やの田ノ助さんには、堕(おろ)すしかないねと、素っ気なく言われやした。姐さん方にも、上手くやってくれる名人がいるから大丈夫だよ、すぐに済むよ、と言われやした。あっしは十八になっておりやしたから、色茶屋抱えの茶屋女が、赤ん坊なんか産めるわけがねえ、堕すしかねえと、それぐらいはわかっておりやした。一色さんには、一色さんの子ができたと伝えて、堕すつもりだったんです。あれは、まだ暑い秋の初めごろでしたかね。一色さんがいつものように二階にあがって、にこにこといい機嫌なところに、子ができたと言ったんです。そしたら、一色さんは途端に初めてきたときみたいなむずかしい顔つきになって、誰の、と聞いたんです。一色さんの子に決まってるじゃありやせんかって言ったら、なぜわかる、と罪人を問いつめる口ぶりで言われやした。あっしはこの人はこんな恐い人なんだと思いやしたが、それ以上に腹がたって、なぜでも女にはわかるんですよと、言いかえしやした。お腹の子を産むと決めたのは、そのときです。一色さんに言ったんです。生まれた子はあっしがひとりで育てます。一色さんには迷惑かけませんからって」

また考える間があった。

勝手のほうで、御用聞と若い者の遣りとりと笑い声が聞こえた。

「一色さんが菱やに、ぷっつりと姿を見せなくなったのは、それからです。でもあっしは意地になって、どうしてもお腹の子を産んで育てて見せると、考えを変えませんでした。菱やの田ノ助さんは、そんなに頑固なやつだったのかと、呆れていらっしゃいやした。でも、田ノ助さんは、誰も手助けしない、お前ひとりで背負いこむなら勝手にしなと、許してくれたんです。姐さん方には、馬鹿だねこの子はって、散々言われやした。年が明けた十九の春の初めに、赤ん坊を産んだんです。一色さんの子とわかるくらい、目と鼻が似てました。どうだいって、気持ちでした。あっしはひらがなしか読めないので、直助の名前は田ノ助さんがつけてくれやした。お侍の子らしい、立派な名前だと思いやした。半月ほど休んで、お客をとり始めたんです。さっき言ったように、直助を傍らに寝かせてあやしながら、お客さんの用を済ませやした。直助が泣いたときは、乳を含ませながらとか。たまに、暇な姐さんが、あっしがお客さんをとってる間、直助の面倒を見てくれたりしてなんとかなって。けど、本途は、頭が変になるくらい大変でくたくただったんです。田ノ助さんに、おまえが休んでいる間の分の借金は増えたんだからなと、嫌みを言われやしたし……」

「その間、一色伴四郎さんは、菱やにはこなかったのですか」

十一はつい訊ねた。

お雪は、うっすらとした笑みを浮かべた。

「一度もきません。色茶屋の女などにかかわって、妙にこじれては一色家の障りになりかねねえとでも、思ったんですかね」

「ですが、直助さんは一色家に引きとられやした。それはどういう事情なんで……」

金五郎が言った。

「あっしはあとで聞いたんですが、田ノ助さんが見かねて、牛込の一色家の組屋敷を訪ねてくれましてね。一色さんに会って、お雪は顔だちが一色さんに似た倅を産んだ、名は直助、仮令（たとえ）、産んだのが茶屋女でも倅は倅、女が知らぬ間に産んだ子でかかわりはねえと見捨てるのは勝手でも、これから女手ひとつで倅を育てていくお雪に、少しは憐(あわれ)みをかけてやってくれませんか、と言ったそうです。そしたら、その翌日、一色さんが菱やに顔を見せ、直助を凝っと見つめて、確かにわたしの子のようだな、と言ったんです。あっしは、直助はあっしひとりの子です、一色さんの伜じゃありやせんと言ってやったんです。つまらねえ意地を張って、どこまで馬鹿だったんでしょうかね。一色さんは、その日はそれだけで引きあげ、四、五日して今度は中間を従えてまた菱やにきましてね。田ノ助さんとあっしに、直助を引きとり一色家の男子として養育することに決まった、向後(こうご)は直助にいっさいかかわらねえ、いっさい母親と名乗らねえと誓う証文と一緒に、十両の金子を差し出されたんです。あっしは一色さんに食ってかかりやした。冗談じゃないよ、あんたなんかに直助をわたすもんかって。ですけどね。田ノ助さんに、色茶屋で育てるより、お武家の子として養育されるほうが直助のためになるんだと諭(さと)されて、色茶屋の茶屋女は了見するしかないじゃありませんか。十両で直助を手離し、産衣(うぶぎ)にくるまれた直助を中間が抱えて、一色さんに従って新宿の往来を去っていくのを、泣く泣く見送りやした。でもね、直助はお侍の家の子になって、ゆくゆくはお侍になるんだと、内心はちょっと嬉しかったんです。ちょっと誇らしくて、産んでよかったと、思っていたんですよ」

お雪が内藤新宿を去らなかったのは、さほど遠くもない牛込の根来組の組屋敷に、自分の産んだ直助がいるという思いが、小さな消えることのない火を、心の中に灯していたからだ。

母と名乗り出るなど、とんでもないことだった。

武家の子として育った直助が物心ついて、自分を産んだ母が色茶屋の茶屋女だと知ったなら、きっと、自分の出自を負い目に感じるのに違いなかった。直助にそんな思いをさせたくはなかった。

ただ、いつかこの界隈のどこかの通りで、町角で、顔もわからぬぐらいの若衆になった直助と、どちらも知らぬ間に、気づかぬ間にいき違うことがあるかもしれない、と思いを廻らすことが、お雪のささやかな拠りどころになった。

八年目、お雪は二十七歳で、菱や抱えの年季もあと少しで明け、菱やの中でも年増の姐さんになっていた。

その噂話をしたのは、牛込の武家屋敷にお得意を多く持つ、内藤新宿下町の古着屋の行商だった。

行商には菱やに馴染みがいて、その馴染みに武家屋敷の台所事情やら聞きつけた噂話やらを聞かせたその中に、牛込の根来組与力一色家の倅が、雑司ヶ谷の本能寺へ、下男働きに出された話があった。

行商は、下男働きというのは表向きで、実情は倅は本能寺の寺小姓、すなわち住持の愛童に売られたらしいと聞いた噂話を、馴染みに面白おかしく語って聞かせた。

「八歳の二男坊でさ。ご当主が以前馴染みだった女郎に産ませた倅だそうだ。奥方さまがその二男坊を、女郎の血筋などと忌み嫌って、顔も見たくないといじめにいじめ、挙句の果てに追い出しちまった。名前は確か直助、歳は八歳と聞いた。いくら女郎に産ませた倅だからって、それじゃああんまりだよ。奥方さまも奥方さまだし、ご当主もご当主じゃないか」

　馴染みの茶屋女は、菱やのお雪姐さんには若いころに産んだ、牛込のお侍の子がいて、その子がまだ赤ん坊のとき、お侍の家に引きとられた話を聞いていた。

　女はもしかしてと思い、お雪に話した。

　それを聞かされたお雪は、きりきりと胸が締めつけられた。そんな馬鹿な、話が違うじゃないの、と思った。居ても立ってもいられない気持ちだった。

　お雪は菱やの田ノ助に、一色伴四郎の了見が訊きたいと相談した。

　すると、それは無理だと、田ノ助は言った。

「直助はおまえの子じゃねえ。八年前、一色家に引きとられ一色家の倅になった。おまえは赤の他人なんだ。寺小姓だろうが下男だろうが、一色家が倅をどうしようと、赤の他人のおまえが口出しできることじゃねえ」

けれども、数日後、お雪は一色伴四郎と会うことができた。

このときも田ノ助が骨を折った。たまたま知り合いの新宿の商人が、一色家の御用達だった。その商人に頼んで、こっそり話をつけた。

一色伴四郎は、お雪と二人だけならと承諾した。

およそ八年ぶりに、お雪は新宿追分の掛茶屋で伴四郎と会った。

十九だったお雪は二十七の年増になり、伴四郎は四十代半ばに近い年配の侍になっていた。軒にたて廻した葭簀(よしず)の陰の縁台に腰かけた伴四郎は、菅笠もとらず、よそよそしい様子だった。

お雪は、伴四郎に質した。

直助が本能寺の下男奉公に出されたと聞いた。八年前、赤ん坊の直助を一色家の男子として養育することに決まったと言われ、武家の子として養育されるほうが直助のためになると信じて手離した。なのに、とお雪は言った。

「茶屋女風情が、わが家の事情に口出しするとは無礼者め。だが、昔の誼(よしみ)だ。こたえてやる。直助は武士には向かん。育ててみてわかった。母親の血筋の所為(せい)かの。残念だが、こうするほうが直助には相応しいと、判断したのだ。おのれの性に合わぬ厳格な武家の暮らしをこれ以上続けるより、直助も内心、ほっとしておるだろう。ほかに言うことはない。それだけだ」

「奥方さまが、直助を産んだ母親が茶屋女だからと忌み嫌って、顔も見たくないといじめ、追い出されたと聞きやした。直助は表向きは下男だけれど、本途は住持さまの寺小姓に売られたとも聞きやした。そうなんじゃねえんですか、一色さん」

「馬鹿を申すな、人聞きの悪い。そんなわけがあるまい」

「だったら、直助を本能寺から連れ戻し、あっしが面倒を見ることにしても、あっしが引きとっても、かまいやせんか」

「それはならん。他人のおまえがわが家の事情に口出しも手出しも許さん。おまえは直助を手離す際、わが一色家より十両の報酬を得たではないか。直助を売って儲けを手にしたではないか」

「そ、そんな、ひどい。あれは、あのときのお金は、一色さんのお気持ちだったんじゃねえんですか。子供を産んだ母親への……」

「やはり女郎風情だな。金のことになると、都合のよい嘘を並べたておって。話にならん。これまでだ」

伴四郎は腰をあげ、いきかけた。

お雪は伴四郎にすがり、袴をつかんだ。

「ま、待ってくだせえ。だったら、一色さんが直助を連れ戻して、あっしにかえしてくだせえ。十両は、なんとか工面しやす」

「しつこい、無礼者」

伴四郎は提げた大刀の柄で、お雪の手を払いあげた。

大刀の鍔がお雪の頰にあたって、お雪は顔をそむけた。そのはずみで、茶碗が土間に落ちて転がった。

周りの客がざわめき、土間の片隅の侍と女へ訝しそうな目を向けた。周りの目をさけるように、伴四郎は菅笠を目深にして顔を隠し、足早に去っていった。

お雪は、布団部屋の微弱な明るみが見せる、頰の古疵の痕に指先をあてた。

「そのときの疵痕です。あっしの犯した罪の、一生残る入墨ですのさ。けど、直助はこんな疵と比べものにならない不運を、一杯背負わされて生まれ、親よりも先に死んだ子だったんですね。なんてこった」

と、懈怠そうに笑った。

「それからね、新宿を離れることにしたんです。菱やの年季も、そろそろ明けるころでしたし。もう新宿暮らしはこりごりだって、そんな気になりやしてね。谷中の茶屋へ店替えしやした。いい歳でしたから、どれだけ稼げるかわかりやせんでしたが、稼げるだけ稼ごうって。ただ稼ぐだけが、生きる目あてでした」

女たちの騒ぎ声が、廊下の先からまた聞こえてきた。何か言い合いをしているらしく、それを止める声も雑じっていた。

お雪は、女らの言い合いが気にかかる様子だった。

「評定所のお裁きは、直助さんの命を奪った所化の二人も、住持の日彦さんも、お構いなしでした。一色伴四郎さんは評定所に下手人御免の願いを出され、所化らと日彦さんは、罰をまぬがれました。若い所化らと十二歳の直助さんは、口喧嘩が昂じ、互いに手を出して争った末に直助さんが命を落とした。若い者にはありがちなこと。不慮の災難に遭ったと諦めるしかない。所化を罰しても倅は戻ってこない。一色さんが下手人御免の願いを出された理由でした。お雪さんは、それが本途の理由と思われますか」

十一は訊ねた。

「違いますよ。一色さんは、そんな人じゃありやせん。たぶん、周りから言われたんですよ。みっともないとか、体裁が悪いとか。もしくは、断れない誰かから頼まれたとか。一色さんは、自分で決められる人じゃありやせん。自分より弱い立場か強い相手かによって、自分のふる舞いを変える人です。知ってそうしているのか、知らずにそうしているのか、あっしにはわかりやせんが」

そこへ廊下に足音が近づき、納戸部屋の腰付障子ごしに女の声がかかった。

「お雪さん、お千ずとおりくがまた喧嘩を始めてるんです。このままじゃあ収まりそうにないんで、お雪さん、ちょっときてくれませんか」

「そうかい。すぐいくよ」

お雪は障子戸ごしにこたえた。

女らの言い合いが、うっすらと明るみが射す廊下の先のほうで、まだ続いていた。

六

本町一丁目の大通りに、本両替商の海保半兵衛の店がある。

海保半兵衛は、大店の商人のみならず、幕府、諸大名の勘定方もその顔色をうかがい、膝を屈する両替商仲間の中で、行事役を務める巨大両替商ながら、店の構えは案外に質素で飾り気がなかった。

表店の裏手に、内塀に囲まれた主人の半兵衛の数寄屋造りの住居があった。

身分の高い武家や町役人の名主に許された玄関式台はないが、大きくせり出した庇下に石畳、両引きの白木の格子木戸、高い敷居をまたぐと、広い三和土の前土間があって、拭い縁を数段あがった板間続きに広い寄付き。

板間には黒柿に虎の彫り物を施した衝立が、目隠しにたててある。

その大層立派な表戸から、主屋のわきへはずれた中の口から、お半は中働きの若い男の案内で、庭に面した折れ曲がりの縁廊下伝いに、居室へ通された。

縁廊下伝いの広い庭は、様々な意趣を凝らした石組と小山に灌木が繁り、砂礫が敷きつめられ、中小の石灯籠が白い漆喰の内塀に囲われた庭の景色を邪魔せぬように配列されていた。

塀ぎわの榊の高木で、ひよどりがさえずっていた。

半兵衛の居室は、縁廊下の腰付障子が両開きに開け放たれていた。ただ、縁廊下から半兵衛の姿は見えなかった。

「旦那さま、お半さんをお通しいたしました」

若い男が縁廊下に膝をついて、居室の半兵衛に知らせた。

「お入り」

半兵衛のくだけた口ぶりがかえってきた。

どうぞ、と若い男に導かれ、お半が十畳ほどの居室に入ると、半兵衛は違い棚と小襖を閉てた納戸のある壁側を背に、黒漆塗りの筆がえしのついた書案に向かって、傍らに積んだ帳簿の一冊を開いていた。広い書案の隣に並べた硯箱が見えた。

居室の二方に閉てた間仕切には、南画風の水墨画が描かれ、鴨居の上の欄間、鏡天井がさり気ない贅を凝らしている。

違い棚の花活けには、赤い金盞花が、白や墨色、くすんだ茶など、居室の静かな色合いに鮮やかな色彩を放っていた。

半兵衛は黒茶色の袷を着流し、葡萄色の袖なしを羽織っていた。

お半は半兵衛の書案から離れて着座し、手をついて言った。

「半でございやす。お呼びたていただき、畏れ入りやす」

「手をあげて、もうちょっとこちらへ。遠いと話しづらい」

へい、とお半は頭をあげた。端座をくずさぬまま、ひと擦りふた擦りと半兵衛へにじり寄った。化粧っ気のないやや下ぶくれのぼってりとした白い肌と、厚めの唇に真っ赤な紅を注したのが、ねっとりとした色香を醸している。

真っ黒な束ね髪を頭に重ね、これも紅色の三本の笄でぴしゃりと止めた様子は、鉄火な女親分の貫禄があった。

朽葉色の小袖の襟元に黄色の下着がのぞき、横縞の半幅帯を隙なく締めている。

こうやって、明るい朝のうちから改めて見ると、案外にいい女じゃないか、女やくざにしておくのは惜しいね、と半兵衛は思ったのがおかしかった。

「お半に話があるので、客がきたら待たせておいておくれ。長くはかからない。それからお半にお茶をな」

と、半兵衛は若い男に言いつけた。

若い男が退っていくと、半兵衛は書案に開いていた帳簿を閉じ、片側に積んだ帳簿の束の上に重ねた。

「金貨と銀貨の相場の変動を、享保の初めから、ずっと確かめていた。上方や西国の情勢次第で、稀に一両六十匁を超える銀安にふれたことはあっても、大旨、享保の世は一両五十五匁から五十九匁の銀高基調が安定して続いてきた。これはね、上方や西国は物作りと商いが盛んで、天下の政を遍く布くのが将軍さまのお膝元の江戸だから、仕方のないことなのだ。江戸の町は、上方西国から下ってくる様々な物によって支えられておる。塩も砂糖も醤油も酒も、木綿も紙も衣装も何もかもが、われわれ江戸町民のみならず、お武家と坊さん方の日々の暮らしを支えておる。商人は偉いね。

遠い蝦夷まで船で出かけ、蝦夷の海産物や材木や珍しい物を船に山積みにして、江戸まで運んでくる。蝦夷の物は、上方でも江戸でも飛ぶように売れる。まことにありがたいことじゃないか」

お半はそれがなんだいと思いつつ、へい、と殊勝にこたえた。

「その上方西国の商い、物の売り買いは、銀貨が使われる。上方西国の商人は銀貨で物を仕入れ、江戸は、金貨が使われる。関東八州も東北もそうだ。将軍さまのお膝元のわが江戸は、江戸に運んで金貨で売ることになる。当然、商人にとっては、銀貨と金貨を交換するのに、銀貨が金貨より少しでも高いほうが得になる。儲けるために懸命に商いをしておる商人が、得になる銀高を望むのはあたり前だ。売るほうがそれを望み、買うほうが買わざるを得ないのであれば、銀高になるのは、いたし方のない理の当然の流れなのだ。そうだろう」

お半は我慢してわかったふりをし、へい、とまた首肯した。

「ところが、理の当然の流れを邪魔し、逆らう唐変木がおる。外桜田の大岡越前だ。これまで通りでよいものを、誰も望まぬのに大岡の唐変木は御吹替を断行しおって、金銀相場を大混乱に陥れた。大岡のわからずやの所為で、われら本町の両替商はひどい目に遭わされた。どうにか大岡を南町奉行から引き摺り降ろして、事なきを得たがな。だが、寺社奉行に就いて、未だ評定所一座に居座っておる。しぶとい男だ。大岡だけはなんとしても評定所一座より排除しなければ、気が収まらん」

半兵衛は忌々しそうに鼻息を鳴らした。

けれども、あれから一年半余、半兵衛が近ごろ気になるのは、金一両の銀の相場がじりじりと下がりつつあることだった。

このまま銀の相場が下がり続けて、大岡越前が目論んでいた六十匁より下がって安定してしまっては、商売は痛手をこうむるばかりか、何よりも、大岡越前にしてやられた気がして面白くなかった。

本途に邪魔な男だ、と半兵衛は思っていた。

大岡越前が寺社奉行として評定所一座に残っていては、また何をし出かすかわからない。大岡越前を評定所一座より排除せねば、と半兵衛は次の手を打っていた。

その日、お半を呼びたてたのもそのためだった。

若い者が、お半の茶と菓子を運んできた。

お半は茶を一服してから言った。

「旦那さん、ご用を承りやす」

「ふむ。ここのところ、外桜田のお屋敷の様子はどうだ。変わった事はないか。珍しい人物がお屋敷を訪ねたとかな」

「外桜田のお屋敷にお出入りの方々は、お歴々のみならず、ご身分がさほど高くないと思われる方々まで、残らず素性はすでにお伝えいたしておりやす。今のところ、お屋敷に変わった動き、慌ただしい動きなどは見られやせん。日々変わらず、淡々と続いておりやす」

「そうか。ならばそれはそれでよい。外桜田の見張りは、そのまま続けてくれ。今日の用は、それとは少し違う。大岡越前守さまにかかり合いのある事柄に違いはないのだがな。一昨日（おととい）、北町の稲生さまと南町の松波さまをお招きして、本町の料亭で宴席を設けた。両御奉行さまのお身内の方々も同席なされ、杉村さまもご一緒だった。杉村さまから、宴席の話は聞いているか」

「いえ。杉村さまのお呼び出しも、ございやせんので」

「そうか。まあ、聞いておらぬならそれでよい。で、その日の宴席に水下藤五（みぞおちとうご）と申される評定所留役が、稲生さまのお口添えで同席なされた。評定所留役は、評定所のお裁きの場の審理を、御奉行さま方に代わって進めておられる。水下さまは背の高い涼し気なご様子で、黒羽織の地味な装いがいかにも能吏らしいお役人さまだった。歳は五十二、三の年配と稲生さまから聞いていたが、見た目は若々しく、そのような年配には見えなかった。お半は評定所留役の水下藤五さまは知らんだろうな」

「存じやせん」

「水下さまは、稲生さまとは評定所留役のお役目以外にもおつき合いがあるらしく、いろいろと話を交わされていた中に、大岡さまの話が出たのだ。一昨日は、評定所一座の内寄合の会合が、四名の寺社奉行さま、南北町奉行さま、公事方の勘定奉行さまお二方が列席なされ、月番の南町奉行所の内寄合所で行われた。でだ、会合が終ったそのあと、寺社奉行の井上正之さまが稲生さまに、今月の上旬、雑司ヶ谷村の本能寺という寺の住持が亡くなった話をなされた。日彦と言う住持で、だいぶ前から病に臥せっていてな。日彦の看病と世話役に麴町の請人宿を通して、八吉郎と言う下男が雇われていたのだが、日彦が亡くなる前日、看病についていた八吉郎に、もう十七年も前の享保六年、本能寺で起こったある事件の話をした。どういう事件かというと……」

半兵衛は、表向きは下男だが実情は日彦の寺小姓であった直助という十二歳の少年が、二人の所化に殺され大塚村の畑に埋められたが、すぐに発覚し、所化らは評定所で裁かれ一件落着した一件のあらましを語り、さらに、

「日彦が下男の八吉郎に、亡くなる前日に聞かせた十七年前の直助殺しには、じつは

真実が隠されておって、直助殺しにかかわった者が二人の所化以外にもおると、言い残したというのだ」

と続けた。

「わたしは、稲生さまが水下さまに話されていたのを、膳が近いために聞こえてきたばかりで、十七年も前に一件落着したのであれば、今さら真実が明かされても手遅れだな、どうにもなるまいなと、さほど気にも留めずに聞いていた。でだ、井上さまの話にはその続きがあって、どうやら、大岡家の家人が本能寺の下男に雇われていた麴町の男を訪ね、日彦が亡くなる前日に言い残した直助殺しの話を、確かめにいっておるのだ。それで井上さまは、大岡さまが十七年前の事件を気にかけておられるようですぞと、こっそり稲生さまに伝え、稲生さまが水下さまにそれを話した。それがわたしにも聞こえた、というわけだ」

お半は、半兵衛の話に凝っと耳を傾けた。

「稲生さまは、大岡さまがすでに落着した直助殺しを、気にかけようがかけまいが、今さらどうでもよい、お好きなようにと思う一方、大岡さまは一体何が狙いで、日彦が言い残した話を家人に確かめにいかせたのかと気にかかって、評定所留役の水下さまに、何か思いあたることがござらんかと、お訊ねになった」

「水下さまは、どうおこたえになられたんで、ございやすか」

「十七年前の本能寺の直助殺しの一件は覚えておりますと、おこたえになった。同役の君島友之進さまのお二方で下調べを行い、審理を進め、結果を御奉行さま方に進言した。本能寺の事件に思いあたること気になることは、十七年前も今も別段にない。当時、南町の御奉行職に就いておられた大岡さまは、三奉行のおひとりとしてお裁きに出座なされていた。日彦が亡くなる前日に言い残した話によって、自身が出座したお裁きに疑いが生じたなら、仮令、長いときがすぎてはいても、真偽を確かめるのはもっともなことだから、大岡さまのお訊ねがあればおこたえできるよう、一件の御仕置済帳を見なおしておきますと、そつのないおこたえだった。けれども、水下さまはそれでは物足りぬのか、ひと言、言い添えられた。われらの調べに、見落としがあったとは思えぬのですが、とな。水下さまは、物覚えが抜群の切れ者と知られており、気位の高いお役人さまだから、疑念を持たれているのは遺憾なのだろう」

「そうでございやしょうね。ご自分の進言なさったお裁きに、あとで間違いが見つかったなんて、言われたくございやせんもの」

「間違えても、間違いだと認めぬのが役人だしな」

「それでは、あっしのご用ってえのは、大岡邸の人の出入りのほかに、大岡さまの直助殺しのお調べの見張りでございやすね」

「まあそうなのだが、今ひとつわかったことがあってな。十七年前、雑司ヶ谷の本能寺という寺で云々の事件があったのを知っているかい、と店の年配の者らに聞いてみたところ、知っている者もいたし、そんなことがありましたかねと、その程度の者もいた。その中に大塚村の者で、十三のときからうちの小僧奉公を始め、今は番頭を務めておる者が、本能寺の事件をよく覚えていたのだ。というのも、その番頭と下手人の二人の所化は同じ年ごろで、所化らが殺した直助を、里の大塚村の畑に埋めたことなどから、どんなお裁きが下されるのかと、気になったそうだ。ところが、番頭が言うには、殺された少年の父親が下手人御免の願いを差し出したゆえ、所化らは評定所のお裁きでお構いなしと知って、それでは、殺された少年は殺され損で浮かばれないな、と思ったとな」

「下手人御免？　そんなのがあるんでございやすか」

「ある。殺された身内の者が、斯く斯く云々ゆえ相手側に寛大なご処置をと、評定所に願いを出せば、御免になる場合があるのだ。珍しくはない。まあ、示談だな。大抵は相応の賠償金で落着させる。命を落とした者は、生きかえらぬし」

「倅を寺小姓に出すんですから、貧乏な父親だったんですね」

「じつはそうでもない。父親は根来組の与力で、二百俵どりだ。直助は与力の二男坊だった」

え？　とお半は首をひねった。

「二男坊でも、お侍が倅を寺小姓に出すなんてことが、あるんでございやすか」

「貧乏御家人の倅が寺小姓に出され、高僧の愛童として暮らし、いい歳になったら、武家の養子先を見つけてもらえる場合もあると、そんな話を聞いたことがある」

「ですけど、根来組の与力の倅が寺小姓は、変じゃございやせんか」

「変だな。お半もそう思うかい」

「思いやす。しかも、与力の父親は自分の倅が殺されたのに、下手人御免の願いを出したんでございやしょう。変ですよ。父親なら、倅を殺した相手を八つ裂きにしたいくらいじゃないんですか」

「お半、大岡さまのお調べを見張るというより、おまえが直助殺しを探ってくれないか。日彦は何を言い残そうとしたのか、何が隠されているのか、大岡さまが調べていると聞いたら、わたしも気になるじゃないか。お半は町方の御用聞を務めていたのだから、こういう探索には慣れておるだろう。ひとつ手がかりがある。うちの番頭が言うには、直助殺しの所化ら二人は還俗して、今は八丁堀の坂本町一丁目の、角兵衛という銭屋で、手代奉公しておるらしい。ずっと以前のことだが、角兵衛の二人の手代は、若いころ雑司ヶ谷の本能寺の所化だったというのが、界隈の銭屋の間では窃な噂になっていたらしい。まあ、二人は評定所のお裁きでお構いなしになって、以来、全うに暮らしておるのだから、何も怪しむに足りない。みな気にかけなくなり、人も変わって、噂など消えてしまう。だが、本能寺の日彦が今わの際に、十七年前からずっと閉じていた真実とやらの蓋を開けた。中に何が隠されているのか、それとも空っぽなのか、気になるじゃないか。お半、銭屋の手代らを探るのだ」

四半刻後、お半は本町の大通りを東へとった。

まだ昼前の晩春のうららかな日が、本町の往来に降っていた。

一丁目から二丁目をすぎ、日本橋北の大通りの四辻を、南の日本橋のほうへ折れた。

「姐さん、これからどちらへ」

がま吉が後ろから短い首を突き出し、お半を見あげて言った。

海保半兵衛の大店を出ると、どこからともなく現れたがま吉が、ずっとお半の後ろに従っている。お半より頭ひとつ低い分厚い短軀で、苔色の着衣を尻端折り。太い腹に角帯、不格好な太短いがに股に黒股引、黒足袋草履の恰好である。

太い首の割には頭が小さく、首と頭の境目がよくわからないが、いつも白地に水玉の置手拭をつけているので、そこが頭だとわかる。

「がま吉、腹が減ったね。そばでも食うかい」

日本橋のほうの春の空を見あげて、お半が言った。

「そうっすね。そばの三、四枚を軽く小腹に入れときゃあ、しばらくは持ちやす」

「そばを食ったら、八丁堀の坂本町へいくよ」

「坂本町へ？　姐さん、海保のご主人のご用は、なんだったたんで」

「あとで話す」

お半は深川北六間堀町に古くからある岡場所の、防ぎ役の茂吉郎のひとり娘だった。茂吉郎は六間堀町と北六間堀町、その西側の八名川町を縄張りにしていた貸元でもあった。

茂吉郎が卒中で急逝したのは享保十二年。もう十一年前になる。

そのあと、十九歳のお半が茂吉郎の縄張り、すなわち、六間堀町と北六間堀町、八名川町の賭場の貸元、岡場所の防ぎ役を継いだのだった。

お半が茂吉郎の縄張りを継いだとき、お半がしゃしゃり出てきやがったら、小娘の出る幕じゃねえと鼻っ柱をへし折って恥をかかせ、茂吉郎の縄張りは好き勝手にとり放題だぜと、そう思った周辺の貸元や親分衆らが少なからずいた。

しかし、お半はそんな周辺の貸元や親分衆らの思惑(おもわく)を知ってか知らずか、しゃしゃり出なかった。

表には顔を出さず、茂吉郎の代からの年寄や古参の手下らを、縄張りの賭場の貸元や岡場所の防ぎ役にたて、自分は後ろに隠れて手下らを操る、十九の娘にしてはしたたかな手腕を見せた。

手下らの中には、お半を見くびって逆らう者もいたが、お半は容赦なく痛い目に遭わせた。深川界隈から不意に姿を消し、行方知れずになった手下もいた。

お半の廻りには、手足となって働く命知らずの若い者らがいた。そのお半のとり巻きの若い者らの頭が、がま吉だった。がま吉は、お半がまだ童女だったころから、茂吉郎にお半の子守役を命じられた小僧だった。

六間堀界隈の縄張りを手下らに任せたお半は、その一方で、町方役人にとり入り、町方の御用聞を務める女岡っ引になった。

六間堀のお半、と女だてらに言われながらも、腕利きの岡っ引として頭角を現し、岡っ引仲間のみならず、南北町方の間にもその綽名(あだな)が知られ始めたのは、すでに五年、いや六年前だった。

お半は今、外桜田の大岡邸を見張って、大岡越前守の日々の動向を把握し、大岡邸に出入りする幕府高官のみならず、諸大名の家臣や商人、町民、旗本御家人らの、大岡越前守とのかかり合いを探る密偵役を請(う)けていた。

「どうだ。やってみねえか」

北町の本所方(ほんじょかた)同心の、加賀(かが)正九郎(しょうくろう)と西川公也(にしかわきんや)に誘われ、お半は二つ返事で請けた。

怪しげで不穏な、もしかすると身に危険が及ぶかもしれないその密偵を指図しているのが、北町奉行の稲生正武だったからだ。

しかも、本町一丁目の巨大両替商海保半兵衛が、表から見えないところで稲生正武と手を結んで、どうやら、大岡越前守を評定所一座とかいうお上の偉そうなお役目から失脚させることを狙っているらしかった。

北町奉行稲生正武の職権と、両替商海保半兵衛の財力を後ろ盾にして、六間堀を挟んだ南北六間堀町や南北森下町(もりしたちょう)どころか、竪川(たてかわ)から小名木川(おなぎがわ)までの町地全部に縄張りを広げる魂胆だった。

むずかしいことはわからない。けど、こっちはどっちでもかまやしないんだ。

と、お半は思っていた。

ただ、お半の報告はすべて、ちょっと陰湿でのっぺり顔の、内与力の杉村晴海を介して北町奉行の稲生正武に届けられた。稲生正武にお目通りしたのは、海保半兵衛の住居でただの一度だけで、稲生はお半に言葉もかけなかった。

日本橋の袖の石段を上るとき、ふと、お半は古風十一を思い出した。

もしかしたら、坂本町でまた顔を合わせることになるかもね。

お半は呟いた。

「へい、姐さん。なんでやすか」

後ろのがま吉が言った。

「なんでもないよ」

お半は背中で言ったが、すぐにがま吉へ見かえり、

「また、古風十一と顔を合わせることになるかもしれないよ」

と言い添えた。

「へえ、あの千駄木の才槌頭の若蔵でやすか。さいですか。あの野郎、形はでかくても、がきみてえなのどかな顔して、鳥を追っかけてんだろうな。年が明けてひとつ歳を重ねたんだから、少しは大人の面になりやしたかね」

がま吉がとぼけて言った。

「どうだかね」

お半はとぼけたが、十一のことを思うと、ちょっと胸がはずんだ。あらいやだ、とお半はそんな自分に気づいて、噴き出した。

と、そこへ本石町(ほんごくちょう)の時の鐘が、三つの捨て鐘を打った。往来する大勢の通行人や荷車が橋板を鳴らす賑やかな日本橋の天辺(てっぺん)で、お半はふりかえり、本石町の空を見あげた。やや霞を帯びた青空に、時の鐘が昼の九ツを報せ始めた。

第三章　銭屋の亭主

一

二日がたって、十七年前の享保六年、雑司ヶ谷本能寺にて起こった直助殺しの一件のあと、本能寺を去った所化の知念と本好、また両名の師であった寺僧浄縁の今の居どころを、評定所より大岡邸に出向している手付の松亀柳太郎へ、岡野雄次郎左衛門が訊ねた問いの、返答があった。

松亀柳太郎は、岡野雄次郎左衛門に内々のお訊ねと聞かされていたので、留役ではなく、下役の留役助(すけ)の親しい者に調べを頼んだ。

すると、一件はすでに落着いたし十七年のときをへて、当事者はそれぞれの暮らしを営んでおり、それを今になって詮索するのはいかがなものか、当人らも迷惑であろうと渋りつつも、下手人ではない寺僧の浄縁ならば、と教えられた。

浄縁の里は下石神井村の百姓で、還俗して下石神井村に帰った浄縁は、親にもらった卓右衛門に名を戻し、里の田畑を継いでいた兄より小さな田畑を借り受け、百姓仕事に就いた。

還俗した享保六年のその年、卓右衛門は三十歳だった。

卓右衛門は三十五歳のとき、出戻りだが三十三歳の村の女と所帯を持ち、翌年、そして三年後に子が生まれた。

その日の朝、卓右衛門は犂起こしと根肥をしたあとの、田んぼの小切にかかっていた。早朝は女房も田に出ていたが、狭い田んぼでさほど手間はかからず、家事仕事のある女房を先に帰らせ、ひとりで風呂鍬をふるっていた。

高曇りの、晩春にしては少し肌寒い日だった。

「父ちゃん、お客さんだよ」

姉娘の呼び声に鍬の手を止めて顔をあげると、雑木林のほうから田んぼの畦道をくる姉娘と、裁っ着けに深編笠の背の高い侍風体に、菅笠をかぶり手甲脚絆の町民風体の二人連れが見えた。二人に見覚えはなかった。

卓右衛門は鍬を下げて畦道のほうへいきながら、誰だろう、と思った。

雑司ヶ谷の本能寺に勤めていた僧侶の記憶は、疾うに薄れている。

「父ちゃんだよ」

姉娘が卓右衛門を指して、二人に言った。

二人は深編笠と菅笠をとり、田んぼをくる卓右衛門に辞儀を寄こした。

背の高い痩身の侍風体は、小さな髷を乗せた才槌頭の広い月代が光り、顔つきに幼さの残る若衆だった。小さ刀を人形飾りのように帯びていた。

並んだ町民風体は、侍より背はやや低いものの、肩幅のあるしっかりした体つきながら、綺麗に結った髷は真っ白だった。

卓右衛門は畦道にあがって、二人へ頭を垂れた。

「卓右衛門でございます。どちら様で」

姉娘は父親に並んで、二人を好奇の目で見あげている。

「古風十一と申します。お仕事中、お邪魔をいたします。わたくしは寺社奉行大岡越前守さまより、寺社役助を申しつかり、大岡さまの御用を務めております」

「金五郎と申しやす。古風十一さまの御用聞でございやす」

十一と金五郎が、頭をさげたまま言った。

「寺社奉行大岡越前守さまの御用で、江戸からわざわざこられたんで」

卓右衛門は鍬を畦道に突き、おだやかに質した。

「はい。卓右衛門さんにおうかがいしたい事柄があって、お訪ねいたしました。卓右衛門さんは、十七年前まで雑司ヶ谷本能寺にお勤めの、浄縁さんですね」

卓右衛門は、うすれていた記憶が思いがけず甦り、意外に感じた。

娘が父親の返事を気にかけ、父親を仰ぎ見た。

「浄縁の法名をいただき、雑司ヶ谷の本能寺にて勤めておりました」

僧侶のころの言葉遣いは、忘れていなかった。

「十七年前の享保六年六月、雑司ヶ谷本能寺にてその一件は起こりました。浄縁さんが本能寺の寺僧を、まだ勤めておられたころです。おうかがいしたいのは、その一件についてなのです。今、よろしいでしょうか」

「享保六年の六月……」

卓右衛門は呟くように繰りかえした。

小切にかかっていた田んぼのほうへ目を流し、考える間をおいた。根肥をした田んぼからやわらかな臭気が流れてくる。

畦道の向こうの雑木林で、鳥の群がさえずっている。

卓右衛門は、七分袖の紺の野良着をつけ、鼠色の股引、素足に藁草履をはき、うすくのびた月代や無精髭(ぶしょうひげ)には、白いものが目だち始める年ごろだった。

「僧でいることはできぬと悟り、還俗して里のこの村に戻りました。あれから、お寺に勤めていた季(とき)よりも長い年月がすでにすぎ去って、もう長いこと経すら読んでおりません。すぎた昔のことは、あまり覚えてはおりません。お訊ねになられても、どれほどおこたえできるか、この通り歳ですので、あてにはなりません」

卓右衛門は白髪が混じった髪のほつれを、指先で梳(す)いた。

「覚えておられる限りのこと、思い出せる限りのことを、お聞かせいただければそれで十分です」

「ですが、古風さんと金五郎さんのお訊ねが、あの六月の夜、本能寺で起こった一件の事情なら、あれはすべて落着して終っております。どういうおつもりで、今になってあれをお訊ねになるのか、よくわかりません。それに、わたしはあの日、夕刻より日彦(にちげん)さまとともに落合のほうの檀家の法事に出かけておりました。お訊ねの一件が起こった刻限は、本能寺におりませんでした。その場に居合わせておりませんので、何もおこたえできることはございません。お訊ねになりたいなら、やはり、あのときの所化の二人に訊かれたほうが……」

「所化は知念さんと本好さんです。卓右衛門さんは二人の修行の師でした。知念さんと本好さんの今の居どころを、ご存じなのですか」

「えっ？　ああ、いえ、そういうわけではありません」

卓右衛門は、曖昧な口ぶりで言った。

「卓右衛門さん、本能寺の日彦さんが、この三月の上旬、お亡くなりになりました。ご存じでしたか」

卓右衛門は知らなかったらしく、一瞬、目を悲しげに瞠り、それから力が失せていくかのように目を細めた。小さな吐息をもらし、

「病に臥せっておられると、聞いてはおりました。そうでしたか」

と言った。

「日彦さんが亡くなる前日、看病につき添っていた者に言い残されたことがあるのです。じつは、享保六年のあの一件にかかり合いのあることを、日彦さんは言い残されたのです。それについて、卓右衛門さんの覚えておられること、思い出せることを、あるいはもしかしてと、思いあたることをうかがいたいのです」

卓右衛門は沈黙し、細めた目を十一と金五郎に向けていた。

やがて、傍らの姉娘に言った。

「お篠、父ちゃんはお客さんともう少し話があるので、先にお帰り。おまえが生まれ

るずっと前の話だから、聞いてもわからないからね。母ちゃんに、もう少しかかりそうだと言っといておくれ」

「うん、わかった」

お篠の細い肩を、卓右衛門はそっと押した。

お篠が去っていくのを見送り、それから十一と金五郎へ向きなおった。

「古風さん、日彦さまがお亡くなりになる前、どのような事を言い残されたのか、お聞かせ願います」

卓右衛門は鍬の柄に、少し寄りかかるように両手を乗せ、うな垂れて十一の話に凝っと聞き入った。

村はずれの田んぼの畦道に、人通りはなかった。彼方の雑木林で騒ぐ鳥のさえずりが絶えず聞こえ、高曇りの空はどこまでも広がっている。

十一は、日彦の言い残した言葉を、卓右衛門に聞かせた。

「日彦さまは、あれは違う。真実ではないと、言われたのですね」

卓右衛門は、眉をひそめて繰りかえした。

十一は、「はい」と言った。

「直助は、見てはならぬものを見た、知ってはならぬことを知ったと。日彦さんが言い残した言葉を、真実と明かす証拠はありません。しかし、卓右衛門さんは何かご存じなのではありませんか」

卓右衛門は、沈黙をかえした。

「あの日の夕刻より、浄縁さんは住持の日彦さんと供に落合の檀家の法事に出かけており、一件が起こった刻限は本能寺にいなかったと言われました。お調べの場でもそのように言われたと聞いています。しかし、法事にいかれたのは浄縁さんひとりだった。あの夜、日彦さんは本能寺におり、本能寺で起こったことはすべてご存じだった。そうなのですね」

「あの夜の……」

卓右衛門は、呟くように言った。

「直助殺しの一件で、知っていることは何もありません。それは本途です。蒸し暑い夜でした。法事から戻ると、寺は静まりかえっておりましたが、むっとする妙な気配を感じたのを、覚えております。寺男の次平は、小屋に戻りもう休んでいる刻限というのはわかっておりました。下男の直助も、所化の知念と本好の姿もなかった。今夜は早く休んだのだろうと思っておりました。庫裏にいますと、日彦さまが顔を出され、話があるのできてくれと、僧房に呼ばれました。そこで日彦さまが申されたのです。極めてむずかしい事が起こった。はずみというか、不慮の災難と言ってよいが、いずれ寺社奉行所のお調べが入るのは間違いない。で、わたしには、おまえは法事に出かけており、何も見聞きしていないのだから、お調べにはその通りの事情をありのままに申しあげればよい。ただし、寺の体面にかかわる余計なことは、何も話さぬようにくれぐれも気をつけてな。それから、今ひとつ頼みがある。今夜の災難で困惑しており、住持として面倒な事態に対処していかなければならず、その負担を少しでも軽くしたい。よって、今夜の法事にわたしも一緒に出かけていたことにしてくれ。檀家にはわたしから伝えておく。そう申されました」

「わけを、訊かれたのでは」

「わけはすぐに知れる。はずみだった。誰にもさけられない不慮の災難だった。少しでも穏やかに事を収めたいとも、申されたのです。翌日、大塚村の畑に埋められていた下男の直助の亡骸が、見つかりました。直助殺しの事情を知ったのは、それからです。所化の知念と本好が、下男の直助をささいな盗みを働いたことが元で、殺害にまで及んだ子細は、お二方のご存じの通りです。寺社奉行のお役人さまの訊きとりで、ありのままに申しあげ、ただ、法事には日彦さまと出かけていたと申しました。それだけでございます」

「日彦さんは、偽りの果てに生き存えた、直助は見てはならぬものを見、知ってはならぬことを知った、そのため口封じに殺された、と最後に言い残されました。直助が何を見て何を知ったのか、お心あたりはありませんか」

「一件は落着したのです。十七年も季がすぎて、今さらどうにもならない」

すべてを明かす言葉を封じるかのように、卓右衛門は言った。すると、

「卓右衛門さん、あっしからも、ひとつ、お訊ねいたしやす」

と、ずっと黙って聞いていた金五郎が言った。

卓右衛門は、少し怠そうに頷いた。

「直助殺しのお裁きが評定所で開かれ、所化の知念と本好も、住持の日彦さんも、殺された直助の父親が、下手人御免の願いを差し出し、お構いなしになりやした。浄縁さん、すなわち卓右衛門さんが還俗なさって本能寺を出られたのは、一件がお構いなしで落着したあとでございやしたね」

卓右衛門は黙然と、また頷いた。

「じつは、あっしにはそれが、いささか腑に落ちねえんでございやす。あっしが聞いておりやすのは、知念と本好の修行の師であった浄縁さんは、弟子が過ちを犯したのは、師が正しく導けなかったからだと、弟子の落度は師の落度でもあると、還俗なさ

り本能寺を去られたんでしたね」

「そうだったと思います。遠い昔のことで、もうよく覚えておりませんが」

「なぜ、お寺を去らなければならなかったんで、ございやすか。なぜ、お坊さまをおやめになったんで、ございやすか。先ほど、僧でいることはできないと悟り、里のこの村に戻りお百姓になられたと言われやしたね」

　卓右衛門は目を伏せた。

「弟子を正しく導けず、弟子の犯した過ちは師の落度とご自分を責めるなら、もっともっとお坊さまの厳しい修行を積んで、勉強をして、もっともっと優れた、立派なお坊さまになるよう励む道も、あったんじゃありやせんか。十七年前、浄縁さんは三十歳でしたね。三十歳は一人前の大人だとしても、三十歳じゃあ経験が足りず、未熟なことは、あっしら下々の世間では一杯ありやす。高々三十歳ぐらいじゃあ、まだまだですよ。弟子の犯した過ちを自分の落度と責め、僧でいることはできないと悟ったというのは、ちょいと違うような気がして、ならないんでございやす」

「過ちの重さが違います。下男の直助は、十二歳の少年でした。知念と本好は、十八歳と十七歳でした。力は大人と変わりません。十二歳の少年が、二人の大人にさんざん痛めつけられ、命を落としたのです」

「卓右衛門さん、殺された直助を哀れんで自分を責めた浄縁さんが、あの夜、住持の日彦さんも法事にいっていたことに、なさったんでございやすか。過ちの重さの違いを、お考えにならなかったんでございやすか。直助は、日彦さんが寺にいたにもかかわらず、知念と本好に痛めつけられ殺されやした。そのとき、日彦さんは、どこにいて何をなさっていたんでございやすか。浄縁さんは、それを日彦さんにお確かめになったんで、ございやすか」

卓右衛門は金五郎の問いかけをさけ、田んぼへ顔を向け沈黙した。その横顔は蒼白になっていた。

「もしも、ですよ。日彦さんが言い残された、みなで示し合わせ、見てはならぬものを見て知ってはならぬことを知った直助を、口封じに亡き者にした話が実事だとしたら、十七年前のあの夜、本能寺には殺された直助と所化の二人、日彦さん、そのほかに示し合わせた何者かがいた。そういうことになりやすね。あの夜、直助が殺される前、本能寺で何かがあった。そうじゃございやせんか」

「見たわけでは、ありません。わたしが本能寺に戻った刻限には、日彦さましかおりませんでした。寺男の次平は起きてきませんでした。ほかには誰も見ておりません」

「浄縁さんが戻った刻限にはいなくても、直助が口封じに始末されたとき、日彦さんと知念と本好、そのほかにも誰かが、本能寺にいたんじゃありやせんか。浄縁さんは見ていなくても、咄嗟にそれに気づいた。いや、違うな。誰かが本能寺にいるのは、法事に出かける前からわかっていた。いや、それも違いやすね。もっと以前から、その誰かが本能寺にくることを浄縁さんは知っていた。それはただの参詣人じゃねえ。浄縁さんはあの夜以前から、目をつぶってきた。見ないようにしてきた。気づかないふりをしてきた。そうじゃございやせんか」

卓右衛門は沈黙を続けた。

「けれど、十二歳のまだ少年の直助は、そうはいかなかった。卓右衛門さん、十七年前のあの夏の夜、直助は何を見て何を知ったんでしょうかね。それは、口封じに始末され、大塚村の畑に埋められるほどの事だったんですかね。浄縁さんがそれを見たわけじゃねえのは、重々承知しておりやす。ですが、それがなんだったのか、見ていなくても、本能寺にいなくてもご存じだったんじゃあ、ございやせんか」

そのとき、雑木林でさえずっていたつぐみが、何かに怯（おび）えたかのように、群れになって一斉に飛びたった。つぐみの一群は高曇りの空の下に舞い、三人の頭上を慌ただしく飛び去っていった。

一群のつぐみの飛翔を追うかのように、卓右衛門は空を見あげた。蒼褪（あおざ）めたその横顔は、心なし歪んで見えた。

「里を継いだ兄は、還俗したわけも質さず、田畑の一部を任せてもいいと言ってくれましたので、この通り百姓に戻りました。所帯を持ち、子もできました。不思議なものです。三十歳のあの歳まで、そういう暮らしをすることは思っていませんでした。僧侶に戻る気はありません。おまえは僧侶には向いていない、里に戻って土を耕したらどうだと、自分の声が聞こえたのです。土を耕して生きるのは大変です。ですが、土は嘘を吐きません。わたしも嘘を吐かなくて済みます。わたしは何も見ておりませんし、何も知りません。見ずとも知らずとも、ただ察して、見ぬようにし、気づかぬふりをしていただけでございます」

卓右衛門は十一と金五郎へ向いた。

「本能寺檀家のさるお武家のお墓が、本能寺の墓所にあります。奥方さまが、享保六年の春の二月ごろから、下婢ひとりを供に墓参りにこられることが、続いておりました。月に二度ほど、三度のときもあったと思います。奥方さまのお墓参りが、六月の直助殺しの一件が起こったあとも続いていたか、とりやめになったか、それから先の事情は知りません。境内の奥にひと棟だけ離れた古い僧房があって、普段は使っていないのですが、奥方さまが墓参にこられた折りは、その僧房でしばらくご休憩なさったのち、お屋敷に戻っていかれました。その僧房は、わたしが本能寺を去ってほどなくとり壊されたと、ずっとあとになって聞きました」

高曇りの空の下をしばらく群れ飛んでいたつぐみが、また雑木林に戻って気持ちよさそうにさえずった。

「奥方さまが本能寺へ墓参にくる同じ日、目ばかり頭巾をかぶった身形のいいお侍さまが、中間ひとりを供に従えてやはり寺に見え、どうやら先の奥方さまとはお知り合いらしく、お二方は下婢と中間を庫裏で待たせ、離れの僧房で親しげに歓談なさっておられました。寺を出るときは、必ず奥方さまのほうが先で、お二方がご一緒に寺を出入りなさることは、ありませんでした」

「奥方さまのお墓参りは、当然、昼間のことでございやすね」

金五郎が言った。

「お墓参りに見えるのは昼間ですが、お戻りはお侍さまとのご歓談が長くなって、夕暮れになったこともありました」

「お二方は、どちらのお武家さまで」

「奥方さまがどちらのお武家さまか、墓所にお墓があり本能寺の檀家ですので知っておりました。一方のお侍さまはどういうご身分の、あるいはどちらのご家中のお侍さまか、今も知りません。住持の日彦さまだけがご存じでした。日彦さまは、お侍さまについては何も仰いませんでした。わたしも訊ねないようにしておりました」

「墓参りのあとの奥方さまとお侍さまのご歓談が、どのようなものであったか、浄縁さんは察しておられたんでございやすね。だから、浄縁さんは何もお訊ねにならなかったんでございやすね」

「わたしの勝手な推察です。言えるのはそれだけなのです」

「直助殺しが起こった六月のあの夜、直助が見てはならぬものを見て、知ってはならぬことを知ったというのは、もしかして奥方さまとお侍さまの……」

卓右衛門は手を差して、金五郎を制した。

「何度も申しますが、何も見ていないし、訊いてもおりません」

それから、卓右衛門は十一に言った。

「古風さま、あの夜起こったことの、これ以上のお訊ねはご勘弁願います。わたしの勝手な推察で、万が一、ありもしない罪を他人に着せることになっては、それこそ罪深いのではありませんか」

「しかしそれでは、勝手な推察と言われていながら、卓右衛門さんはご自分の推察ゆえにお坊さまの道を捨て、お百姓に戻られたのですか。それは推察ではなく、実事ではありませんか。それでよかったのですか」

と、十一が言った。

「わたしの気が済むようにいたしました。わたしの勝手にいたしました」

卓右衛門は田んぼへ向いた。

そこへ、姉娘のお篠がまた雑木林のほうの畦道にきて、卓右衛門に呼びかけた。

「父ちゃん、母ちゃんが茶の支度をするから、お客さんにきてもらえって」

「そうかい。わかったよ」

卓右衛門は風呂鍬を肩にかついで、畦道の姉娘に声を投げかえした。

二

その午後、江戸に戻った十一と金五郎は、外桜田の大岡邸に岡野雄次郎左衛門を訪ねた。大岡忠相が下城する刻限では、まだなかった。

岡野雄次郎左衛門の住いは、老妻とすでに岡野家を継いで大岡家の番方に仕えている倅の新五の家族とともに暮らす、邸内の一角に普請した一戸である。

瓦葺(かわらぶき)の屋根門と、形ばかりの玄関式台があった。

この玄関式台は、邸内の長屋住まいから移る一戸を普請するさい、雄次郎左衛門は「それがしごとき者が」と遠慮した。だが、

「気軽にではあっても、玄関がないのは訪ねづらい。玄関を備えよ」

と忠相に命じられ、設えたものだった。

十一と金五郎は、中間の案内で六畳の床の間と床わきのある座敷に通された。濡縁ごしの小さな庭は、綺麗に掃き清められ、石灯籠が一基と、つげの垣根ぎわには、一本の柿の木が若葉を繁らせている質素なものだった。

午前の高曇りの空が、午後になって雲が低く垂れこめ始めていた。

岡野家は三河以来大岡家に代々仕える、家禄二百俵の旧家である。重役ではないが、中級の旧臣の家柄である。

大岡邸の本家より戻った雄次郎左衛門が、忙しげに分厚い短軀を運んできた。着座しているときは、石の座像を引き摺るように動くが、それが立って歩むと、短い足を大きく広げて、案外に素早い足どりだった。

「きたか」

珍しく麻裃を着けた雄次郎左衛門が、間仕切を引き、床の間のほうへいきながら言った。床わきの刀架に長い大刀を架け、床の間を背に端座した。

十一と、左後ろに控えた金五郎が畳に手をついた。

「浄縁に会えたか」

雄次郎左衛門は、せっかちに質した。

「はい。卓右衛門さんは僧侶であった面影はすでになく、下石神井村の代々のお百姓の暮らしに馴染んでおられました」

「十七年もたてば、そういうもんだ。で、どういう話が聞けた」

十一は、卓右衛門から聞いた通りに報告した。

雄次郎左衛門はしばらく沈黙し、やおら言った。

「十一、金五郎、これは妙なところにまで根の張っていそうな話だな。卓右衛門の推察があたっていたら、日彦が今わの際に言い残した、みなで示し合わせたみなとは、あの夜、本能寺に居合わせた者らだな。寺男の次平はもうおらぬゆえ除いても、日彦と、知念、本好の所化二人。それと檀家の武家の奥方さま、目ばかり頭巾の侍、奥方さまの供の下婢と、目ばかり頭巾が従えていた中間がいたと考えられる」

「殺された直助が、おりました」

「そ、そうだな。少なくとも七人とひとり。七人で示し合わせ、残りのひとりを、と推察できるのか」

「ほかに人がいたとは、思われません。それが日彦さんの言ったみなに、間違いないと思われます」

「浄縁の推察通りならば、だな」

「推察であっても、浄縁さんは還俗し郷里の百姓に戻りました。御仏に仕える僧侶として、直助を死なせた負い目に耐えられなかったのです。浄縁さんの推察は、実事に間違いありません」

「直助は、見てはならぬものを見た、知ってはならぬことを知ったのか」

「だとしても、十二歳の少年を亡き者になすでしょうか」

「十二歳の少年だからかもな。十七、八の所化らは、欲で釣って手なずけることができたのだろうが、十二歳の子供では……」

しかし、雄次郎左衛門は、束の間をおいて言いなおした。

「そうか。それだけではないのか。金五郎、おぬしならこれをどう読み解く」

「へい。勘繰りがすぎる読売屋の性分で申しやすと、住持の日彦さんは、大事な檀家のお武家の奥方さまと、目ばかり頭巾のお侍の理ない仲に、仏に仕える身でありながら手を貸していた。たぶんそのたびに、相応のお布施がお寺にもたらされていた。たぶん、寺僧の浄縁さんもそれは気づいていて、見ないこと気づかないことにして了見しておられたんでしょうね。不義とか密通とか、もうそういうことがわかる所化らには、仰ったように、欲で釣って手なずけた。十二歳の直助には、お客さまは大事なお話があるのだから絶対に邪魔をしてはならん、邪魔をすれば恐ろしい罰が下されるぞと、言い含めていたのかも知れやせん」

「そんなところだろう」

「ところが、十二歳の直助は好奇心が旺盛な年ごろです。奥方さまとお侍は、大抵は明るいうちにお寺を出るのに、享保六年のあの日はちょいと遅くなって暗くなった。直助は、どうしたんだろう、何をしているんだろうと、日彦さんに堅くとめられていたにもかかわらず、こっそり離れの僧房をのぞきにいき、見てはならないものを見て知ってはならないことを知った、というふうに推量できやす」

「そうだとして、それから？」

「じつは、そっから先がよくわかりやせん。それを見たから知ったからと言って、なぜ十二歳の直助の命を奪ったのか、奪わなきゃあならなかったのか、狙いがわかりやせん。十二歳はやっぱりまだ子供ですよ。命まで奪わずとも、強く言い含めるしかねえと、なぜ思わなかったのか。不義密通だとしたら、それが重罪はわかりやすし、お武家の場合は女敵討（めがたきうち）とかそういうのがあって、むずかしいのかもしれやせんが、上方でも江戸でも、近ごろの町家では昔と違って、内済でこっそり事を収める風潮が広まっておりやす」

雄次郎左衛門が、むっつりと応じた。

「例えば、奥方さまとお侍が人目を忍んでいた離れの僧房を、直助がこっそりのぞいて、よくわからず大変だ大変だと騒いだ。所化の知念と本好が、騒ぐなと十七、八の腕っ節で手加減なしに直助を咎めた。気がついたら、直助はもう息絶えていた。これはえらいことになった、直助殺しのお調べが入れば事情が露顕してしまう、それはまずい、隠さねばと、みなで示し合わせてひと芝居打った。そういうことだったんじゃねえかなと考えられなくはねえんですが、そうだとしても、小細工、小芝居を見せられているような気がして、すっきりしやせん」

「すっきりせんな」

「岡野さまはさっき、それだけではないのかと言われました。直助を亡き者にしたわけがほかにあると、思われるのですか」

十一が訊いた。

「日彦は十七年、ずっと口を噤み隠し通した。そして、直助殺しにまつわる何かをみなで示し合わせて隠したと、今わの際に言い残した。十一、金五郎、十七年は長すぎると思わぬか」

十一と金五郎は、そろって頷いた。

「十七年前の直助殺しには、みなで示し合わせて隠さねばならぬ何かがあった。それは奥方さまと侍の不義密通か。それを直助が見て知ったからか。いや、それだけではあるまい。直助が見て知った奥方さまと侍のかかり合いには、ほかにも隠さねばならない何かがあったのではあるまいか。直助は離れの僧房をのぞき、おのれの知らぬ間に、見てはならぬものを見て、知ってはならぬことを知った。だから、示し合わせた仲間らに始末された。仮令、十二歳の少年であっても、蟻の一穴になりかねんと示し合わせた者らは思った。十一、そういう意味だ」

雄次郎左衛門は、短くごつい指の手で膝を打った。

「奥方さまがどちらのお武家か、目ばかり頭巾の侍の素性を探らねばならぬが、身分によってはむずかしいことになりそうだ。しかし、このことは旦那さまにご報告し、わたしのほうからも探ってみよう。奥方さまの武家は、本能寺の檀家ゆえ、わかるかもしれん。目ばかり頭巾の侍のほうは、いささか厄介だがな」

三

十一と金五郎は、外桜田から山下御門橋を山下町へ抜け、尾張町の大通りの辻を横ぎり、三十間堀に架かる木挽橋を渡った。

木挽町四丁目と五丁目の境の往来を、五丁目の人通りの多い小路へ折れた。小路の片側は店が軒を並べ、三十間堀側には土手蔵がつらなっていた。

小路を半町ほどいったところで、土手蔵と土手蔵の隙間のような細道が三十間堀の船寄せに通じていた。その細道から船寄せへ雁木を下る手前に、朽ちかけたように少し傾いた酒亭が、縄暖簾を下げていた。

まだ火は灯っていないが、軒に赤提灯が吊ってある。

古く小さな酒亭で、それでも二階があって、格子窓が板庇の上に見えた。

雁木を降りた船寄せには、一艘の茶船が舫っていて、川船が往来する三十間堀の対岸にも船が舫い、やはり土手蔵が、見わたす限りずらりとつらなっている。

「これでも、船宿仲間に入っている船宿です。爺さんが、と言ってもあっしより歳は下ですがね、ひとりでやってます。昔は女房がいたんです。いつの間にかいなくなって、爺さんはそれからはずっとひとりです。二階で呑んで、船遊びもできます」

金五郎が、船寄せの茶船を指差して言った。

「櫓は誰が漕ぐんですか」

十一が訊くと、

「爺さんです。客がいたら、勝手に呑んでてくれってわけです。この船宿で船遊びをする客はいませんがね」

と、金五郎は笑いながら縄暖簾を分け、片引きの腰高障子を開けた。

うす暗い土間と小あがりがあった。小あがりから煤けた天井の切落し口へ、段梯子が奥の調理場の狭い土間を跨いで上っていた。

土間には二台の縁台が並んでいる。その一台に、太縞を着流した客が、片足を土間に落とした恰好で胡坐をかいていた。

茣蓙を敷いた縁台に、徳利と杯を直におき、亭主らしき粗末な焦げ茶を着流した男と遣りとりを交わしていた。

亭主と男は、表戸を開けた金五郎と後ろの十一へ、不愛想な目つきを寄こした。

「おいで」

白髪混じりの月代をうすくのばした亭主が、不愛想に寄こした。

低い表戸の敷居を跨いで、金五郎と十一は笠をとった。

「浜吉さん、ここにいると思ってきたんだ。久しぶりだね」

「なんだ。金五郎さんか。ど、どうしたんだい。珍しいじゃねえか」

浜吉は持ちあげた杯を止め、ぎょろりとした目をさらに見開いた。

「おやじ、覚えてるだろう。馬喰町の宝屋の金五郎さんさ。七、八年前、ここにも何度かきたことがあるんだぜ」

「覚えてるよ。しょぼくれた読売屋にしては、渋くていい男だなと、評判だったじゃねえか。さすがに髪は白くなったが、男っぷりは変わらねえな。まあ、おかけ」

亭主は、金五郎の後ろの才槌頭のひょろりとした十一を見やって、おかしそうに頬をゆるめた。

「しょぼくれただと。しょぼくれた呑み屋の亭主が、よく言うぜ」

浜吉が、げらげらと馬鹿笑いをした。

「ご亭主、懐かしいですね。ここで浜吉さんらと呑み明かしたことがありやした。店が牛込の神楽坂なもんで、朝帰りがつらくてね。もう歳だと、隠居を本気で考え始めたのは、あのころでしたよ」

「懐かしいね。よくきなすった。髪は白くても、隠居の歳には見えねえぜ」

「ところが、おやじ。金五郎さんは一昨年、宝屋をやめて、器量よしの女房と隠居暮らしを本気で始めたから、読売屋はみな吃驚さ。おやじにも話したぜ」

「そうだったな。聞いた聞いた。で、金五郎さん、酒でいいんだね」

「ええ、そうなんですがね。浜吉さん、昔の読売種のことで、訊ねてえことがあるんですよ。浜吉さんは昼間っからこちらだろうと、のぞいてみた。会えてよかった」

「読売種のこと？　金五郎さん、読売屋は廃業したんじゃねえのかい」

「それなんですがね。こいつは読売屋の仕事ではねえんです。ちょいと事情があって、こちらのお侍さまの御用を務めておりやす。こちらは、古風十一さまでございやす」

「古風十一と申します」

十一は、よろしくお願いいたします、という素ぶりで頭を垂れた。

「浜吉さん、ちょいと呑みながら、つき合ってくれやせんか。むろん、お礼もさせていただきやす」

金五郎は杯をあげる仕種をした。

「金五郎さんにそう言われりゃあ、断れねえな」

浜吉は、金五郎から十一へ、きょとんとした目を向けた。

「ご亭主、二階は空いてやすか」

「うまい具合いに空いてるぜ。ただし、男と女のしっぽりしてえ二人連れがきたら、譲ってもらうことになるぜ」

「冗談じゃねえぜ。いつだって空いてるに決まってるじゃねえか。こんな店にしっぽりしてえ男と女がくるわけねえさ」

「そうかい。けど、そうでもねえぜ」

はは、と亭主は笑った。

浜吉は、金五郎より五歳ほど年下の読売屋だった。飲酒と若いころの若さに任せた怠惰な暮らしや無理が祟って、五十代半ばをすぎたころから身体が弱り、読売屋を廃業したのではないものの、無理が利かなくなって、仕事はめっきり減っていた。

それがわかっていながら、浜吉は酒をやめられず、昼間から、この三十間堀端のしけた酒亭で酒におぼれる日々だった。

若いころは、今に宝屋の金五郎より評判の読売屋になって見せるぜと、江戸中を嗅ぎ廻っていたかつての威勢はもうなかった。

この浜吉が、十七年前の雑司ヶ谷本能寺で起こった直助殺しを、読売種にとりあげていた。直助殺しの読売種は、大塚村の畑に埋められた直助の亡骸が見つかった読売が売り出されたときは、だいぶ騒がれた。
しかし、ほどもなく下手人の二人の所化がお縄になり、あっさり一件が落着して、そう長く評判は続かなかった。

　直助の父親が下手人御免の願いを差し出し、所化らがお構いなしになった顚末を最後まで扱ったのは、浜吉がしつこく嗅ぎ廻ってとりあげた余所(よそ)の読売だった。馬喰町の宝屋も、直助殺しを扱った読売を売り出したのは一度だけだった。

　金五郎も、直助殺しの顚末は、浜吉が嗅ぎ廻った余所の読売屋の読売を読んで知った。ただ、その顚末を読んだ十七年前の覚えが、金五郎の頭の隅にあった。

「知念と本好の居どころが、わかるかもしれません。浜吉に会ってみましょう」

　と、金五郎が十一を案内したのだった。

「直助殺しの一件は、今でもはっきり覚えてるぜ。子供の亡骸が大塚村の畑で見つかって、こいつは読売種にもってこいだと飛びついたところが、こっちが駆けつけたときには、本能寺の所化の二人がお縄になって、しょっ引かれたあとさ。あっさり方がついて、なんだそうかと尻すぼみに一件落着して、読売も大して売れなかった。けど金五郎さん、酔っ払って出任せに言ってんじゃねえよ。あの一件は、なんか腑(ふ)に落ちねえ感じがあったんだ。何が腑に落ちねえのか、はっきりしねえんだがね」

浜吉は杯を気持ちよさそうに、ずる、とすすった。

「そうだ、思い出した。日彦だった。しつこく探りにいったら、うるさい、あっちへいけって、野良犬みてえに追っ払いやがってよ。こっちも客気が盛んだったからよ。いやがられるほど、なんか隠しているんじゃねえかと諦めず嗅ぎ廻った。そうそう、寺男の爺さんとか、寺僧のなんて言ったかな、そいつらにもこっそり近づいたんだが、みな口が堅くてな。そうだ、思い出した。変だ、腑に落ちねえ、と感じたのは、そいつらが直助殺しの一件を持ちだしたら妙に、おどおどと怯えたような様子だったんだ。こいつはなんか裏があるなと、読売屋の勘が働いてよ」

「おどおどと怯えていたようなのに、浜吉さんの直助殺し種は続きませんでしたね。裏に何もなかったんで？」

「何もねえと、諦めてたのでもねえぜ。半信半疑だったんだ。要するに、あのころの吉田屋の番頭に、直助殺し種は終りにしましょうと、打ちきりになったのさ。残念半分、しょうがねえかってのが半分だったな」

吉田屋は、宝屋と同じ馬喰町に店を構える読売屋である。

「そうかい。やっぱりな。直助殺しには何か裏があると、睨んでた通りだぜ。あのとき、日彦のくそ坊主、おれを野良犬みてえに追っ払いやがって、肚の中ではなんか隠していやがったんだ。それを、あの世まで隠し通すのが仏さまの罰があたるんじゃねえかと恐ろしくなって、今わの際に言い残しやがったってわけだ。しかも、思わせぶりに寸づまりでかい。人騒がせな、生臭坊主らしいや」

浜吉はまた杯をすすった。

三人は、ゆるい古畳がどんどんと音をたてる二階の部屋で、亭主が運んできた折敷を囲んで、呑みながら話を続けていた。

折敷には燗徳利に杯、煮豆、漬物、味噌田楽、さっさっと焙って裂いた干魚の皿や小鉢が並んでいた。

「なんだい、おやじ。こんな物があったのかい。知らなかったぜ」

浜吉がひやかすと、

「おめえは呑むばっかりで、なんも食わねえじゃねえか。今日は何年ぶりかで金五郎さんが顔を出してくれたんだし、若いお侍さまもご一緒だから、こっちも商売だ。金五郎さん、古風さま、どうぞごゆっくり」

と言いのこし、亭主は階下へ段梯子を鳴らした。

部屋は古畳の四畳半ひと間で、黄ばんだ染みが模様になった障子戸が引かれ、格子窓から、堀端の船寄せの茶船や三十間堀の紺青の水面、対岸の土手蔵の屋根の上に広がる、鼠色の曇り空が眺められた。

「久しぶりだな。達者だったかい」

「まあまあだ。そっちは」

「相変わらずさ。またな」

「ああ、またな」

と、三十間堀をいき違う荷船の船頭同士が、声を投げ合っているのが聞こえた。

浄縁が下石神井村の百姓に戻った経緯は伏せたまま、金五郎は言った。

「そういうことなんですよ、浜吉さん」

「大岡越前守さまは、日彦の言い残した真実とやらを、調べよとお命じになったのかい。でたらめかもしれねえのに、真に受けて。大岡越前守さまも、お歳を召されてお暇を持て余していらっしゃるんだね」

ひひ、と浜吉は自分の皮肉が愉快そうに含み笑いをした。

「調べてもらってはいるんですがね。下手人の知念と本好が、十七年前、お構いなしになったあと、還俗して本能寺を去った。それで、知念と本好が今どこでどうしているのか、知念か本好のどちらかひとりの居どころでも、浜吉さんだったらわかるんじゃねえか。あるいは、なんぞ手がかりが聞けるんじゃねえかと思ってね。浜吉さん、わからねえかい」

浜吉のにやにや笑いにゆるんだ顔つきが引っこみ、昔の油断のならない読売屋の目つきが宙を彷徨(さまよ)った。

「ほかならねえ金五郎さんのお訊ねだ。知ってりゃあすぐに案内するんだが、何しろ身体が言うことを聞かず、近ごろは読売屋稼業がさっぱりでよ。見ての通り、陸(ろく)な話も聞かねえこの様(ざま)だしな」

浜吉はぼそぼそと呟き、それから宙に彷徨っていた目を金五郎へ戻した。

「金五郎さん、十年以上前の古い話でもかまわねえかい」

「かまわねえとも。そもそも、こっちが十七年も前の話を持ち出したんだ。十年以上前、何か思いあたることがあったんで」

「あったってほどでもねえ、まあどうってことのねえ話さ。どこの寺か、いつの話かも知らねえ。若いころその寺で修行を積んだ坊主が、修行中に何やら粗相(そそう)をやらかしたとかで、寺をお払い箱になって銭屋の手代になった。そんな話を聞いた覚えがあった。その話を聞かせたやつも銭屋に奉公している野郎でさ。そいつが言うには、もし読売種になるんだったら、もう少し詳しい話を聞いといてやる代わりに、手間代を寄こせって言いやがった。そいつはおれが、その何年か前に本能寺の直助殺しの一件を読売種にしてたから、あわよくば乗ってくるんじゃねえかと、話を持ちかけてきやがった。それだけで手間代は出せねえ、読売種にできたら礼金を出すってえのはどうだいと、逆に申し入れたら、野郎はじゃあ考えとくと、それきりになった」

「確かに、坊さんが還俗したぐらいじゃあ、そう珍しくないからね」

「こっちもそのときは、直助殺しの一件なんぞとっくに忘れてたし、どうでもよかった。けどさ、金五郎さんの話を聞いて、ふと、その野郎の話を思い出した。直助殺しの下手人は、本能寺の所化が二人だった。そう言えば、あの野郎の話も粗相をやらした坊主が二人だったっけなと、それだけなんだけどね。それならひょっとして、話が聞けるかもしれねえ。話を持ってきた野郎は、霊岸島の銭屋に今も奉公していやがる。去年、南八丁堀の往来でいき違ってよ。じじいになりやがったなと、てめえのしけた面は棚にあげて憎まれ口を叩きやがった。こっちも、てめえこそくたばり損いが棺桶から這い出てきたみたいだぜと、言ってやってすぐ別れたけどさ。どうだい、その野郎に聞けば、どこの銭屋の手代か、たぶんわかると思うぜ。あたってみるかい。言っとくぜ。十年以上前の話だからな」

「十一さま、どうします。もういないかも知れやせんが」

金五郎は十一へ向いた。

「いきましょう。むだ足を踏んでもかまいません」

「じゃあ浜吉さん、頼んだぜ」

「よしきた。ただし、野郎の話を聞くのは、おれひとりだ。でねえと、三人で押しかけたら金になると睨んで、足下を見やがる。手間代と称して、吹っかけてきやがるのは間違いねえ。そうだな。明日の今ごろ、もう一度、ここへきてくれ。野郎に一杯呑ませて、できるだけ話を聞き出しておくからさ」

「浜吉さん、呑みすぎるんじゃねえぜ」

「わかってるって。これでも読売屋だ。この一杯を呑ったらすぐ出かける。金五郎さん、読売屋の駆け出しのころを思い出すぜ」

「浜吉さん、これは手間代です。浜吉さんと、お知り合いの分です」

十一は白紙の包みを二つ、浜吉の膝元へおいた。

「十一さま、お任せを」

と、浜吉も金五郎を真似て十一さまと呼びかけ、酒で湿った唇をぬぐった手を揉みながら、押しいただく恰好で包みをとった。

四

翌日の昼の八ツ半すぎ、十一と金五郎、浜吉の三人は、三十間堀の船寄せから酒亭の茶船に乗った。客がきたら勝手に呑んでるから大丈夫だと、酒亭の亭主が櫓を漕ぎ、三十間堀を北へとった。

京橋川を横ぎり、楓川へ入った。

昨日より天気が悪く、湿った川風が生ぬるかった。

日本橋南の本材木町と八丁堀の坂本町を渡す海賊橋の袂で、坂本町へあがった。

「こちらで……」

と、浜吉が先にたった。

坂本町一丁目の角兵衛の銭屋は、綾部藩上屋敷の漆喰塗りの土塀が片側につらなる往来に面し、その往来に出る小路の四半町ほど手前に、軒に寛永通宝の板看板を吊るし、両引きの表戸と連子格子の窓が並ぶ、銭屋にしては案外に大きな店だった。

銭屋のかたわら油屋を営んでおり、店の裏手に白い漆喰の土蔵の瓦屋根が見えた。表戸のわきには天水桶が備えてある。日々の暮らしに欠かせない銭両替の銭屋らしく、町民のみならず、武家の出入りも目についた。

両替商は、金貨と銀貨の両替のみである。銭の両替は銭屋でする。

両引きの表戸の片方が引き開けられたままで、銭両替の客に応対するお仕着せの使用人らの、立ち働く様子がうかがえた。

「浜吉さん、世話になった。礼を言うぜ。ここまでで十分だ。これはわずかだが、あっしの気持ちだ。とっといてくれ」

金五郎が包み紙のひねりを、浜吉の手ににぎらせた。

「あんまり呑みすぎるんじゃねえぜ。身体を大事にしなよ」

「済まねえな、金五郎さん。こんなにしてもらってよ。手が要るときはいつでも言ってくれ。手を貸すぜ。なんだか、おれは読売屋だったんだって気分だぜ。じゃあな。十一さま、お役目、ご苦労さまでございやす」

「浜吉さん、ありがとう」

十一と金五郎は、浜吉がよたよたとした足どりで戻っていく後ろ姿を見送ると、角兵衛の銭屋の表戸をくぐり前土間に入った。

店の間にお仕着せの手代が二人いて、お店者や小料理屋の女将さん風体の客と小声を交わしつつ、これもお仕着せの小僧が運んできた両替箱から銭緡(ぜにさし)の銭をとり出し、客の前で勘定をしている。

両替手数料は、一両につきおよそ十文である。

それを、店の間のあがり端に腰かけた順番待ちの客が、しげしげと眺めている。

前土間の一角には、銭屋の傍ら営む油屋の油桶が並べてあって、料理用のごま油や荏油、灯油用の油のかすかな臭気が前土間に漂っていた。

十一と金五郎は深編笠と菅笠をとった。

さほど広くもない店の間の帳場格子に、主人の角兵衛らしき四十代半ばの男がついていて、才槌頭の若い十一と白髪の金五郎の、銭屋の客らしくない二人連れへ厳しい目つきを寄こした。

十一と金五郎は店の間のあがり端へいき、両替箱を抱えた小僧に、「お頼みいたします」と、十一が声をかけた。

「へえい。両替でございますか。油の注文でございますか」

両替箱を抱えた小僧が、慌ただしそうな早口で質した。

「ご亭主の角兵衛さんに取次を願います。寺社奉行大岡越前守さまの御用の者です」

十一が呼びかけると、ざわついていた店が急に静まって、客が十一と金五郎へ見向き、二人の手代も顔をあげた。

手代は両名とも中年の年ごろで、うん？　という顔つきを寄こした。

「はあ、大岡越前守さまの？」

小僧が訝しそうに首をかしげた。

帳場格子の男が、厳しい顔つきを少しもゆるめず立ちあがった。焦げ茶に白い水玉模様の上衣の裾と襟元を整えつつ、商人らしい歩幅の狭い歩みを運んできた。

「旦那さま……」

小僧が言いかけたのを、

「こちらはいいから、お客さまの仕事を続けなさい」

と、亭主は小僧をいかせ、店の間のあがり端に端座し、手をついた。

「角兵衛でございます。寺社奉行大岡越前守さま御用と承りました。お名前をおうかがいいたします」

「古風十一と申します。寺社奉行大岡越前守さまより、寺社役助を申しつかっております」

「金五郎でございやす。古風さまの御用聞を務めておりやす」

静まった店内にざわめきが戻り、二人の手代は接客の続きを始めた。

「寺社奉行大岡越前守さま寺社役助？　古風十一さまと御用聞の金五郎さま、でございますね。して、どのような御用の向きで」

「はい。こちらにお勤めの益高さんと小三郎さんに、お訊ねしたいことがあって、うかがいました。十七年前のある一件にかかわる事情です」

途端、接客の続きを始めたばかりの二人の手代が、意外そうな目つきを十一と金五郎へ再び寄こした。金五郎が、さり気なく店の間の二人を見かえすと、二人は金五郎の目をさけるように、顔をそむけた。

「十七年前の？　ある一件にかかわる事情を……大岡越前守さまの御用のお訊ねで。さようでございますか。それは恐れ多いことでございます。あの、まことにご無礼ではございますが、古風さまと金五郎さまが大岡越前守さまの御用の御務めを明かす証拠がございましたら、お見せいただけませんか。何分、この節はご高名な方の名を出し、所縁ある者と騙り、強請りや集りを働く無頼な輩が多いのでございます」

角兵衛が、十一と金五郎の様子を交互にうかがった。

「ご懸念はごもっともです。では、これを。このような折りに見せるようにと、大岡さまよりいただいた書付です」

と、十一は大岡忠相よりわたされた、折封の書付を角兵衛に差し出した。

角兵衛は書付を開き、その場で目を通して、こんなもの、怪しいもんだ、という素

ぶりを隠さなかった。しかし、
「わかりました。ではどうぞ、おあがりくださいませ」
と、書付を十一に戻しながら言って、わざとらしい吐息をもらした。

浜吉が霊岸島の銭屋の奉公人から聞き出したのは、角兵衛の銭屋に雇われている元は坊さんの手代は、名を益高と小三郎と言い、法名は不明ながら、二人が修行を積んでいたのは、雑司ヶ谷村の日蓮宗の本能寺という寺だった。

霊岸島の銭屋の奉公人は、十七年前、本能寺で起こった直助殺しの一件はまったく知らず、浜吉にその話を持ちかけた。

酒亭でなんとなく言葉を交わす間柄になった浜吉が、読売屋だったことから、その話を持ちかける何年か前、霊岸島や八丁堀界隈の銭屋の奉公人らの間で窃に言われていた、坂本町の角兵衛の銭屋に勤める益高と小三郎が、雑司ヶ谷の本能寺で粗相があって破門になった僧らしいという噂話を、小遣い稼ぎになればという程度の野次馬根性で浜吉に持ちかけただけだった。

霊岸島の奉公人は、益高と小三郎がどういう粗相があって寺を破門になったかなど関心はなかったし、読売屋なんぞどいつもこいつもいかがわしい連衆に決まってる、と思っていた。

だいたい、馬鹿ばかしくて読売を読んだこともなかった。

当然のごとく、本能寺の直助殺しの大して評判にならなかった読売種をとりあげたのが浜吉だったことも、霊岸島の奉公人はまったく知らなかった。昨夜、浜吉は奉公人を誘ってそれを聞き出したとき、自分のうかつさに呆(あき)れ、

「そうだったのかと笑えたぜ」

と、金五郎に言った。

「雑司ヶ谷村の本能寺、粗相があって破門になった二人の坊さん、十何年か前から界隈の銭屋の奉公人らの間で窃な噂になっていた。十一さま、直助殺しの下手人の知念と本好に違いありませんぜ」

金五郎は十一に言った。

十一と金五郎は、漆喰を施した土蔵が外の明るみを遮る裏庭に面した部屋に通され、茶をふるまわれた。だが、それから半刻近く待たされた。

土蔵が明るみを遮っているだけでなく、厚い雲も垂れこめて、まだ七ツすぎの夕方にもかかわらず、部屋はいやにうす暗かった。

表店のほうで小僧が、「へえい」と、返事をするのがとき折り聞こえてくるばかり

で、長々と待たされているうちに、いやに物寂しい気配が澱(よど)んでいた。

雨が降り出したらしく、濡縁のほうから、ぽつん、ぽつん、と雨垂れの音が聞こえてきて、部屋はいっそう暗みを濃くした。

裏庭側の濡縁ごしに、雨に濡れて鼠色にくすんだ土蔵の壁が見えた。

「降り出しましたね」

金五郎が土蔵のほうを見やって、十一の背中に声をかけた。

「わたしは御鷹部屋の餌差を務め、野山をほぼ毎日歩き廻っています。雨風に打たれるのは慣れていますので。金五郎さんは……」

「あっしも、根は読売屋です。読売種を嗅ぎ廻るのが生業でしたから、紙と矢立と紙(かみ)合羽(がっぱ)は必ず持ち歩いておりやす」

「そうですか。よかった」

「それにしても、ずい分待たせやすね。行灯もなしか。気が利かねえのか、それともいやがらせでしょうかね」

「わたしたちのきたのが、喜ばれていないことは確かですね」

「確かでやすね」

十一の背中が笑い、金五郎は口元をゆるめた。

そこへ、間仕切の障子戸ごしに人のくる気配がした。障子戸が引かれ、角兵衛がようやく顔を出した。

「あ、こんな暗くなっているとは気づかず、まことに相済みません。おおい、行灯を頼むよ。それから、お客さまに新しいお茶をお持ちしなさい」

角兵衛が店表のほうへ声をかけ、「へえい」と、小僧の声がかえってきた。

「店仕舞いの刻限になりますと、慌てて両替にくるお客さまが案外に多いのです。益高と小三郎は帳簿の検めを済ませ次第参りますので、今少しお待ちください。何しろ両替屋の仕事は、店を閉めてからその日の勘定が間違いないか、確認しないことには終りませんもので」

と、十一と対座して言った。

「雨が降り出し、じめじめしてどうもいけません。こういう夜は、寝酒に一杯やってさっさと寝るに限ります」

あはは、と角兵衛は甲高い笑い声をあげた。

小僧が行灯と、小盆に載せた新しい茶碗を運んできた。うす暗かった部屋にぽっと行灯の明るみが射し、番茶の香りが明るみの中に流れた。

裏庭側の濡縁の庇から滴る雨垂れが見えた。

「益高と小三郎に、検めが済んだらすぐにくるように言っておくれ。それから、わたしらはお客さまの御用があるので、晩御飯はおまえと広吉で先に済ませなさい。おっとそうだ。お二方は晩御飯はいかがなされますか。賄の婆さんが戻らぬ前に、支度をさせますが」

「お気遣い、ありがとうございます。何とぞ、おかまいなく。簡単な話をおうかがいするだけです。長くはかかりません」

十一は言った。

小僧が退っていき、角兵衛はうすい笑みを、十一から金五郎へと向け、そしてまた十一へ戻した。

「古風さま、十七年前のある一件にかかわる事情のお訊ねと申しますと、もしや、雑司ヶ谷村の本能寺で起こった、不慮の災難の一件でございますか」

「そうです。十七年前、雑司ヶ谷村の本能寺にて、十二歳の下男が殺されました。下手人の十七歳と十八歳の所化の二人がお縄になって、評定所のお裁きを受けました。その一件です」

「やはり、そうではないかと思っておりました。高名な大岡越前守さまの御用と聞いて吃驚いたしし、御用の証拠を見せよなどと、ご無礼を申しました。お許しください。

一件の詳しい経緯（いきさつ）は、その場にいたわけではございませんので存じませんが、当時十二歳の下男が不慮の災難で命を落とし、十二歳と申せばまだ子供ではないか、むごいことだと呆れたのを、覚えております」

「下手人の二人の所化は、知念と本好と言う法名でした。こちらの、益高さんと小三郎さんです。むろん、それをご承知のうえで、両名を雇われたのですね」

　角兵衛はうすい笑みをうかべたまま、ゆっくりと太い首を上下させた。

「じつを申しますと、雑司ヶ谷村の本能寺の日彦さまとは、ある方を通じてお知り合いになり、親しくというほどではございませんが、以来、おつき合いさせていただくことになったのでございます。十七年前、下男殺しの一件が起こった折り、日彦さまが、斯（か）く斯（か）く云々（しかじか）の事情で、益高と小三郎が、下手人御免の願いが出されお構いなしになった経緯などを話され、知念と本好はおのれの犯した罪を十分悔いており、まだ年若い二人の出直しの手助けを頼めないかと、申し入れがございました。正直なところ、若気の無分別とは申せ、人の命を殺めた者らをと、少し考えましたものの、日彦さまの罪を憎んでも人は憎まずの、御仏にお仕えの心根に打たれ、両名を雇うことにしたのでございます」

「では、本能寺住持の日彦さんが、この三月の上旬にお亡くなりになったことは、ご存じなのですね」

「存じております。昨年より病に臥せっておられたことは、聞いておりました。身罷られたと知らせを受けたのが遅く、葬儀には参列できませんでしたが、満中陰の法要の折りには、店を休みにしてでも参列し、日彦さまのご冥福をお祈りせねばなと、益高と小三郎には言うております」

「益高さんと小三郎さんは、角兵衛さんの店で出直されたのですね」

「さようでございます。益高と小三郎が出直すことができましたのは、日彦さまの深く優しいお心によって導かれた賜物でございます。両名とも十分それを承知し、仕事に励み、今ではわが店になくてはならない手代でございます。よい使用人に恵まれた、日彦さまのお陰と、いくら感謝してもしきれないほどでございます」

　そのとき、間仕切ごしに声が聞こえた。

「旦那さま、益高です。検めが終りました」

「ああそうかい。ご苦労さん。小三郎も一緒かい」

「はい。一緒でございます」

　もうひとりの声がした。

「二人とも疲れておるだろうが、御用のお訊ねだから、もう少し我慢しておくれ。さあ、いいからお入り」

間仕切が引かれ、益高と小三郎がにじり入り、そのまま部屋の隅に畏まった。

「こちらが益高、隣が小三郎でございます」

角兵衛が手を差し、二人は黙々と畳に手をついた。

益高は大柄で、身体つきもしっかりしていた。一方の小三郎は、中背の小太りだった。二人は目を伏せ、十一と金五郎へ目を向けてこなかった。益高は三十五歳に、小三郎は三十四歳になっている。

「古風十一と申します。仕事のあとのお疲れのところ申しわけありません。少々おつき合い願います」

「金五郎でございやす」

十一と金五郎が言ったが、目を伏せた二人は、頷きもしなかった。

雨垂れの音が、大分強くなっていた。

「益高さん、小三郎さん、十七年前、雑司ヶ谷村の本能寺で、下男の直助さんが命を落とされました。あの一件にかかり合いのある事情について、お二人にお聞きしたいことがあってうかがいました」

すると、益高が咳払いをひとつした。

「あの一件は、わたくしと小三郎が評定所でお構いなしになり、落着したはずでございます。そう思って、この十七年、身を慎み務めてまいりました。もう覚えも定かではない今になって、あの一件についてのお訊ねというのは、解せません」

「ご存じの通り、本能寺の住持の日彦さんが、この三月の上旬に亡くなられました。亡くなられる前日、日彦さんはあることを言い残されました。遺言ではなく、意中に仕舞っていたあることを、吐露されたと思われます。すでにかなり衰弱しておられ、つぶさに何もかもではないのですが、吐露されたのは、十七年前の直助殺しの一件の、評定所のお裁きでは明らかになっていなかった事情なのです。日彦さんが正気を保たれて言い残されたのかどうかも、確かではありません。それを聞きつけられた大岡さまは、捨てておくわけにはいかぬゆえ念のため調べるようにと、わたくしがお指図を受けました。よろしいですね」

十一が言い、益高と小三郎は沈黙している。

角兵衛が膝においた節くれだった手を、軽く打ち始めた。

五

「評定所のお裁きでは、享保六年六月の夜、檀家の法事にお出かけの日彦さんの手文庫の金を、下男の直助が盗んだ。それを見咎めた本好さんが、知念さんと二人で、日ごろより手癖の悪い直助を境内の土蔵に連れこんでたしなめるつもりが、口論になり、口論が昂じて殴る蹴るの折檻、というか暴行に及んだ末に……」

音もなく雨が降り、濡縁の庇から落ちる雨垂れの音が続いている。

台所のほうで、小僧らのか細い遣りとりが、ぽつり、ぽつり、と交わされた。

「では、日彦さまはその夜に起こった不慮の災難には、まだ明らかにされていないことがあったと、言い残されたのでございますか」

角兵衛がじれったそうに、口を挟んだ。

「あの夜の直助殺しは、あれは不慮の災難ではない。罪のない直助の命を殺めた。あれは口封じだった。口封じに直助を亡き者にした。あのときはああするしかないと、みな思った。みなで示し合わせてあのようにしたと申されたのです」

「口封じに直助に手をかけたと、申されたのでございますか。なんの口封じで」

「直助は、見てはならぬものを見、知ってはならぬことを知ったからです」

「見てはならぬものを見、知ってはならぬことを知った？　しかも、みなで示し合わせたとは、それはまた胡乱な。みなとは、知念と本好、あとは直助しかおりませんから、この両名のことでございますか」

角兵衛は首をかしげて繰りかえした。

「益高さん、小三郎さん、直助さんに手をかけたあの夜、本能寺にはほかにもどなたかがおられましたね。十七年前、知念さんは十八歳、小三郎さんは十七歳。若いお二人にあの夜のことは、忘れられないのではありませんか」

益高と小三郎は目を伏せ、こたえなかった。

「おまえたち、そうではないのだろう。おまえたちと直助だけだったのだろう。ありのままにおこたえしなさい」

角兵衛の低い声が促した。

「寺男の、じ、次平がおりました」

小三郎が、ぼそぼそと言った。

「寺男の次平さんは、早々に住いの小屋へ戻り休んでおりました。それに、次平さんはもう十年以上前、お亡くなりになっています。次平さんではなく、そのほかにどなたかが、あの夜の本能寺におられた。日彦さんはそのように言い残されたのです。そうではないのですか」

「わたくしは、存じません」

益高が苛だたしげに言った。

「ご両名の修行の師であった浄縁さんに、お会いいたし話をうかがいました。浄縁さんは直助殺しの事件のあと、あなた方と同じく還俗なされ、郷里の下石神井村に戻っておられました。享保六年の当夜、浄縁さんは檀家の法事があって、本能寺にはおりませんでした。しかし、日彦さんはお出かけではなく、本能寺におられた。そうではありませんか」

「違います。評定所のお調べでもはっきりしております。当夜は夕方より日彦さまと浄縁さまは、落合村の檀家の法事に出かけておられました」

「浄縁さんが暗くなって本能寺に戻られたとき、寺には日彦さんしかいなかった。そうすると、日彦さんが申されたそうです。極めてむずかしい事が起こって、いずれ寺社奉行所のお調べが入るのは間違いない、浄縁さんにはお調べで聞かれたことをありのままに申せばよいが、当夜の法事には日彦さんも一緒に出かけていたことにしてくれと。浄縁さんから、そのようにお聞きしました」

「ですから、わたくしは存じませんでした。日彦さまがお寺に戻られていたかどうか、気づきませんでした」

そう言った益高の口ぶりは、いっそう苛だっていた。

「わたくしも存じませんでした。日彦さまは、お寺にはおりません」

「お寺におられた日彦さんが、浄縁さんに法事へはともに出かけていたことにするようにと頼み、知念さんと本好さんは、日彦さんはお寺にはいなかったと言われるのなら、日彦さんはどこにおられたのでしょうか。小三郎さん、直助が日彦さんの手文庫からお金を盗んだところを見つけたのでしたね。日彦さんの手文庫は、どこにおいてあったのですか」

「に、日彦さまの居室に、決まっています。日彦さまのお姿はなかったのです」

「だとすれば、どこへお出かけになり、いつ戻られたのでしょうか」

「存じません。そう言ってるじゃありませんか」

「古風さま、益高も小三郎も、この店の手代として真面目に、正直に勤めてまいりました。わたくしは日彦さまに頼まれ、この十七年、両名が仕事に励み、両名の善良な人柄、正直な性根をつぶさに見てきたのです。両名とも断じて、偽りを申したりする者ではございません。こう申してはなんでございますが、浄縁と申されるお坊さまが還俗なされたのは、ご自分に何か疚しいことがあって、それを隠しておられるのではありませんか。あるいは、もう長い季がたっておりますので、何か思い違いをなさっている場合も、なきにしもあらずではございませんでしょうか」

角兵衛が二人を庇って言った。

「浄縁さんは、偽りを言った自分は僧侶に相応しくないと愧じて、還俗なされたのです。ご自分で見聞きしたことと、憶測や推量とは厳格に分けておられました」

「しかし、思い違いはどなたにでもございます。こう思ったこう感じたというのは、どうしても手前勝手な思いこみに偏りがちですから」

すると、金五郎が声をかけた。

「角兵衛さん、あっしからもひとつ、お訊ねしてもかまいませんか」

「おや、金五郎さまもでございますか。よろしいですとも。どうぞどうぞ」

「日彦さんは、直助の一件があって、知念さんと本好さんが本能寺を出てからは一度も会ったことはない、知念さんと本好さんのことは顔も覚えていない、とも言い残されたと聞いておりやす。先ほど角兵衛さんは、おのれの犯した罪を十分悔いている年若い二人の出直しの手助けを、日彦さんに頼まれたと言われやした。なのに、お二方が還俗なさり、こちらのお店でずっと勤めてこられたこの十七年、日彦さんにご挨拶やお会いになる機会は一度もなかったんでございやすか。ご主人の角兵衛さんが、若いお二方に、お礼のご挨拶にいきなさいとは、仰らなかったんでございやすか」

ふふ、と角兵衛は弛んだ喉の皮を震わせ、含み笑いをもらした。そして、少しぞんざいな言葉つきになった。

「変ですね。金五郎親分さん、日彦さまが本途にそのように申されたんでございますか。人伝にお聞きになっただけではございませんか。日彦さまは病に臥せっておられましたので、お忘れになっていたのではございませんでしょうかね。日彦さまにお礼のご挨拶は、ちゃんとさせておりますとも。そうだな、益高、小三郎」

益高と小三郎は、黙然と頭を垂れていた。

「益高さん、小三郎さん、浄縁さんは知念さんと本好さんの修行を導く師僧を務めておられましたね」

再び十一が言った。

「直助の一件が起こり、知念さんと本好さんの師僧であった自分にも落度があると、それも還俗なされた理由のひとつでした。そして今ひとつ、あの享保六年の春の二月ごろより、本能寺の檀家のあるお武家の奥方さまが、しばしば墓参に見えられました。ちょうどその折り決まって、奥方さまとお知り合いらしき侍が参詣に本能寺を訪れ、奥方さまと出会われますと、お二方は親しく歓談なされました。春の二月ごろから六月までと、浄縁さんからうかがいました。益高さんと小三郎さんも、それはご存じでしたね」

「存じません。檀家の方々が墓参りをなさるのは、あたり前のことです。お武家さまのみならず、町家や村の方々、大勢の檀家が墓参りをなされます。また、本能寺は鬼子母神の社前に山門を開いておりますので、江戸市中より鬼子母神参りをなさる方々の中には、本能寺の参詣をしていかれるのは珍しくはございません。その折りに顔見知りの方々が出会われたとしても、修行の身であったわたくしや小三郎が、おひと方おひと方を存じているわけではございません」

「それは、享保六年の二月ごろから直助殺しのあった六月の日まで続いたと、浄縁さんは言っておりました。益高さんと小三郎さんは、気づいていなかったのですか」

「存じませんと、言っているじゃありませんか」

益高は強い口調をかえした。

しかし、小三郎の肩がかすかに震えていた。

「お訊ねして、よろしいですか」

角兵衛が十一を遮るように言った。

「浄縁さまは、奥方さまとお侍さまが本能寺で偶然出会われたことを、周囲にはなんと仰っていたのでございますか」

「触れないようにしていたと」

「触れないようにしていた。なんですかそれは。どうやら浄縁さまは、埒もない妄想を働かせておられるようでございますね。そんな妄想を言い触らして。ご自分で見聞きしたこととは、厳格に分けておられるお坊さまではなかったのですか。そんな口先だけの方は、確かにお坊さまには向いていないのかもしれませんね」

「旦那さま、わたくしどもはこれで。明日も仕事がございますので」

益高が言った。小三郎はずっとうな垂れている。

「そうかい。ご苦労だったね。もういいよ。晩御飯を済ませて早くお休み」

十一と金五郎は、夕方から糠雨の降り出した夜道を戻った。

日本橋を越え、筋違橋御門へとる日本橋北の大通りは、人影ひとつなかった。雨にぬかるんだ道に足下はずぶ濡れにまみれたが、二人は気にかけなかった。

「金五郎さん、本能寺で奥方さまと会っていた侍が気になります。この侍の素性がわかれば、日彦の言い残した、みなで示し合わせ、口封じに直助を殺害した真実が明らかになるのでしょうか」

「岡野さまもそうお考えのようです。あっしもそんな気がします。手間暇はかかっても、奥方さまの武家はいずれ知れると思いやす。けど、侍のほうはむずかしい」

「奥方さまの武家に、少しでもなんらかのかかり合いがあって、おそらく、本能寺にも何らかのかかり合いのある侍を……」

「ひとりひとり、探っていくしかありません」

「それにしても、あの益高と小三郎の二人に、十二歳の直助は痛めつけられたんですね。益高と小三郎は、十八歳と十七歳の、身体はもう一人前の若い衆だった。可哀想に。直助はなすすべがなかったでしょうね。二人を見ていて、背中が粟だちました」

角兵衛は、焦げ茶に白い水玉模様の裾を尻端折りにからげ、手拭を頬かむり、足駄を履いて勝手口を出ると、ばん、と蛇の目傘を開いた。

坂本町一丁目から南茅場町を東へ霊岸橋。湊橋へ折れて、三俣の浅瀬の影と、不気味にうなる大川のほうの暗闇を透かし見つつ永久橋を越え、浜町へととった。

西に久松町、北は村松町、東は若松町と、三方に町家があり、南方は大名屋敷が長屋門を構えるこのあたりは、中級の旗本御家人屋敷がつらなる一帯である。

角兵衛はその武家屋敷のわき門をくぐり、暗い玄関ではなく、かすかな明かりが障子戸に映っている中の口へ廻って、顔を出した下男に案内を請うた。

下男の案内で、中庭のほうへ廻った。

主人の居室の腰付障子に行灯の明かりが映っており、主人はまだ起きていた。屋根庇の雨垂れが、縁先に音をたてている。

「旦那さま、坂本町の角兵衛さんがこちらにきております。至急のお知らせが、ございますそうで」

居室に閉てた腰付障子に、下男が縁先から声をかけた。

やや間があって、ふむ、と声がかえり、人影が腰付障子に近づいた。腰付障子が引かれ、痩身の人影が立った。

「角兵衛か」

「へい、角兵衛でございやす。このような夜分に畏れ入りやす。至急、お知らせしなきゃならねえことが出来いたしやした。お叱りを覚悟で参りやした」

角兵衛は蛇の目をすぼめ、頰かむりもとって、腰をかがめてしゃがんだ。

「仕方あるまい」

主人の痩身の影が縁廊下に出て、静かに端座した。

屋根庇が縁先へ延びて、軒灯籠が灯されているが、主人の相貌は居室の行灯の明かりを背に受け、黒い影にしか見えなかった。

「そばへ」

「へい。畏れ入りやすが、お人払いを願いやす」

「ふむ。退っておれ」

主人が下男に言い、下男が庭を戻っていくと、角兵衛は腰をかがめた恰好で、屋根庇の下に入り、片膝づきになった。屋根庇の雨垂れが、角兵衛の背中に落ちた。

「申せ」

「今日のことでございやす。夕方近くになって、見知らぬ二人連れが坂本町の店を訪ねて参りやした。ひとりはひょろりと背の高い若蔵と言っていいくらいの侍で、ひとりは侍の御用聞という白髪頭の爺さんでございやした。侍は古風十一、爺さんは金五郎と名乗り、古風は寺社奉行大岡越前守の御用を務める寺社役助と称しやして、大岡越前守の書付も持参しておりやした。あっしには、そいつが本物か偽物かの区別はつきやせんが」

「その者らの用は……」

「益高と小三郎の話を聞きてえと。先だってくたばった本能寺の日彦が、つまらねえことを言い残しやした。十七年前のその一件でございやす」

角兵衛は縁廊下のすぐ下まで身を乗り出し、雨垂れの音にまぎれそうなほどのささやき声で、十一と金五郎の御用をつぶさに話して聞かせた。

その間、主人の影は置物のように微動もせず、ひと言も発しなかった。

「一度で終るとは、思えやせん。やつら、またしつこく絡んできて、ほじくり出す魂胆に違いありやせん。このまま放っとくか、それともなんぞ手を打つか、お指図をお聞かせ願いやす」

角兵衛は話し終えてから、主人の影を見守った。

しばし、雨垂れと、糠雨が庭の木々にささめく声しか聞こえなかった。

やがて、主人の影が吐息をもらし、影がわずかにゆれた。それが、主人が動揺しているかのように感じられ、角兵衛は意外に思った。

「益高と小三郎の、様子は」

「この十七年、何もなく無事に過ごし、過ぎたことは疾うに忘れ、それがあたり前に思っていたところへ、大岡の手先の二人が突然現れ、十七年前の亡霊を引き摺り出してきたんでございやす。益高はそうでもありやせんが、小三郎は傍から見ていて落ち着かねえ様子がわかりやした。若蔵が、牛込の奥方さまとの一件を持ち出し、根掘り葉掘り探ってきやして、小三郎は怯えておりやした」

「その者らは、直助殺しとそれのかかり合いを、疑っているのか」

「十七年前のあの日、殺された直助に知念と本好、住持の日彦、そのほかに本能寺に牛込の奥方さまとどなたかがいたのではねえかと、たぶん疑っておりやす」

主人の影が沈黙し、雨垂れの音と木々のささめく声が続いている。

不意に、主人の影が声を絞り出した。

「大岡め。あの男、わずらわしい」

確かに、なんで今さらと、誰だって言いたくなるぜ。

角兵衛は、主人の指図を待ちながら思った。

「放っておいては、蟻の一穴になりかねん。処置するしかあるまい」

早や冷静さをとり戻し、主人の影は言葉を惜しんで短く言った。

「十七年前と、同じで?」

「任せる。ただし、痕を残すな」

「お任せを」

六

戌(いぬ)の刻を、もう半刻ほどすぎた刻限、益高と小三郎は店の二階の寝間にいて、益高は敷いた布団の上で胡坐をかいて絵双紙をめくり、小三郎は部屋の隅の柱に両膝をたてて凭(もた)れ、ぼうっとしていた。

間仕切を隔てた隣の部屋の、広吉と木助(きすけ)の気持ちよさそうな寝息が聞こえる。

角兵衛の銭屋と油屋を兼ねる店は、主人の角兵衛のほかに、益高と小三郎の手代が二人、広吉と木助の二人の小僧に、飯炊きの婆さんと掃除洗濯、店の中の雑用をこなす中年の下女が、通いで雇われている。

益高と小三郎は、主人の角兵衛が出かけるとき、遅くはならない、寝ずに待っているように、と言われていた。

雨の夜ふけは静まりかえり、犬の長吠(ながぼえ)も聞こえなかった。

益高は欠伸(あくび)をひとつして絵双紙を閉じ、布団の枕元に投げた。隅の柱に凭れてぼうっとしている小三郎へ向いて、物憂げに声をかけた。

「いつまで待たなきゃならないんだ。眠くなってきたな」

うん、と小三郎が生返事をした。

「どうした。夕方のことを気にかけてるのか。よせよせ。おれたちが気にかけても、一々どうにもならないんだ。おれたちは、言われた通りのことをやってきただけだ。

気にかけたら、滅入るだけじゃないか」

益高は投げやりに言った。

「それに、もう十七年も前のことなんだぜ」

と、声をさらにひそめた。

するとと、小三郎は力なく首を落とし、ぼそぼそと呟き声をもらした。

「十七年前だろうと、昨日だろうと、やったことは同じだ。ばれたら、おれたちどうなるんだろう」

「ばれたらなんて、人聞きの悪いことを言うな。ばれるわけがないだろう。おれたちはお上のお裁きを受けて、お構いなしになったんだ。あの一件は落着したんだ。お上が間違えたなんて、あるわけないだろう。堂々としてりゃあいいのさ」

「おれたち、三十四と三十五だ。この歳になって、まだ嫁ももらえない。つまんないなあ。なんのために生きてるんだ」

「ずっと坊主やってたらよかったと、後悔してるのかい。それとも、郷里に帰ればよかったとでも、思うのかい」

「嗚呼、坊主にもなれなかったし、郷里にも帰れなかった」

小三郎がため息混じりに言ったとき、勝手口の板戸が鳴り、角兵衛が戻ってきた。

「やっとだ。下へいくか」

益高が言った。うん、と小三郎が頷き、二人は階下の台所へいった。暗い台所の板間に入ると、角兵衛らしき人影が勝手の土間で、濡れた衣服をぬぐい、着物の裾をなおしていた。

「旦那さま、お戻りなさいませ、お戻りなさいませ」

二人が土間の角兵衛の影に声をかけ、「ただ今明かりを」と、益高が行灯のほうへいくのを、角兵衛が止めた。

「明かりはいい。おまえたちに話がある。これからのことだ。広吉と木助は寝たか」

「はい。ご飯が済んだらすぐに、ぐっすりと寝ております」

勝手口の障子戸に、明かりがうっすらと射した。雨垂れの音に混じり、人の気配がした。裏庭の土蔵の戸が引かれ、鈍い音をたてた。

「どなたか、いらっしゃるんですか」

「おまえたちの今後のことで、手助けを頼んだのだ。おまえたちもこれから大変だから、相談に乗ってくれる人がいたら心強いだろう。ここでは大きな声で話せない。おまえたちもおいで。土蔵で話そう」

「は、はい」

戸惑いを覚えつつ、二人は角兵衛に従って勝手口を出た。

裏庭の土蔵の影が、勝手口の雨垂れの滴る軒下の先に見える。土蔵の分厚い樫の板戸が一尺ほど開き、土蔵内の蠟燭（ろうそく）の小さな明かりが戸前に漏れていた。

勝手口から土蔵の戸前へまで、小走りですぐだった。角兵衛が、土蔵の戸を重たそうにごとごとと引き、

「ささ、入りなさい」

と、益高と小三郎の背中を押した。

油屋の油壺（あぶらつぼ）を仕舞っておく土蔵で、ふわりと油の臭いがし、一本の蠟燭の薄明かりに照らされた四人の男が、戸口から見えた。

四人とも蓑（みの）と菅笠を着て、尻端折りの裾の下に毛深い脛（すね）を見せ、跣（はだし）に藁草履を履いていた。顔が菅笠に隠れていたし、一本の蠟燭のうす明かりだけでは、四人の顔つきはぼんやりとしか見わけられなかった。

ただ、菅笠からも蓑からも、雨の雫（しずく）が滴っていた。

「旦那さま。あ、あの人たちは……」

益高が怯えて言った。小三郎も土蔵に入るのをためらっていた。

「いいからお入り。みんないい人たちだ。おまえたちの手助けをするために、わざわざきていただいたんだ」

「わたくしたちは、一体何をするのでございますか」

「大きな声を出すんじゃない。近所迷惑だろう。話は中でする」

角兵衛は二人の背中を無理矢理に押し、二人は角兵衛の強引さにためらいつつも、主人には逆らえず、よろける足どりで土蔵の中につい入った。二人の後ろで、角兵衛が土蔵の戸を閉め、閂をかけた。

やっと異変を悟った益高が、閂をかけた角兵衛の腕を慌ててつかんだ。

「旦那さま、何をなさいます」

角兵衛は益高の手をふり払い、

「大人しくしろ」

と、胸を突いて押し退けた。

角兵衛の腕力に、大柄な益高も二歩三歩とよろけたところで、びっしょりと濡れた蓑と分厚い身体にぶつかった。

ふりかえったすぐ後ろに、蓑笠を着けた男が迫っていた。菅笠の影の中に、物貰いができ充血した空虚な目が、益高を見つめていた。

押し退けようとした手首を、蓑笠の男の濡れた手が鷲づかみにした。凄まじい力でねじりあげられた。やめろ、と叫びかけた背後から、口と鼻を角兵衛の分厚い掌に蔽われ、片方の腕を巻きとられた。

同時に、蓑笠の男の出刃包丁が、益高の胸先に深々と突き入れられた。

痛い、と思ったのは一瞬だった。全身が凍りつき、そして崩壊していった。

益高はうめき声を絞り、足をじたばたさせたが、長く続かなかった。ぷつん、と益高の意識の中で何かが音をたてきれ、途端に何もかもが消えた。

小三郎は、益高のあり様に悲鳴を甲走らせたところを、三人の男らに絡めとられた。ひとりが口と鼻を蔽い、あとの二人が、これも出刃包丁で脾腹を左右から包丁の柄まで深く突きこんだ。小三郎は菅笠の下の男らの顔に爪をたて、
助けて、助けて……

と、口を蔽われ声にならない声で助けを乞いながら、暗黒へ落ちていった。

蠟燭一本の仄ゆれるうす明かりが、束の間の惨劇の一部始終を映した。けれど、短い悲鳴も果敢ない抗いも、土蔵の外に漏れることは殆どなかった。

糠雨は降り止まず、庇の雨垂れが裏庭の地面にぴちゃぴちゃと跳ねていた。

昨日の夕方に降り出した糠雨が夜明け前には止んで、雨あがりのそよ風が心地よい晩春の昼下がりだった。

木挽町の浜吉は、昨日、十一と金五郎の二人と別れてから気になってならず、坂本町一丁目の角兵衛の銭屋を、ひとりでのぞきにいった。

手代の二人が、どんな様子をしているかをこっそり探り、何か少しでも変わった事を見つけたら、金五郎さんと古風十一さまにお知らせする肚だった。

古風さまから頂戴した礼金の二朱金二枚の一枚が、まだ残っていた。一枚は昨日、四百三十何文かに替え、三十間堀の酒亭の呑み代とつけに消えた。

で、残りの一枚を角兵衛の銭屋で銭に替えるため、軒をくぐった。

前土間や店の間のあがり端に、順番待ちの客の姿が目だった。

前にのぞいたときは帳場格子にいた、見た目はいかつく不愛想な亭主が帳場格子を出て、ひとりで両替の客に応対していた。小僧が両替箱を運び、亭主がそろばんをちゃっちゃっと弾いては、両替箱の銭を数えて盆に載せ、客に差し出している。

ひとりの客の用が済むと、亭主は一旦帳場格子へ戻って、銭箱に金貨や銅貨を仕舞い、出入帳に書きつけ、慌ただしく店の間に出て、「お待たせいたしました」と、次の客の応対に追われていた。

そこへ、壺を抱えた油の注文の客がくると、小僧が奥へ、「油をお求めのお客さまでえす」と大声をかけ、襷がけの下女が折れ曲がりの土間を走り出てきて、慣れない手つきでどうにかこうにか客の注文に応じていた。

「あの、まだですかね」

女将さん風体の客が、両替箱を抱えた小僧に、恨めしそうに言い、

「へえい。少々お待ちくださいませえ」

と、小僧は両替箱を運びながら素っ気なくかえした。

どうしたわけか、二人の手代の姿が見えなかった。

浜吉は、前土間の順番待ちの客に話しかけた。

「お客が混んでるのに、手代さんはどこへいっちまったんですかね」

「それなんだけどね。都合があって手代の二人は、急遽奉公をやめて郷里に帰ったらしいよ。今朝暗いうちに発ったと聞いたね。町内の噂じゃあ、以前からご主人とかけ合いをしてた給金の折り合いが、どうしてもつかなかったとかで、やめたきゃやめろ、じゃあやめてやるって、そんな感じじゃないかい。ありそうなことさ。渋いと言われてるご主人だからね」

「郷里に。手代さんの郷里はどちらなんでやすか」

「知らない。今のご主人がここで銭屋を開くときに連れてきた手代で、かれこれ十六、七年になるんだけど、あの二人はあんまり町内に馴染まなかったからね。これも噂だけど、二人はどうやら、前にこれ持ちらしいよ」

と、順番待ちの客はお縄になる仕種をして見せた。

「はあ、これ持ちで」

浜吉も客の仕種を真似た。

四半刻余ののち、順番待ちの客が大分少なくなったころ、浜吉にようやく両替の順番が廻ってきた。主人は浜吉の前でそろばんを素早く弾き、

「この節、金貨は安値が続いておりますので、二朱金でこのようになりますが、よろしゅうございますか」

主人の角兵衛が浜吉にそろばんを見せ、

「へい。銭屋さんの仰る通りで、異存ございやせん」

と、浜吉が頷き、二朱金は四百三十八文になった。

金一両の公定の銭相場は四千文であり、二朱金ならば五百文である。それが、四百三十八文だった。

「大岡さまの元文御吹替で金貨の値が戻るかと期待を寄せましたが、いっこうに戻ら

ないどころか、むしろ安くなっております。なんのための御吹替だったのか。お上の愚策の尻ぬぐいをさせられるのは、われわれ町民ばかりでございます」

角兵衛が銭緡四本と三十八文を足して、小盆に載せ、差し出した。しかも、銭緡ひと緡は九十六文で通用しており、浜吉も承知している。

「へい。けっこうでございやす。手代さんがお二人とも急にやめられたそうで、大変でございやすね」

浜吉は、銭をゆっくりと受けとりながら、角兵衛に話しかけた。

「急な事でございましたので、お客さまにご迷惑をおかけしております」

「急に、何があったんでございやすか」

「使用人を使うのは、むずかしゅうございます。お客さま、お待ちのお客さまがいらっしゃいますので」

と、角兵衛は浜吉を軽くあしらった。

角兵衛の銭屋を出た浜吉は、懐があったかく、気分が大きくなった。

日本橋袂の河岸場(かしば)で、飯田町(いいだちょう)へいく荷船に十文ほどで便乗し、飯田町へあがって牛込御門を目指した。牛込御門から段々になった神楽坂の急坂を息を喘(あえ)がせ、休み休みしながら上った。

七

翌日の朝、十一と金五郎、そして浜吉は金五郎の下っ引のように従い、坂本町一丁目の角兵衛の銭屋を再び訊ねた。店の間には、急遽雇い入れたらしいお仕着せの手代風体が接客し、主人の角兵衛は帳場格子についていた。

角兵衛は、帳場格子の出入帳から顔をあげ、前土間に入った十一と金五郎が笠をとった途端、眉をひそめた。そのあとから、二人の小僧が、声をかけた。

「おいでなさいませ」

「お客さま、両替の御用でございますか。油のお求めでございますか」

小僧が言うのを、角兵衛が帳場格子を立って、「いいから」と小僧らを制し、店の間のあがり端にきて手をついた。

「古風さま、金五郎さま、お役目ご苦労さまでございます。御用を承りますが、おあがりになりますか。それとも……」

「大層な用ではありませんので、こちらで。益高さんと小三郎さんが、勤めを辞められたとうかがいました。差し支えなければ、事情をお聞かせいただきたいのです」

「そうだろうと、思っておりました。おや、そちらは昨日の両替のお客さまで」

角兵衛が、金五郎の後ろに控えた浜吉に言った。浜吉は頬かむりの手拭をとり、きまりが悪そうに背中を丸めた。

「では、そちらへ」

と、角兵衛は前土間から奥へ通ずる通路の隅を差した。

「一昨日(おととい)お訪ねしたときは、益高さんも小三郎さんも、こちらの勤めをお辞めになる様子には見えませんでした。勤めを辞められた理由は……」

十一は立ったまま、着座した角兵衛に改めて訊ねた。

「まことに申しあげにくいのでございますが、一昨日、古風さまと金五郎さまより、十七年前の詳細な覚えも定かではない一件のお訊ねがあって、両名にとっては二度と思い出したくなく、忘れてしまいたい覚えだったようで、お二方が帰られたあと、両名ともひどく意気消沈しておりました。大岡越前守さまの御用のお訊ねだからいたし方ないのだ、おまえたちはお構いなしになって、立ちなおっているのだから、何も自分を責めることはない、これまで通りでいいのだと、わたくしも励ましたのです。それはわかっていても、やはり思い出すのはつらかったのでございましょう。殊(こと)に、両名の師僧の浄縁さまから聞かれた、どちらかの武家の奥方さまとお侍さまが、墓参や参詣に見えられた折りの事情をひどく気にかけ、一体どなたのことだろうと、思い悩んでおりました。十七年も前のことを今さら悩んでも、知らなかったのですから仕方がないのでございますが」

角兵衛は十一にうす笑いを寄こした。

「宵にちょっとした用がございまして、知人の店を訪ね、五ツ半すぎごろ戻りますと、両名はまだ就寝しておらず、わたくしに話があると申したのでございます」

それから、益高と小三郎が自分の留守中に話し合い、勤めを辞めて郷里に帰ることに決めたと知らされ、思い止まるように説得したものの二人の決意は固く、昨日の早朝、まだ暗いうちにそろって旅だったと、経緯を語った。

「益高も小三郎も、性根は気持ちのよいさっぱりした男でございます。十七、八の若気の無分別ゆえのあやまちさえなければ、今ごろはどこかのお寺のお坊さまになっていたか、自分の店を構えるほどの商人になっていたかもしれません。たった一度、お縄になったあやまちのため、修行を積んでいたお寺に帰れず、郷里の親元にも面目を施せず、江戸に残ってわたくしどもの手代として、真面目に勤めておりました。ところが、一昨日、古風さまと金五郎さまのお訊ねがあって、どのように償っても罪は罪、十年たとうが二十年たとうが、昔のあやまちはついて廻る。そのことにあらためて気づかされ、先に望みを失い、これまで通りに続けることが嫌になったのでございましょう。二人の気持ちはわたくしにも痛いほどわかりますので、縄でくってでもとめようとは思わなかったのでございます」

「益高さんと小三郎さんの郷里は、どちらなのですか」

「益高も小三郎も、武州の元荒川のほうの村の者でございます。ではございますが、古風さま。どの村の者かは、お許し願います。十七年も前にお上の公正なお裁きによって落着した一件を、大岡さまが何がなんでも探れ、迷惑に思う者、ただ静かに暮らしたいと願う者の気持ちなど斟酌する必要はない、とお考えならば、大岡さまのお指図ひとつで、両名の郷里は知れるはずでございます。益高も小三郎も、あまり欲のない男で大した荷物もなく、旅の支度をすぐに調え、わたくしひとりが両名の旅立ちを見送ったのでございます。そういう事情でございますので、古風さま、金五郎さま、それからそちらのお客さま……」

と、角兵衛は浜吉を手で差し、浜吉は肩をすくめた。

「これ以上お訊ねになっても、わたくしどもに話すことは何もございません。お訊ねはこれでご容赦願います。二人も働き手を急に失って、わたくしどもも本途に困っておるのでございますから、何とぞこれまでに」

角兵衛が頭を垂れ、お引きとりを、と口には出さず促した。

前土間に客がたてこみ始め、手代がひとりで接客にあたり、小僧が両替箱を抱えて右往左往していた。

三人は角兵衛の銭屋を出て、坂本町の往来を楓川の海賊橋のほうへとった。

「金五郎さん、益高と小三郎は、わたしたちが訊いた一昨日のあれだけで、勤めを辞めたんでしょうか。郷里に帰ったんでしょうか」

十一は往来をいきながら、後ろの金五郎に言った。

「あれは、違うと思います」

金五郎が、即座にこたえた。

「一昨日、あっしらが訊いたあれだけで、益高と小三郎が、十七年も銭屋に勤めた暮らしを一変させた理由が考えられるのは、二人は元々、またはだいぶ前から銭屋の手代暮らしが嫌になっていた。機会があれば、辞めたいと思ってた。そこへ、あっしらが十七年前の話を持ち出し、それがきっかけになって、もう辞めようという気にさせた。それがひとつです。ですが、それならあんなに慌ただしく旅だたなくてもいいんじゃありませんか。どんなに銭屋の勤めが嫌だったとしても、周りに挨拶ぐらいしていくもんです。それすらしなかったのは変です」

「わたしも変だと思いました」

「読売屋の勘ですがね。二人には、本能寺の直助殺しにかかり合いがあり、十七年間ずっと肚の底に仕舞って蓋をしてきた隠し事があった。日彦が言った、見てはならないもの、知ってはならないことに、違いねえ隠し事を、ふたりはずっと肚の底に仕舞ってきたんです。長い季がすぎ、当人すら忘れかけていたかもしれませんがね。そこへ、一昨日、あっしらが二人に会って、その蓋を開けかけた。吃驚した二人は、蓋が開いて隠し事が露顕するのを恐れて、慌てて逃げ出した。読売屋の勘があたっていれば、郷里に帰ったというのも、怪しいもんです」

「主人の角兵衛が、それに気づいていないのでしょうか」

「十一さま。読売屋の勘をもうひとつ。あっしら読売屋は、初中終、嘘を読売種にしておりますので、こいつは嘘を吐いてる、嘘つきだと、わかるときがあるんです。嘘だという証拠は、なんにもなしにです。自慢になりやせんが、嘘つきには他人の嘘を見抜く勘が働くんです。十年たとうが二十年たとうが、昔のあやまちはついて廻る。そのことに気づかされ、先に望みを失い、これまで通りに続けることが嫌になったというさっきの角兵衛の理由は、読売屋の勘じゃあ嘘です」

「益高と小三郎が郷里に帰ったのでないなら、二人はどこにいるのでしょう」

「さあ、そいつは……」

するといくと、金五郎の後ろの浜吉が、十一に投げかけた。

「十一さま。あっしも金五郎さんに同感でやす。銭屋の角兵衛は嘘つきですぜ。ああいう手合いには、読売屋も引っかかるんです」

十一は後ろへ見かえり、浜吉に頷いて見せた。

そのとき、人通りの多い往来の前方より、分厚い短軀に苔色の着衣を尻端折り、黒股引のがに股の短い足を、案外に軽々と運んでくる男がいた。頭には置手拭をつけ、顔や頭との境目がはっきりしないくらいに首が太かった。

作り物のように大きな眼鼻や口を、十一から金五郎、後ろの浜吉まで向け、ぐにゃりとゆるめた。そして、がに股を踏み締めて、辞儀を寄こした。

「古風十一さま、金五郎親分、お久しぶりでございやす。ご無沙汰いたしておりやした。六間堀八名川町の、お半姐さんとこのがま吉でございやす。あっしのことを、覚えていただいておりやすか」

「がま吉さん。久しぶりです。がま吉さんのことを忘れる人は、いませんよ」

「てへ、さようで。畏れ入りやす」

「がま吉さん。本途に久しぶりだね。八丁堀で仕事かい」

金五郎も声をかけた。

「へい、そうなんで。姐さんがある筋から、ちょいと妙な仕事を頼まれやしてね。頼まれたら断れねえ姐さんの性分で、あっしは相変わらず、姐さんの使いっ走りでございやす」

へっへっへ……

がま吉はやけに白い歯を剝き出して笑った。

「外桜田の見張りは、どうしたんですか」

北町奉行稲生正武の筋より、外桜田の大岡邸の人の出入りの見張りを女親分のお半が請けている。

「ここんとこ、あっちはもうあんまりでございやして。どうでもいいわけじゃありやせんが、若いもんらにやらせておりやす。姐さんは、今はもっぱらこっちのほうで。で、十一さま、金五郎親分、ちょいとおつき合い願えやせんか。姐さんが十一さまと金五郎親分に、ちょっとばかし、お訊ねしてえことがございやしてね。へい。そっちの方もご一緒にどうぞ」

「お半さんが、いらっしゃるんですか」

「へい。そこの茶屋です。ささ、古風さま、金五郎親分、こっちです」

がま吉は太短い指を差して、往来を戻っていった。

坂本町の町地を抜け、山王御旅所（さんのうおたびしょ）の大通りを横ぎり、瑞垣（みずがき）に囲われた御旅所の大鳥居をくぐった。

境内の参道の鳥居わきに茶屋や料理屋が、茅葺屋根を数軒並べる中の、店先にせり出した葭簀（よしず）の屋根の下に、綺麗な青畳の縁台が三台並んでいて、その一台にお半が腰かけ、気持ちよさそうに茶を一服している。

茶屋の軒に《おやすみ処》の旗がさがって、《まんぢゅう　きなこもち》の幟（のぼり）をたて、土間の炉（ろ）の煙が茅葺屋根へ淡くのぼっていた。

参詣客の姿が、ちらほらと参道を通っていき、境内の木々で小鳥がさえずっている。がま吉はがに股の身体をゆすって、お半に近づいていき、

「姐さん、お連れしやした」

と、言うより先に、お半はやおら茶の碗をおき、腰を起こして十一らのほうへ艶（なま）めかしい辞儀を寄こした。

女にしては大柄な身体つきに、朽葉色の小袖の襟元から黄の下着がのぞいて、横縞の半幅帯を隙なく締めた拵（こしら）えが似合っていた。

束ね髪を頭に重ね、赤い笄（こうがい）三本でぴしゃりと止め、やや下ぶくれの白い顔に、大

きな目とぷっくりとした唇へ、赤く刷いた紅が艶やかだった。

「お半さん、お久しぶりです」

十一がさらりと言い、

「ですよね」

と、お半は十一から金五郎、そして浜吉へねっとりと頬笑みかけると、金五郎が辞儀をし、浜吉はぽかんとした。

八

四半刻後、五人は茶屋の店の間にあがっていた。

「……ですから、あっしもね、大岡越前守さまがお調べの直助殺しの一件を、海保半兵衛さんのお指図を受け、調べることになったんです。けど、海保さんからお指図を受けたとき、ぴんときやした。大岡さまは、直助殺しの調べを古風さんと金五郎さんにお命じになったに違いない。これはまたどっかで、古風さんと金五郎さんに鉢合わせすることがあるよって、がま吉にも言っておりやした。鉢合わせするならここの坂本町だろうなって睨んでたら、やっぱりそうなりやした」

あはは……

お半の高らかな笑い声が、境内に流れた。

「そうでしたか。そういうことなら、同じ一件を調べているのですから、どこかで出会ってもおかしくないですね」

「ですよね。でね、直助殺しの下手人の所化二人が、十七年前、評定所のお裁きを受けながら、下手人御免の願いを直助の父親が差し出してお構いなしになりやした。そのあと、還俗した所化の二人は、坂本町の角兵衛さんの銭屋に奉公することが決まった。その経緯を探っていったら、探れば探るほど、なんかちょっとしっくりこないんですよ。別に、おかしい、変だってわけじゃないんですけどね」

「何がしっくりこないんですか」

「聞きたい？」

「聞きたいです。わたしも目の前がもやもやして、なかなか視界が開けてきません。所化の知念と本好が、お構いなしのあと間もなく、本名の益高と小三郎に戻って角兵衛さんの銭屋に奉公していたことを、金五郎さんと浜吉さんのお陰で、ようやく探り出せたんです」

「益高と小三郎から、直助殺しの顚末を訊いたんでしょう。二人の話から、何か手がかりがつかめやしたか」

「いえ。謎があるのに、謎を解き明かせず、ただうろうろしている感じです」

「昨日の夜明け前、益高と小三郎が急に奉公を辞めて郷里に帰ったと聞いて、意外でした。直助殺しの一件からもう十七年もたって、二人ともいい歳ですよ。なんで今さらと思いやした。角兵衛さんの銭屋は、角兵衛さんに女房はいたんですが、夫婦仲が悪くすぐに離縁になって、それからはずっと男所帯でしてね。角兵衛さんと手代の益高と小三郎、小僧が二人に、通いで賄の婆さんと掃除洗濯やらの年配の下女がいます。賄の婆さんにちょっと鼻薬を効かせて、それとなく、益高と小三郎の手代が昨日の朝、急にお店を辞めたわけを訊いたんです」

十一は、才槌頭を木偶のように頷かせ、お半をまた笑わせた。

「でね、婆さんが言うには、一昨日の雨の夕方、古風さんと金五郎さんらしき二人連れが訪ねてきて、益高と小三郎になんぞ訊きとりをした。そしたら、その所為かどうか知らないけれど、二人が急に勤めを辞めると言い出し、昨日の夜明け前のまだ暗いうちに、さっさと郷里に帰っちゃったって、聞いたんです。二人が旅だったのを見送ったのは、主人の角兵衛さんだけだったそうです。何があったのって、思うじゃありませんか。こりゃあ、古風さんと金五郎さんも二人が勤めを辞めたことを聞きつけて、きっと事情を聞きに現れるだろうから、がま吉に角兵衛さんの店を、朝から見張らせていたんです。睨んだ通り、みなさんが現れたってわけです」

「お半さんの仰る通りです。益高と小三郎が急に勤めを辞めた理由は、どのように償っても罪は罪、十年たとうが二十年たとうが昔のあやまちはついて廻る。そのことにあらためて気づかされ、先に望みを失い、これまで通りに勤めを続けることが嫌になった、と角兵衛さんは言っておりました」

「ふうん。なんか、とってつけたような理由ですね。だから、しっくりこないのはそれなんですよ、古風さん。角兵衛さんの言う理由は、筋が通らないってわけじゃないけど、しっくりこない。あっしのしっくりこないのも、それなんです」

「同感です。わたしも金五郎さんも、浜吉さんも」

「ふふん。ですからさ、古風さんと金五郎さんと浜吉さんは大岡越前守さま、あっしは海保半兵衛さん、双方、頭（かしら）は正反対のお立場だけど、同じ十七年前の直助殺しの一件を調べているんだから、頭の立場の違いには目をつぶって、双方、わかっていないことを教え合いませんか？　要は調べが進めばいいんですから、力を合わせません？」

　十一はお半を凝っと見つめ、ふと破顔した。

「承知しました。ただ、海保さんは稲生正武さまと結んで大岡さまを見張っておられますので、大岡さまについてのお訊ねはおこたえできません。こちらも、海保さんや稲生さまについては訊ねません。それでもかまいませんか」

「はい。かまいませんとも」

「それでは、お半さんからどうぞ。なんでも訊いてください。おこたえできることは全部おこたえします」

十一が言うと、お半は十一を見つめてにんまりとした。そして、

「まっすぐだこと」

と、ちょっと呆れた様子を見せ、午前の日射しが降る参道のほうへ目を投げた。参詣客が参道をちらほらといき交い、境内には小鳥の鳴き声が絶えない。

やおら、お半は言った。

「海保半兵衛さんから、直助殺しの経緯（いきさつ）を聞かされたとき、あっしには納得できなくて、妙だね、どうしてって、喉に引っかかった小骨みたいに、気になっていることがあるんです。十二歳の直助が殺され、下手人の十八歳と十七歳の知念と本好がお縄になりやした。二人は評定所のお裁きを受け、殺された直助の父親が、下手人御免の願いを評定所に差し出し、お構いなしになった。まずそれが変ですよ。倅を殺された父親が、下手人御免の願いを出す気持ちがわからない。けど、海保の旦那さんが言うに

は、そういう場合もあるらしいですね。殺された者は生きかえってこないのだから、相応の詫び代で示談にする場合がね。海保の旦那さんは、そうじゃないかと言っただけで、本途に示談だったかどうかは知りませんよ。それから、直助が本能寺の下男奉公というのは表向きで、じつは住持の日彦の寵愛を受けるお小姓だったんですってね。つまり、直助は寺小姓に売られた少年だったたって聞きました。古風さん、当然、ご存じですね」

十一は黙って頷いた。

「ですからね、よっぽど貧乏な父親だったんですねって、海保の旦那さんに聞きますと、父親は根来組の二百俵どりの与力さまだって、仰るじゃありやせんか。根来組と言えば、鉄砲百人組の将軍さまを直々にお守りする偉い侍衆だってことぐらい、あっしだって知ってます。殺された直助は、その根来組の与力さまの二男と聞かされ、与力さまほどのお侍が跡継ぎじゃない二男だからって、倅を寺小姓に出したりするのかい、そればかりか、倅を殺した所化の下手人御免の願いを出したりするのかいって、それがどうしても納得がいかないんですよ。古風さん、そこんとこの事情をご存じなら、教えていただけやせんか」

と、お半は十一の顔をのぞきこんだ。

「直助は、与力の父親が馴染みにしていた新宿の茶屋女の産んだ伜です。事情があって父親は茶屋女と別れ、茶屋女は抱え先の色茶屋で直助をひとりで産んだのです。父親が直助を引きとったのは、直助が生まれて三月ほどがたったときです。茶屋女は悲しみましたが、伜が侍の子になるならと、泣く泣く手離したのです。直助は与力の伜として育てられ、侍になるはずでした。しかし……」

十一は直助のつらい生いたちと、本能寺で命を奪われるまでの、十二年の短い一生を話して聞かせた。

「直助が殺されて、父親が何ゆえ下手人御免の願いを差し出したのか、わたしは知りません。父親に会いましたが、下手人御免の願いを出したわけは語りませんでした。わかっているのは、直助は父親に捨てられた伜だった、ということだけです」

「まあ、なんて哀れな。そうだったんですか。捨てた伜なら、下手人御免の願いも、あり得なくないね」

お半はがま吉に言い、がま吉は「へい」と太い首を神妙に折った。

「お半さん。今度はわたしが。よろしいですね」

「どうぞ」

お半は、科(しな)を作って言った。

「日彦は、直助殺しはみなで示し合わせた口封じだった、直助は見てはならないものを見て、知ってはならないことを知った、と言い残したのです。みなが誰か、直助が何を見て知ったのか、日彦はそれを言う前に亡くなりました。ただ、日彦が言い残したこととは別の一件で、気になる話が聞けたのです。十七年前の享保六年の春から夏にかけ、本能寺の墓参りにしばしば訪れる、ある武家の奥方がおりました。同じころ、やはり本能寺の参詣に訪れる侍がいて、本能寺で奥方と侍が顔を合わせると、親しく言葉を交わしていたそうです。一昨日、益高と小三郎に奥方と侍のことを質しましたが、二人は知らない、そんなことは気づかなかったと、言うばかりでした。ですが、あれから十七年がすぎましたが、益高と小三郎は、本能寺の所化の知念と本好だったころ、奥方と侍を見て、知っているはずなのです。わたしと金五郎さんは、その奥方と親しく言葉を交わしていた侍を探しています。益高と小三郎に知り合いの侍がいる話や、知り合いでなくとも、二人になんらかのかかり合いがあったか、今もある侍の話や噂を、お半さんはご存じではありませんか」

「ある奥方さまとあるお侍が本能寺で？　なんだか微妙な話だね。益高と小三郎にかかり合いのある侍なら、銭の両替にくる侍もいるでしょうけど」

「銭屋の手代と客ではなく、もしかしたらもう少し親密な……」

「みなで示し合わせて直助の口封じをした一味のような、ってことなんですね」

お半は小首をかしげた。すると、

「姐さん、お侍なら、ご主人の角兵衛さんにひとり、おりやすぜ」

と、がま吉が口を挟んだ。

「うん。けど、角兵衛さんの知り合いのお侍が、益高と小三郎の知り合いってわけにはいかないけどね」

「角兵衛さんの、知り合いのお侍ですか」

十一は気をそそられた。

「ええ。角兵衛さんが、益高と小三郎を、お構いなしになってほどなく雇い入れたのは、当然、どなたかの口利きがあったはずじゃないですか」

と、お半は言った。

「じゃあ、誰が、なんでお構いなしになったばかりの所化を角兵衛さんにとりなしたのか、そもそも角兵衛さんはどういう銭屋なのか、あっしらはそっから直助殺しの調べにかかりやした。さっき言った賄の婆さんは、角兵衛さんが坂本町の油屋の店と銭屋仲間の株を手に入れ、銭屋を始めたときから、ずっと雇われてきたそうです。当然、お店の内情には詳しいんです。ちょっとした心付で、婆さんはなんでも話してくれやしてね。ねえ、がま吉」

「へい、そうでやした」

「角兵衛さんが坂本町で銭屋を始めたのは、いつですか」

「ですから、十七年前、益高と小三郎が奉公を始めたそのときからですよ。角兵衛さんがまだ髷も結えない若い益高と小三郎を引き連れてきて、この店がこれからおまえたちの住いと仕事場になるんだ、頼むぞ、と励ましていたそうです」

「では、角兵衛さんは、それまでどこで何をしていたんですか」

「それが今言った、角兵衛さんのお知り合いのお侍ですよ。婆さんが言うには、角兵衛さんはそのお侍の屋敷に中間奉公をしていたんです。角兵衛さんはそこで大層な手柄をたてたらしく、ご褒美にちょうど売りに出ていた銭屋の仲間株を、奉公先のお侍の中立で手に入れ、それから銭屋の傍ら油屋の商人になったんです。元々気の利いたところがあったんでしょうね。生まれは上州で、親は小商人だったそうです。子供のころにそろばんを厳しく仕こまれて、それが役にたったって。親の商いが上手くいかなくて、十二、三のころ江戸に出て、どういう経緯でか、お侍屋敷の中間奉公を始めたようです。中間奉公で、剣術の稽古もずい分やったとか。あのたくましい身体つきは、腕にも覚えがありそうだし」

「どなたの、お侍屋敷ですか」

「浜町河岸の先の、久松町とか若松町とかの、町家とお武家屋敷が入り組んだ界隈らしいけれど、場所もお侍の名前も、婆さんは聞いたことがないと言っておりやした。角兵衛さんの話の中に、ごく稀に、旦那さまとか、浜町さまとか、聞けることがあるぐらいだって。ただ、節句のご挨拶は今でも欠かさないようですから、よっぽど浜町の旦那さまに恩を感じているんでしょうね」

「あの辺は、幕府の役方の旗本屋敷や御家人屋敷の多い界隈です。どういう役目のお侍か、それはご存じですか」

「評定所留役の、御老中さまも一目おくお役目の偉い旦那さまだと、婆さんに自慢していたそうです。評定所留役がどんなお役目か、詳しくは知らないけど、御老中さまも一目おくって、本途なんですか」

「評定所留役は、評定所に出役して、寺社奉行、町奉行、公事方勘定奉行の三奉行さまの行う裁判や審議の、下調べと調書を作成する役目です。しかし実際は、三奉行さまに代わって、留役のお役人が裁判や審議を進めているのです。評定所は三奉行さまのほかにも、御老中、大目付さまが出座なされる裁判や審議もありますから、御老中さまも一目おくお役目と、角兵衛さんはそれを自慢していたのでしょう」

すると、あら、とお半は目を瞠った。

「だったら、直助殺しの評定所のお裁きには、角兵衛さんが中間奉公してたお侍が、雑司ヶ谷本能寺の所化の、知念と本好のお裁きを進めたっていうか、一枚嚙んでたってことになるわけ？　だから、お裁きを進めたかかり合いで、お構いなしになった知念と本好が、角兵衛さんの使用人になって、益高と小三郎になったたってこと？」

お半の問いに、十一はこたえるのをためらった。

「こいつは……」

と、金五郎がうめくように呟いた。

「金五郎さん、思ったことを言ってください」

十一は隣の金五郎を促した。

「十一さま、まさか、まさかですよ。十七年前、雑司ヶ谷本能寺の参詣に訪れ、墓参りの奥方さまと親しく歓談していたお侍が、評定所留役のお役人だとしたら」

「お侍は中間を供に従えていたと、下石神井村の卓右衛門さんは言っていました」

「奥方さまには、下婢がついていたのでしたね。日彦、知念、本好、留役の侍と供の中間、奥方さまと下婢……全部で七人です。気の廻しすぎでしょうか」

「わたしも気を廻しすぎているのかもしれません。気の廻しすぎで。しかし……」

「しかし？」

と金五郎に訊かれ、十一はまたこたえるのをためらった。

第四章　恩讐の彼方

一

一色伴四郎は、月桂寺前の往来へ出て、土塀を廻らした月桂寺の山門をくぐった。

山門より参道が、正面の茅葺屋根の本堂へ続いている。僧房が土塀に沿って、青葉の繁る樹木の間に建ち並んでいる。

墓所は本堂の裏手にあって、袋寺丁の寺院や大名屋敷に接していた。

まだ五ツをすぎて間もないその朝、墓所に人影はなかった。晩春の青空に綿雲がゆっくりと流れ、墓所の木々や本堂のあたりにかけて、数羽の燕の影が鋭く弧を描いて飛翔していた。

伴四郎は墓石と墓石の間の狭い砂利道を踏み鳴らし、一色家の墓石の建つ一隅へ向かっていった。着流した少々色褪せた枯色の上衣に、黒の角帯をゆったりと締め、手入れのとき以外は抜いたことのない両刀を、重たげに帯びていた。

やがて、ひとつ角を曲がった砂利道の前方に、沈んだ黒茶を裾短に着けた女が、一色家の墓石が建つあたりにひとり佇んでいるのを認めた。

女は菅笠をかぶり、白の手甲脚絆、結付の草鞋を履いた旅姿だった。

砂利道を鳴らす伴四郎に気づくと、痩身を伴四郎へ向け、菅笠と手拭をとり、つぶし島田のやつれた面差しを、朝の白い光の中に曝した。

そして、膝に手をあて辞儀を寄こした。

伴四郎は、こんな女だったか、と意外な感じに胸を打たれた。

もうおよそ三十年近い歳月が流れている。

自分はこんなに年老いた。五十代の半ばをすぎたころより、身体の不調を急に覚え始めた。根来組与力衆一色家の家督を、倅の新兵衛に譲ってからは、無聊に苦しむ日々が続くばかりだった。

老いて初めて、伴四郎はおのれ自身に気づかされた。

おのれには、何もないということにだ。

女は痩身で、化粧っ気のない相貌はやつれているものの、十九のときの茶屋女の面影を、わずかにでも留めていた。伴四郎が思っていたより、上背があった。あのときはもっと、小柄な小娘に感じていた。

女の頰に、かすかな疵痕があった。

この女に最後に会ったのは、新宿追分の掛茶屋だった。八歳の直助を雑司ヶ谷本能寺の下男奉公に出したあとだった。

あのとき、この女は言った。

「だったら、直助を本能寺から連れ戻し、あっしが面倒を見ることにしても、あっしが引きとっても、かまいやせんか」

伴四郎はそれを許さなかった。

「他人のおまえがわが家の事情に、口出しも手出しも許さん」

伴四郎は続けて言った。

「おまえは直助を手離す際、わが一色家より十両の報酬を得たではないか。直助を売って儲けを手にしたではないか」

「そ、そんな、ひどい。あれは、あのときのお金は、一色さんのお気持ちだったんじゃねえんですか。子供を産んだ母親への……」

「やはり女郎風情だな。金のことになると、都合のよい嘘を並べたておって」

伴四郎はおのれを繕うため、殊さらに罵声を投げた。そうして、待ってください、とすがる女をふり払ったとき、女の頬を刀の鍔で疵つけた。

表向きは下男奉公だが、実際は日彦の寺小姓に、直助を売った。あのとき、伴四郎は倅の直助を捨てた。四十代の半ば近くになっていた。

嗚呼、なんと心無いことを……

目の前のやつれた女の、しかしながら、十九の茶屋女の面影をわずかに留めた女の佇む姿が、伴四郎の犯したふる舞いや言葉を責めていた。今はもう老いた伴四郎の胸を、きりきりと刺していた。だが、

「お雪、達者だったか」

と、意外にも穏やかな気持ちで言えた。

「へえ。ありがとうございやす。一色さんも、お変わりございやせんか」

お雪の口ぶりは、遠い昔の茶屋女のそれだった。

「見ての通り、変わり果てた。哀れな老いぼれだ」

「そんなことは、ございやせん。誰でもみな歳はとりやす。老いたら老いたなりの、気の持ち方ひとつじゃ、ございやせんか」

つまらぬ、と伴四郎は鼻で笑ったが、なぜか、女のありふれた慰めに気がなごむの

を覚えた。

「お雪、用はなんだ」

「へい。こちらは一色家のお墓でございやすね」

一色家の名が刻まれた石塔が、日射しにくるまれていた。

「そうだ。月桂寺が創建されてから、代々の墓をこちらに移した」

「あっしの子も、こちらに葬っていただいたんで、ございやすね」

「異論は出たが、わたしがそう決めた」

「異論が出たのは、一色さんの倅でも、茶屋女の産んだ子だからでございやすか」

伴四郎は応えなかった。瞼のたるんだ目を、お雪から石塔へ流した。

「別に、かまいませんとも。仏さまは、茶屋女の産んだ子でも、きっと平等に慈しんでくださいやす」

お雪は目を細めて頰笑んだ。

「板橋宿にいるのか」

「へい。中宿の旅籠の川竹で、遣り手婆あに雇われておりやす」

「相変わらず、そんな生業を続けておるのか」

言った途端、馬鹿が、またつまらぬことを、と自分をなじった。

「秩父の山で炭焼きと小さな畑を耕す、貧しい百姓の生まれでございやす。十六の歳に新宿の色茶屋へ身売りになって、それからずっと、この生業でございやす。ほかに生きる手だてを存じやせん。これしかできねえので、ございやす」

「い、板橋から、どれほどかかった」

言葉に窮し、ようやく言った。

「明け六ツに板橋を発ちやした。昼までには戻りますからと、川竹のご主人にようやく許してもらいやしてね。もっとかかると思っておりやしたが、案外に早く着きやした。あっしの子が葬られたお墓を、初めて拝ませていただきやした。一色さんがきてくださらなかったら、仕方がございやせんので、もう一度しっかりと掌を合わせて戻るつもりでございやした。けど、ここまできた甲斐がございやした。仏さまのお慈悲でございやす。一色さんとこうして、またお会いすることができやした」

お雪はやつれた相貌に、野の花のような頰笑みを浮かべ、伴四郎は堪らず、お雪の頰笑みから目をそらした。朝の光の中を、燕が飛翔している。

「それで……」

と、わざとぞんざいに言った。

「先だって、大岡越前守さまの御用をお務めの若いお侍さまと御用聞のお二方が、十七年前の享保六年、雑司ヶ谷本能寺で十二歳のあの子が殺された一件の御用で、お訪ねになったんでございやす。あの一件は、下手人がお縄になり、お裁きが下され落着したと聞いておりやした。今さらなんの御用をと思いやした。そうしますと、どうやら、この三月にお亡くなりになった本能寺の日彦さまが、お亡くなりになる前、十七年前の一件に下されたお裁きは誤っていると、真実は今も隠されていると、言い残されたそうでございやす。若いお侍さまと御用聞のお二方は、寺社奉行の大岡越前守さまのお指図を受け、あの一件の調べにお訪ねになったんでございやす」

「ああ、大岡さまのあれか。うちにもきた」

伴四郎は、古風十一と名乗った長身の若い侍を思い出した。

お雪は、ゆっくりひとつ首をふって続けた。

「御用のお訊ねでも、あの子が殺されたことさえ、ずっとあとになって人伝に聞いたぐらいですから、あっしにお応えできることなんか、何もございやせん。あの子を産んだ経緯やら、手離したわけやら、それ以来あの子とは一度も会っていないことやらを、恥ずかしくてみっともなくてなりやせんでしたが、知ってる限りは全部お話しいたしやした。その折りに、あることをお二方が仰ったんでございやす。あっしは、なぜなんだい、どうしてなんだい、と思いやした。遣り手婆あの仕事がどうにも手につきやせん。そのわけを一色さんにお訊ねするため、ご迷惑でもうかがいやした。一色さん、お訊ねいたしやす」

「なんだ」

伴四郎は眉をひそめた。

「お上のお裁きで、あの子を手にかけた所化の二人がお構いなしになったそうでございやすね。父親の一色さんが、下手人御免とかの願いをわざわざ差し出されたそうでございやすね。なぜあの子を手にかけた下手人の、下手人御免の願いを出されたのか、わけをお聞きしたいんでございやす」

「あれは、若い者同士の口論が昂じて喧嘩になり、誤って直助が命を落とした。所化らは、命を奪うつもりなどなかった。不慮の災難だった。所化らがいかなるお裁きを下されても、直助は生きかえらぬ。直助の死をいつまでも引き摺るのはつらかった。悲しみを忘れたかったのだ。だから、もうよいと思い、下手人御免の願いを差し出した。そういうことだ」

「日彦さまが、お上のお裁きは真実ではない、と言い残されやした。一色さん、もしも隠された真実があったとしたら、あの子が殺されたわけは、不慮の災難ではなかったんじゃございやせんか」

「遠い昔に済んだことを蒸しかえして、愚かな言いがかりをつけるな。日彦が何を言い残そうと、わたしは知らん。十七年前は、それが正しいお裁きだった。評定所の下したお構いなしは、ありのままの実事を確かめ、厳正に訊きとりをしたうえだ。老いぼれた坊主の世迷言（よまいごと）と一緒にはならん」

「けれど、一色さん。お上のお裁きに間違いは、本途になかったんでございやすか。ご自分の血を分けた子を不慮の災難で失くして、もう生きかえらないから、あの子の死をいつまでも引き摺るのがつらかったから、悲しみを忘れたかったから、下手人御免の願いを出されたんでございやすか。それは本途のことなんで、ございやすか」

「嘘だと言いたいのか」

「わかりやせん。わかりやせんが、一色さんは誰かに頼まれて、断れなくて、下手人御免の願いを差し出されたんじゃ、ございやせんか。欲に目がくらんだとか、そんなことは、これっぽっちも思っておりやせん。けれど、下手人御免の願いの裏に、何かが隠されているんじゃございやせんか。あの子はもう生きかえらない、あの子の死をいつまでも引き摺るのがつらかった、悲しみを忘れたかっただなんて、よくもそんなことを平気で、仰いやすね。一色さんの本心は、あの子が嫌いだったんじゃございやせんか。あの子が邪魔だったから、死んでくれてありがたかったんじゃ、ございやせんか」
「ぶ、無礼を申すな。それ以上申すなら、手打にいたすぞ」
伴四郎は気色ばみ、柄に手をかけた。すると、お雪は怯みも見せず掌を合わせた。
そして、むしろ一層おだやかに言った。
「あの子の葬られたお墓の前で、一色さんのお手打になるなら、本望でございやす。
覚悟はできておりやす。あの子がお腹にできたとわかって、本途に嬉しかったんでご
ざいやす。あっしは馬鹿な女ですから、困ったなんて、ちっとも思いやせんでした。
一色さんだってきっと喜んでくださるものと、勝手に決めておりやした。けど、一色
さんはあっしに子ができたとわかって、それから足が遠のいて、あっしは見限られた
んでございやしたね。十九の歳であの子を産んで、吃驚するぐらいに長い季がすぎや
した。あの子は、不慮の災難に遭って短い命を散らした、本途に可哀想な不運な子だ
ったと、ずっと諦めておりやした。ただそれでも、父親の代々のお墓に葬られたのは
せめてものことと、自分に言い聞かせてきたんでございやす。けれど一色さん、あの
子の死んだわけは不慮の災難じゃなくて、本途のわけがほかにあって、一色さんはそ
れをご存じだったんじゃございやせんか。本途のわけがほかにあったなら、ほっとけ
ないじゃございやせんか。あの子を産んだ母親が、本途のわけを知らなかったなん

て、それじゃあの子は浮かばれやせん。そうじゃございやせんか」

沈黙が訪れた。伴四郎は柄にかけた手を放し、凝っとあらぬ方を見つめていた。午前のほのかに青みをおびた光の中を、燕が飛翔している。

やがて、伴四郎が言った。

「気が済んだか。気が済んだら、板橋へ帰れ。二度とくるな」

しかし、それ以上は言わなかった。

お雪に背を向け、砂利を鳴らして立ち去っていった。


伴四郎は、根来組与力衆の組屋敷に戻り、居室に籠った。

八年前、倅の新兵衛に一色家の家督を譲って御先手組与力の番代わりをして以来、気が向いた折りにぶらりと出かける近在の逍遥以外は、この古びて色褪せた居室に籠り、日がな一日をすごしてきた。

新兵衛が妻を娶ってだいぶ長くなるが、子が未だできず、それが少々気がかりであった。娘が同じ与力衆の家に嫁いでおり、そこに生まれた二男か三男、あるいは親戚の男子を養子に迎える話が、ぼちぼち交わされ始めていた。

もっとも、伴四郎が養子縁組の話を家人と交わすことはなかった。家人らも伴四郎にそういう話を持ちかけなかった。食事は、この居室に膳が運ばれてきてひとりでとった。隠居をする前からそうしてきて、それに慣れていた。

倅夫婦と老妻は、台所の間で膳を並べてとっていた。その折りの家人らの話し声が聞こえてきても、伴四郎は気にならなかった。それがあたり前のことだった。

老妻とは、もう何年も言葉を交わしていない。

元々、打ち解けた夫婦ではなかった。若いときから、妻とは隔てなく親しんだ覚えがなかった。用がある折りには、用を足す遣りとりを交わすだけだった。

それで別段不足はなかったし、夫婦仲が悪いともよいとも考えなかった。

ただ、ある時期、妻の声をよく耳にした覚えがあった。

お雪の産んだ赤ん坊の直助を引きとり、乳母を雇って直助の世話を任せた。

直助が三、四歳になって、乳母の手を離れたころから、家の中で妻が直助に叱声を浴びせるようになった。激しい言葉を、よく耳にした。

綺麗にしなさい。気持ち悪い。本途にいやねえ。

妻が伴四郎に聞こえよがしに言っていたのは、気づいていた。直助が堪えきれず、しくしく泣くと、うるさい、と怒鳴りつけた。

伴四郎の脳裡に、幼い直助のすすり泣く声が甦った。

伴四郎は、しくしくと直助の忍び泣く声を凝っと聞いていた、あのときの自分の冷淡さに呆れた。なぜあんなに冷やかに、幼い倅が怯えて忍び泣く声を聞いていられたのだ。なんということだ。

昼の膳が運ばれてきて、少し箸をつけたが、食は進まなかった。

気がつくと、濡縁側の腰付障子に射す明るみが、夕方の刻限を映していた。厠（かわや）へいく以外、伴四郎は居室から出なかった。鉄砲場のほうから、稽古の銃声がかすかに聞こえてくる。家の中は寂（しん）と静まりかえっている。

静かだ……

ぽつりと、伴四郎は呟いた。

潮どきか、と伴四郎の脳裡にそれがよぎったのはそのときだった。

何もかも消えてしまって、よいのだ。そうか。簡単な事ではないか。

と、伴四郎は思いたった。

二

一色伴四郎の書状が外桜田の大岡邸に届けられたのは、翌早朝であった。

一色家の下男は、前夜遅く、隠居の伴四郎より、大岡さまが登城なさる前の早朝に必ず届けるように、と命じられていた。自分は休んでいる。出かける前に声はかけなくともよい。そうも言われていた。

下男は日の出前の朝靄の中、牛込の組屋敷を出た。

大岡忠相は、居室の机について伴四郎の書状に目を通すと、若党の小右衛門に、

「雄次郎を呼べ」と言った。

登城の刻限にはだいぶ早く、まだ裃も着けていなかった。

「旦那さま、雄次郎左衛門でござる」

次之間の間仕切ごしに、雄次郎左衛門のいつもの嗄れ声がかかり、

「ふむ、入ってくれ」

と、忠相は書状を閉じて折封に戻し、間仕切の襖が引かれ、岩塊の座像がずるずると位置をずらすように、居室ににじり入る雄次郎左衛門の短軀を見守った。

「お早うございます」

大きな月代がてかてかと光る頭を垂れて朝の挨拶をし、福々しい澄まし顔をあげると、皺だらけにほころばせた。

忠相も笑みをかえした。

「お早う。よく眠ったか」

「ぐっすりと。ただし、一番鶏よりも早く目覚めますが。あはは……」

「一番鶏の声が聞こえるのか」

「いえ。それがしは聞いたことがございません。それぐらい早く目が覚める、というたとえでございます。ところで、このような早い刻限にお声がかかりますのは、珍しゅうございますな。なんぞ、ございましたか」

雄次郎左衛門は、忠相の膝の傍らの書状に目を向け、忠相へ戻した。

「一色伴四郎の書状が今朝、届いた。直助殺しの事情が、ほぼわかった。なんと申してよいのやら、言葉が見つからん」

忠相は、書状の折封を雄次郎左衛門の膝の前においた。折封には、《参》の一文字が記してあった。

「読め」

「では……」

雄次郎左衛門は、折封を一旦捧げ、さわさわと音をたてて開いた。

忠相は、腰付障子を両開きにした庭の欅を眺めて、雄次郎左衛門が書状を読み終えるのを待った。欅は庭を囲う土塀よりはるかに高く、朝空に枝を広げ瑞々しい青葉を繁らせている。一基の石灯籠に四十雀が止まってさえずっている。

居室にいると風は感じないが、欅の天辺の枝葉がわずかにそよいでいる。

「旦那さま、これは……」

雄次郎左衛門は、目に困惑の色を浮かべ、忠相を見あげた。

「そういうことだ」

忠相は雄次郎左衛門へ向きなおり、掌で膝を物憂げに打った。

雄次郎左衛門は、折封にくるんだ書状をうやうやしく捧げ、忠相の前へ戻した。

「この先は、わたしの勝手で調べを進めることはできない。井上正之さまが今月の月番ゆえ、早速登城してこの書状をお見せし、どのように対処いたすか、井上さまの指示に従うことになる。わたしが調べを続けてよいなら、一色伴四郎を呼んで、子細を訊くことになるだろう。が、そうはなるまい」

「なりませんでしょうな。むしろ、厄介な事をほじくり出し、なんと人騒がせなと、また嫌みを言われるかもしれませんぞ」

「嫌みを雨あられと、浴びせられるだろう。これが万が一間違いであったならば、事と次第によっては、えらい事態になりかねませんぞと、脅されるかもしれん。あるいは、一切他言無用と、これより先の調べを封じられる場合も考えられる」

「考えられますな。一色どのの書状を読む限り、十一と金五郎の調べは核心を衝いておりました。なんたることだ」

「十一と金五郎には、おぬしが事情を伝え、書状の内容は今はまだ教えられぬが、よくやったと、ねぎらってやれ。一段落したら一席設ける」

「承知いたしました。そのように」

　雄次郎左衛門が、岩塊の座像を折り曲げた。

　ところが、その朝忠相が登城したとき、鉄砲百人組の根来組与力一色家の隠居一色伴四郎が、本日未明、組屋敷の自室にて割腹して果てたと百人組頭に届けが出され、その噂は、すでに江戸城中の隅々へ広まっていた。

　のみならず、隠居の伴四郎は前夜、一通の書状を奉公人に預け、同じく本日早朝、外桜田の大岡邸へ届けることを命じ、下男はそのようにしたとの伝聞が続いて城中に流れ、なんの書状だ、大岡さまになんぞ恨みか、と伝聞に尾鰭がついた。

　忠相の控の間は、芙蓉之間の隣の部屋に設けられていた。

　芙蓉之間は、寺社奉行と奏者番を兼ねた大名が詰める城中の控の間である。登城した諸役の者は、控の間で弁当を使い、携帯品をおき休息する。

　寺社奉行に転出した折り、大名格ではあっても奏者番ではない忠相が芙蓉之間に入ろうとするのを、ここは奏者番の控の間ゆえ、奏者番を兼ねていない忠相が入ることはできないと、相役の井上正之に拒まれ難渋した。

将軍吉宗さまがそれを聞いて同情し、忠相のためにその控の間を設けた。

四ツ前、忠相が芙蓉之間の隣の控の間に入って間もなく、表坊主が慌ただしく現れて忠相に伝えた。

「井上正之さまが至急おこしいただきますよう、と仰せでございます」

城中では、供侍は蘇鉄之間などに控え、代わって表坊主が主の世話にあたる。

「相わかった。すぐに参る」

と、忠相はひと息入れる間もなかった。登城したばかりの忠相に、一色伴四郎生害の噂はまだ伝わっていなかった。

すると、表坊主が忠相にそっとささやいた。

「鉄砲百人組の根来組与力一色家のご隠居一色伴四郎どのが、本日早朝、牛込の組屋敷にて自らご生害と、組頭に届けが出されました。それから、伴四郎どのはご生害の前夜、家人に大岡さまへの書状を託けになられ、その書状が今朝、大岡さまに届けられたと、鉄砲百人組の方々の菊之間より伝わっております。なんぞ大岡さまに遺恨があったのではないか、などと……」

忠相は眉をひそめ、表坊主を見かえした。

「自ら、生害とは、どのように」

「お腹を召されました」

すぐに立ちあがる気にはなれず、しばし、動かなかった。伴四郎の書状をくるんだ折封は、胸元に差している。

そうだったのか、とため息混じりに呟き、胸元の折封を押さえた。

「一色伴四郎どのの書状はこれだ。わたしへの遺恨とか、そういう意趣ではない。伴四郎どのご自身のことを、認めて寄こされたのだ。違う噂を聞いたら、そのように改めておいてくれ。そのような噂は、一色どのの本意に悖る」

「畏まりました」

表坊主は頭を深々と垂れた。

芙蓉之間は、寺社奉行と奏者番を兼ねた大名のほか、町奉行、勘定奉行、大目付、京都町奉行、伏見奉行、大坂町奉行、長崎奉行など、諸奉行の詰める控の間である。

入側から入ると、真っ先に井上正之と目が合った。同じく相役の松平信岑、牧野貞通も居並んでいるが、二人は忠相から目をそらしている。

同部屋の諸奉行の中に、北町奉行の稲生正武と南町奉行の松波正春もいて、冷やかな眼差しを忠相に寄こした。松波は、懲りぬ男だ、という様子で、わざとらしく顔をそむけて見せた。

忠相は慣れていた。一々かまっていては疲れる。

井上正之と二間ほどをおき、着座した。

井上正之は四十二歳。忠相より二十歳も若い。相役の松平信岑と牧野貞通は、ずっと目をそらしたままである。牧野貞通にいたっては、三十二か三。忠相の倅のような歳である。しかし、大名格の旗本の忠相と違い、三人とも歴とした大名である。

早速、坊主が忠相に茶を運んできた。

忠相は、井上正之と二人の相役へ辞儀をした。

「井上さま、御用とうかがいました。御用をお聞かせ願います」

井上正之は唇を引き締め、不服そうに忠相を睨みつけた。

「大岡どの」

と、忠相を呼んだ。

「今朝ほど、鉄砲百人組根来組与力一色家のご隠居がご自害なされ、組頭に届けが出された由。ご存じか」

まるで、忠相を訊問するような口ぶりである。

「先ほど登城してそれを聞き、驚いております」

「驚いておる？　それだけか」

「それだけか、と申しますと……」

「ご隠居のご生害に、大岡どのはなんぞかかり合いがござるのか」

「かかり合いとは、今朝方、わが屋敷に一色伴四郎どのより届けられた書状とのかかり合いでございますか」

「そうに決まっておるではないか。廻りくどいなあ」

「そうに決まっていると申されましても、物事には筋と順序がござる。一色伴四郎どののご生害がいかなるものであったか、お聞かせ願います」

「呑みこみの悪い。ご隠居が割腹して亡くなられた。今こちらにわかっておるのは、それだけでござる。いかなるご生害であったかなど、詳しい事情はまだ聞こえてはおらぬ。置手紙が残されているのかいないのか、それも定かではござらん。ただし、ご隠居が割腹なさる前、大岡どのに届けよと、書状を家人に託け、本日の早朝、家人が大岡邸に届けたことはわかっておる。その書状が、ご隠居のご生害とかかり合いがあるのは、一々順序よくお聞かせせずとも、子供でも察しのつくことでござる。だからそう言った。おわかりか」

井上正之は、殊さらに苛だって、言葉つきがぞんざいになった。若い牧野貞通は、正之のぞんざいな言葉つきに、少しそわそわした。周りの目が、井上正之と忠相の遣りとりをそれとなくうかがっている。

無礼な言い方をする、と忠相は思ったが、受け流した。

「仰せの通り、今朝、一色伴四郎どのの書状が届けられました。一色どのの書状は、ここにございます」

胸元から折封を抜きとり、膝の前においた。

「この書状を受けとったとき、一色伴四郎どののご生害は存じませんでした。また、書状の中身も、ご生害をうかがわせる理由や心情などは一切書かれてはおりません。書状には、十七年前、雑司ヶ谷村本能寺において、当時十二歳の下男直助が殺害された一件の詳細な顚末と、一色伴四郎どのが、その一件にかかわるご自分の始末を何ゆえそのようにつけられたか、子細事情が書かれておりました。この書状を読み、これはわたくしの一存にて事を進めて差し障りがあってはならない、月番の井上さまに書状を読んでいただき、ご指示に従って進めるべきであろうと判断いたし、この書状を持って参ったのでござる」

「それは、この十八日の内寄合のあと、大岡どのが再調べを申し入れられた一件でござるな。本能寺の住持日彦が亡くなる折り、十七年前の直助殺しのお裁きは間違いだったと言い残した。その再調べの申し入れでしたな」

「月番の井上さまに申し入れ、お許しいただきました」

「むろん、覚えておる。その再調べと、一色家のご隠居が大岡どのに届けられた書状の、その一件の自分の始末をつけたことと、どういうかかり合いがあるのだ。それが、このたびのご自害とも、何かかかり合いがあると申されるのか」

「殺害された本能寺の下男直助は、一色伴四郎どのの倅でござる」

ああ？　と井上正之は首を傾げた。

「殺された直助の父親が、ご自害なされた一色家のご隠居だと？」

「さよう。殺された十二歳の下男直助は、一色家の二男でした」

「それはおかしい。根来組与力は禄高二百俵の番方でござろう。十二歳の二男を寺社の下男に出すなど、余ほどの理由がない限り、あり得ぬだろう」

「直助が本能寺の下男に出されたのは、八歳のときでございました。それも、下男は表向きにて、実情は住持日彦の寺小姓、すなわち愛童に出され、対価を得て……」

「与力の二男を寺小姓にだと」

「貧しい武家の二男三男、それより年下の倅に、稀にあることと、聞いております。

高僧の寺小姓を務めたのち、養子縁組先を見つけてもらえる場合があるのです。直助はそれでした」

「家禄二百俵が、貧しい武家と申すのか」

「余ほどの理由になるかならぬかは存じませんが、直助は一色伴四郎どのと、当時宿場であった新宿上町の茶屋女の間に生まれた倅でございます。伴四郎どのは赤ん坊の直助を引きとり、一色家二男として育てる御意向でした。ところが、伴四郎どののお内儀が直助を、茶屋女の産んだ子など汚い、気色が悪いと忌み嫌われ、幼い直助は虐げられていたと思われます。どうやら伴四郎どのは、お内儀を諫めて茶屋女の産んだ倅を庇うのではなく、捨てるほうを選ばれたようでござる」

「そ、それは……」

井上正之は目に不審を浮かべ、わきへ泳がせた。

「まったく知らなかった。大岡どのはご存じだったのか」

「十七年前、わたくしは南町奉行に就いており、本能寺で起こった直助殺しの三手掛のお裁きの場に出座いたしておりました。根来組与力の一色伴四郎どのを覚えておりますのは、倅の直助を殺害した所化二人の、下手人御免の願いを評定所に差し出され、両名がお構いなしになったからでござる。所化らの下手人御免の願いを差し出したことを意外に感じたのでござる。日彦が今わの際に言い残したことを知り、十七年前に聞いた一色伴四郎どのの名を、思い出しました」

「そ、それで、一件の再調べに一色伴四郎どのを訊問なされたのか」

「訊問ではございません。日彦が今わの際に、十七年前の直助殺しのお裁きは間違っていたと言い残したものの、何が間違っていたのか肝心の話はしておりません。よって、わが手の者が一色伴四郎どのをお訪ねいたし、お心あたりはないかと訊ねたのです。一色どのは、日彦の言い残したことを裏づけるようなことは何も話されなかったと、報告を受けております」

「大岡どの。もしかしてその書状には……」

井上正之が、尺扇で忠相の前の折封を差した。

「日彦の話せなかったことが、書かれてあるのか。十七年前の直助殺しに下されたお裁きが間違いだったと、詳細が明らかになっておるのか」

「井上どの。この書状をどのように扱うか、むずかしいのは承知いたしております。とは申せ、一色伴四郎どのは、この書状をわたくしに託され、ご自害なされたのでございます。真実を明かされたことは間違いないと、申さざるを得ません。まずは目を通していただいたうえで、このままわたくしがこの一件の再調べを続けるか、あるいは、調べるほうも調べられるほうも相当むずかしい立場におかれますので、月番の井上どのが自ら調べを進められるか、ご指示をお願いいたします」

忠相は折封を捧げて膝を進め、井上正之の膝の前に差し出すようにおき、再び元の座に戻った。

井上正之は不快そうに忠相を見つめ、折封を手にとらなかった。

松平信岑と牧野貞通が、折封から井上正之へ顔をあげ、それから忠相へ寄こした。

そのとき、城中に四ツを報せる御太鼓が打ち鳴らされた。

三

一筆啓上

此の書状は、概して、享保六年六月十二日、雑司ヶ谷村本能寺にて下男直助、すなわちわが倅一色直助殺害におよんだ子細顛末につき、自らかかわりし事、かかわりし者より具に伝聞いたした事、倶に覚えのある限りを、ここに記し置くものにござ候。

何分、十七年の歳月を経て、当代物忘れ甚だしく、一件の日数刻限など、精確を欠く恐れなきにしもあらず。そちらさまの宜しきご判断にて、取捨を願い奉り候。

扨、彼の日、直助殺害にかかわりし者は……

と、一色伴四郎が忠相に託した書状は、このような書き出しで始まっていた。

享保六年、本能寺で起こったその事の発端は、このようなものであった。

前年の享保五年の冬のある日、鉄砲百人組之頭を代々継ぐ旗本野添家の嫡男野添泰秀が、若党ひとりを従え、王子権現北方の野へ、鉄砲の稽古を兼ねた野鳥の狩猟に出かけた。

野添家は家禄五千五百石の大家で、当主の野添真親はその年三十八歳。鉄砲百人組之頭を先代より継いで十二年。配下に根来組与力同心を従えている。

奥方の野江は三十四歳。

野江が十八歳のときに産んだ嫡男泰秀は、十七歳の若衆であった。

泰秀は、成人ののち野添家の家督を継ぎ、鉄砲百人組之頭に就くことがほぼ約束されており、大家の嫡子として大事に育てられ、才走って頭はよいものの、少々わがまな傍若無人なふる舞いが、しばしば見られた。

しかし、父親の真親も母親の野江も、いずれ百人組の根来衆と野添家の一族郎党を率いていかねばならない嫡男ならば、むしろそれぐらいでなければと、むしろ、泰秀の気質を頼もしくさえ思っていた。

父親の役目柄、泰秀は物心ついたころから鉄砲に親しんできた。

鉄砲場で初めて鉄砲を放ったのは、十二歳の元服前であった。十三歳で元服し前髪を落としてからは、三つ年上の若党を従えているものの、ひとりで鉄砲場へ出かけ、鉄砲の稽古にのめりこむほど熱心だった。

むろん、鉄砲百人組の頭に就く泰秀の鉄砲の稽古は、戦場の稽古である。戦場で鉄砲を放つことと、鉄砲場の外に出て鉄砲を放つことの違いぐらい、十分心得た年ごろになっていた。

しかし、十五、十六と歳をへて、めきめきと腕前が上達するにつれ、泰秀は野山に出て、野鳥や獣を仕留めたくなった。

幕府は御府内での鉄砲の扱いを、厳しく取り締まっていた。御府内において妄りに鉄砲を放つことを禁じ、それを冒すと重い罰が科された。

それを承知していながら、泰秀は若党に粗莚にくるんだ鉄砲を担がせ、江戸近郷の野鳥野獣の狩りに出かけるようになっていた。若党には狩猟を堅く口止めしていたので、父親や母親のみならず、家人に気づかれることもなかった。

父親も母親も、そうと知っていれば断じていかせなかったはずであった。

その冬の日、泰秀と若党は、王子権現の北方の野を廻り、赤羽村の沼地に小鴨のひと群を見つけた。泰秀は鉄砲をとって狙いを定め、放った一発の玉が、飛びたった小鴨をはずし、近くの雑木林の柴刈りにきていた若い農夫の命を奪った。

泰秀は事の重大さに気が動転し、われを失い、若党とともにその場から逃がれた。だが、すぐに村の半鐘が打ち鳴らされ、近在の村々から百姓衆が得物を手にして出合い、泰秀と若党は逃げ道を失った。

泰秀はうずくまり、童子のように泣いて許しを乞うた。

泰秀と若党は、赤羽村の村名主の土蔵に閉じこめられ、直ちに両国の郡代屋敷に届けが出された。出役した役人のとり調べを受け、その日の夕刻には小伝馬町牢屋敷の、泰秀は揚り座敷に、若党は揚り屋に入牢となった。

同じころ、牛込の野添家の屋敷に泰秀入牢とその子細の知らせが入り、奥方の野江は悲鳴をあげ泣き崩れ、野添家は大騒動に包まれた。

野添真親が、相応の届け物を携えた用人を従え、長年親交のある勘定所公事方のさる要人の邸宅を窃に訪ねたのは、その夜の五ツすぎであった。

真親は泰秀助命の嘆願を希った。その折り、

「これはむずかしいことに、相なりましたな」

と言った公事方の要人が、真親に声をひそめてこう授けた。

「評定所留役の水下藤五に会って頼むとよい。評定所の審議は、三奉行に代わって留役が実務を進め、下される裁きも留役次第なのだ。水下藤五の歳は三十四、五。評定所留役の中で、一番の切れ者と通っており、役目に忠実な能吏だ。ではあっても、融通のきかぬ堅物ではない。人の情をわきまえ、分別もできる。親が子を思う情を、必ず察してくれるだろう。添状を書いて進ぜる」

「かたじけない」

野添は手をついたまま言った。

「ただし、留役という役目柄、野添どのが水下の屋敷を御自ら訪ねるのはさけたほうがよい。その遣いは、奥方の野江どのに任せられてはいかがか。目だたぬように装いを控えめに、供も下婢(はしため)をひとりか、せいぜい二人ぐらいになされてな」

翌日の宵の帳(とばり)がおりたころ、地味な紺地の小袖に装った奥方の野江が、届け物を携えた下婢ひとりを伴い、浜町河岸(かし)の北の武家屋敷地にある、評定所留役水下藤五の屋敷を訪ねた。

野江はひとり客座敷に通され、初めは重く静まりかえっていたのが、しばらくして、野江の明るい笑い声が聞こえてきたと、中の口の板間で奥方を待った下婢は、のちにそう言った。

年が明けた享保六年一月、赤羽村の百姓達吉が、鉄砲の《あた落ち》（不慮の暴発）の事故により命を落とした一件の評定所のお裁きで、達吉の父親権ノ助が、不慮の事故ゆえ下手人御免の願いを差し出し、下手人の野添泰秀はお構いなしとなった。

ただし、それとは別に、鉄砲のあた落ちは扱いに不念があったとして、三十日の遠慮の軽い罰に処せられた。

実情は、野添泰秀の父親真親と達吉の父親権ノ助の間で、示談がまとまり、相応の詫び代が支払われ、解決していた。また、どういう力が働いたのか、泰秀が御府内で鉄砲を携え狩猟をしていた不届きは、不問にされた。

一月の下旬、野添真親の奥方野江は、下婢ひとりを伴い、再び水下藤五の屋敷に届け物を携えて訪れ、「このたびはまことに……」と、一件落着の礼を述べた。

野江と水下藤五のなごやかな歓談の声が、その日も下婢に聞こえていた。

野江と水下藤五が三度目に出会ったのは、翌二月の中旬だった。場所は、雑司ヶ谷村の本能寺であった。

野添家は本能寺の檀家で、代々の墓も本能寺の墓所にあった。

その日の昼、野江は下婢ひとりを伴い、本能寺へ墓参りに出かけた。野江は本能寺で、中間を伴って参詣にきた水下藤五と偶然出会った。野江は藤五と親しげな言葉を交わすと、伴った下婢に言った。

「水下さまに内々のご相談がありますので、おまえはこちらの方と、庫裏で待っていなさい」

本能寺境内の一角に、一棟だけ離れた僧房があった。下婢は、奥方さまが水下藤五に従ってその僧房に消えるのを見送った。

水下藤五の伴った中間は、角兵衛という男だった。中背の分厚い身体つきと太い首廻りに、眉が濃く、目鼻も口も大きな、見た目は不気味な風貌だった。三十歳前と言ったが、十七歳の下婢にはもっと年上に見えた。

角兵衛は太い首をひねって下婢へにやにや顔を向け、名前や歳や里を訊ねた。

下婢は、種（たね）、十七、浅草（あさくさ）、とだけこたえ、身を固くしていた。

お種は、奥方さまの内々のご相談が終るまで、落ち着かないときをすごした。一刻余がたち、知念と本好というお種と同じ年ごろの所化が庫裏にきて告げた。

「奥方さまはただ今、日彦さまの法話を聴いておられます。間もなく法話が終りますので、本堂の下でお待ちください」

いつの間に本堂に、と意外だった。本堂の階段の下には、奥方さまの履物もそろえ

てあった。奥方さまはひとりで本堂から出てきて、

「戻りましょう」

と、澄ました様子で言った。そのとき、さっきまでいた庫裏のほうで、角兵衛が主人の水下藤五と交わしている声が聞こえた。

奥方さまの本能寺の墓参は、その二月の晦日（みそか）にもう一度行われた。それから三月にも二度。四月に一度。五月には三度。そして、六月はあの十二日が一度で、それが最後だった。

水下藤五が中間の角兵衛を伴い、奥方さまを待っていた。奥方さまは水下藤五に《内々の相談》があって、離れの僧房で一刻余をすごされた。

本能寺には、住持の日彦、寺僧の浄縁、知念と本好の所化が二人、五十歳近い寺男の次平、そして、十二歳の下男の直助がいた。

日彦は滅多に見かけなかった。たまたま境内に出ている折にいき合い、奥方さまが挨拶をする後ろで、お種も辞儀をした。日彦は、奥方さまに笑いかけても、お種には唇をへの字に結び、ふむ、と頷くだけであった。

寺僧の浄縁は、物静かな僧だった。やはり滅多に見かけなかったが、本堂で読経する声を時どき聞いた。庫裏で奥方さまを待っていて、用があって庫裏にきた浄縁と顔

を合わせると、「今日は」と、さりげない声をかけられた。

お種は板間につきそうなほど頭を低くして、辞儀をかえすだけだった。日彦には感じなかったが、浄縁には何かしらとても申しわけない気がした。

会釈はしても、角兵衛とは最初の日以外、滅多に言葉を交わさなかった。

角兵衛は、所化の知念と本好と寺男の次平にすぐ打ち解け、「こういうことは娑婆(しゃば)ではよ……」などと得意げに話して聞かせ、四人の馴れ馴れ(なな)しい様子がとても淫(みだ)らがましく感じられた。

お種は庫裏の一角で、奥方さまの《内々のご相談》が済むのを凝っと坐って待っていた。そんなとき、ふと、里に帰りたいと思うことがあった。下婢奉公のつらいのは我慢できたけれど、今のお屋敷勤めは好きになれなかった。

けれど、下男の直助とは少し打ち解けて言葉を交わすことができた。前髪を残した若衆髷ふうの、可愛らしい少年だった。形も小さいのに、「あんた」と大人びた口ぶりでお種に呼びかけた。すぐに顔を赤らめ、心のうちが表れた。

直助が初めて話しかけてきたのは、奥方さまの三度目の墓参の折りだった。

たまたま、庫裏にはお種ひとりしかいなかった。そこへ、括(くく)り袴(ばかま)の下男の直助が飛びこんできて、板間のお種に気づき、大きな目を見開いた。

「おや。あんた、ひとりなのかい」

お種は直助を見かえし、こくりと頷いた。

「奥方さまのご用は、まだ済まないのかい」

お種はまた頷いた。

「あんた、名前は」

「お種。あんたは」

「わたしは直助さ。うちは武家で、わたしは武家の生まれだよ」

「武家の子が、どうしてお寺で奉公しているの」

「武家には、あんたらにはわからない、いろいろとむずかしい事情があってね。父上のお考えで、今はお寺で修行中なのさ。修行が済んだら、武家に戻るんだ」

直助はちょっと言いにくそうに言い、話を変えた。

「お種さんは、奥方さまのご用を知っているのかい」

「知らない」

お種は気づいていたけれど、そんなこと誰にも言えなかった。

「なんだ。知らないのか。子供だな」

直助は急ににやにやした。

「あんたは知ってるの」

「知ってるけど、ご用の相手のお侍さまが誰かは知らない」

「あんたのほうが子供のくせに。お侍さまは評定所留役の水下藤五さまだよ」

「へえ。評定所留役の水下藤五さまかい。偉そうなお侍さまだな」

途端、庫裡の腰高障子が勢いよく引き開けられ、角兵衛と所化の知念と本好が土間に入ってきた。

「なんだい。おめえら今、なんてった。誰かの名前を言ったな」

角兵衛が直助を睨み、板間のお種へ廻した。思わずお種は口を掌で蔽(おお)って目を伏せた。直助が角兵衛らの傍らをすり抜けていくのを、知念が追いかけて蹴る真似をして脅した。

享保六年の六月十二日に起こった直助殺しで、お種が見たり聞いたりした事はわずかだった。けれど、そのわずかに見て聞いた事だけで、直助が殺された理由は十分察することができた。

その日、奥方さまの《内々のご相談》が長引き、日暮れ近くまで続いた。旦那さまの野添真親さまは、寄合があって帰宅が遅くなると聞いていた。

角兵衛は板間の一角で、お種に背中を見せて寝ころび、小さな鼾(いびき)が聞こえた。お種は何度もため息をつき、そのうち板間の壁に凭れてついうとうとし、気がついたら外はもう夕暮れの刻限になっていた。

庫裏には行灯の明かりが灯されていたが、土間の竈にまだ火は入っていなかった。

蒸し暑い夕暮れだった。お腹も減った。角兵衛は起きていて、火の入っていない竈の前でしゃがみ、煙管を吹かしていた。

出入り口の腰高障子が半ば引かれ、夕暮れの境内が見えた。

夕暮れの空に烏の鳴き声が聞こえたが、離れの僧房のほうは寂としていた。

「角兵衛さん、まだでしょうか」

お種は胸騒ぎを覚え、仕方なく竈の前の角兵衛の背中に声をかけた。

角兵衛は太い首を板間のほうへねじり、「さあな」と不機嫌そうに言った。

「お寺の夕ご飯の支度は、どうするんでしょうか」

お種がまた聞くと、角兵衛は立ちあがって戸外へ向き、

「しょうがねえな」

と呟いた。

そのときだ。境内のほうから、甲走った叫び声と悲鳴が聞こえた。

「おっと、まずい」

角兵衛が土間を飛び出していった。

お種も土間に降り、戸口まで走って足がすくんだ。

知念と本好が、小さな直助の頭や腹に拳骨を浴びせていた。直助はか細い泣き声をあげつつ、殴られるたびによろめいた。角兵衛が駆けていき、

「どうした」

と、知念と本好に言った。

「角兵衛さん、こいつ、のぞいていやがったんです」

「なんだと。ちび、てめえ、日彦さまに離れにいっちゃあならねえと、言われてたろう。なんで言いつけを守らねえ」

直助は苦しそうに腹を押さえ、べったりと地面にしゃがんだ。

「角兵衛さん。こいつお喋りだから、言い触らしますよ」

「そいつはまずいぜ。ちゃんと言い聞かすしかねえな」

角兵衛は、太い片手一本で直助の細首を鷲づかみにし、宙へ吊るしあげた。直助は喘ぎ声を絞り出し、細い手足を木偶のようにじたばたさせた。

お種は悲鳴をあげた。

だが、見かえった角兵衛の大きな目にひと睨みされ、恐ろしくて声を失った。

そこへ、背後から手が差し出され、ふり向くと、いつの間に庫裡にきていたのか、寺男の次平が腰高障子を閉じて言った。

「放っておきな。あんたは奥方さまを待ってりゃあいいんだ」

半刻後、お種は本堂の階段下で、いつも通り、奥方さまが出てくるのを待っていた。ただ、その日の本堂では、日彦の法話は行われておらず、日彦、奥方さまと水下藤五、角兵衛、知念と本好の六人がいることはわかっていた。

寺男の次平は自分の小屋に籠っていたし、寺僧の浄縁も法事に出かけ、まだ戻っていなかった。そして、お種は直助があれからどんな目に遭わされたのか、見ていなかった。どこにいるのかも知らなかった。

やがて、奥方さまが日彦の見送りもなくひとりで出てきた。奥方さまに従って本能寺を出た。帰りの夜道で、その日見たこと聞いたことは、堅く口止めされた。

「いいですね。おまえがお調べを受けることはありません。ですから、聞かれもしないのに、おまえが言い触らしてはなりません」

お種は、お調べとは一体なんのことかわからなかったが、

「はい。奥方さま」

と、すべて承知しているふりをしてこたえた。

けれど、内心は直助の身が心配でならず、胸の動悸が収まらなかった。何か恐ろしいことが起こったのは、もうわかっていた。

四

一色伴四郎に、本能寺の住持の日彦が内済を持ちかけた。鉄砲百人組之頭の野添真親が、両者の中立で同席した。

野添家が本能寺の檀家であったことを、その折り、初めて知ったのだった。

始まりは、直助が日彦の手文庫のわずかな金をくすね、それを本好が見咎め、直助を寺の土蔵へ連れこみ、知念と二人でたしなめるつもりだった。

たしなめるつもりが手を出す折檻になり、喧嘩になった末、気がついたら、直助はもう息をしていなかった。知念と本好は修行僧ではあってもまだ年若く、一時の激昂にかられ少年の直助の命を殺めたが、正気ではなかった。

不慮の災難、事故だった、何とぞ内済で、と日彦は持ちかけた。

伴四郎は、納得したのではなかった。所化のためになぜそこまでする、何か妙だ、と疑念が湧いた。

しかしながら、元々は直助を、本能寺の下男奉公の表向きで、実情は日彦の寺小姓に売った、茶屋女の産んだ直助を捨てた。忘れたのではないが、直助は本能寺に出したとき亡くなったも同然の倅だった。

また、根来組の頭である野添真親の中立も考慮した。荼毘に付された直助の遺骨は、そのような経緯だったため、一色家の菩提寺月桂寺の墓所に入れてやった。位牌も寺に納めた。茶屋女の産んだ子をそこまでしてやった。十分だ、負い目はないと、自らに言い聞かせた。直助のことは忘れてしまいたかった。

内済金は、所化ひとりに五十両ひと包み。知念と本好両名で百両の大金であった。

伴四郎は評定所に、知念と本好の下手人御免の願いを差し出した。

享保六年閏七月のお裁きは、知念と本好はお構いなしだった。

伴四郎は頭の野添真親に、所化らのお構いなしを教えられた。

何か妙だと肚の底に疑念を仕舞いつつ、これで済んだと思っていた。

ところが九月晩秋のある日、種という組頭の野添家に使われている下婢が、牛込の伴四郎の組屋敷を、こっそりと訪ねてきた。年季奉公で一色家に長年雇われている年配の下男が、その日は非番で組屋敷の居室にいた伴四郎に、縁先から取次いだ。

「当人は、直助さんのことで、どうしても旦那さまに内々にお伝えしたいことがあるそうでございます。十七歳の娘でございます。勝手のほうで待たせておりますが、どういたしますか」

　そんな下婢ごときが胡乱(うろん)な、と思ったものの、直助のことと聞いて、肚の底に仕舞っていた内済の疑念が、ちらりと脳裡をよぎった。

「野添さまのお屋敷で使われている下婢に、間違いないのか」

「へい。以前にも野添さまのお屋敷の遣いで、ご当家に訪ねて参ったことがございます。間違いございません」

　胡乱だったが、捨ててはおけなかった。

「わかった。ここへ呼べ」

　下男がお種を縁先に伴ってきた。質素な紺木綿を着けた、頬の赤い純朴そうな娘だった。こんな小娘がなんだ、と伴四郎は会ったことを後悔した。

「お種か。野添家に勤めてどれくらいになる」

　伴四郎は縁廊下に立ったまま、ぞんざいに声をかけた。

「十四のときにご奉公にあがり、三年と少しになります」

「里は」

「浅草の田原町(たわらまち)でございます」

「直助を知っているのか」

お種は頷いた。

「雑司ヶ谷の本能寺に、奥方さまがお墓参りをなさいますときにお供をして、その折りに、直助さんと少し話をしたことがあります」

「うん？　少し話をしただけの直助のことで、下婢のおまえが、わたしに内々に伝えたいことがあるのか」

お種はまた頷き、伴四郎の不審は募った。

「直助が一色家の者だと、当人が言ったのか」

「生まれがお武家さまと聞きましたが、どちらのお武家さまか、直助さんは言いませんでした。旦那さまが、直助さんを手にかけた知念さんと本好さんの下手人御免の願いを出され、あの人たちがお構いなしになったと聞いて、直助さんのお父上がこちらの旦那さまと知りました」

それからお種は、すがるように縁廊下の伴四郎を見あげた。

「あのう、わたしは何も見ていませんし、詳しいことも知りません。でも、直助さんの一件にかかり合いのある事情を、少しだけ知っています。本途は、奥方さまに誰にも言ってはいけないと、堅くとめられています。だけど、せめて直助さんのお父上には、お伝えして差しあげなければと、思いました。直助さんが不憫で可哀想でならなくて、気が済まないんでございます。ですから、これは旦那さまだけに……」

　伴四郎は、しぶしぶ下男を退らせた。

「これでよかろう。聞こう」

　お種はようやく、小鳥の声にまぎれそうなほどの小声で話し始めた。

　伴四郎は縁廊下に立ってお種を見おろし、お種は縁先に肩を細めて佇み、それでもとき折り自分の覚えを確かめるように、若く強い眼差しをわきへ投げつつ続けた。

　お種の話を聴き終え、伴四郎は戸惑い、呆れ、そしておのれ自身が腹だたしく、お種を凝っと見つめ、沈黙した。なんたることだ。本能寺の日彦も、野添さまも奥方さまも、知念と本好、それから評定所留役水下藤五……

　物狂おしさが、伴四郎の脳裡をぐるぐると廻った。

　評定所留役水下藤五には、知念と本好の下手人御免の願いを差し出した折りに会った。凜然とした様子に、寸分のゆるみもない仕種で対応したあの裏に、隠された本性があったのかと、伴四郎はおのれの迂闊さをなじった。

　何もかもが偽りだらけではないか。何よりも、おのれ自身の偽りだらけを、このお種に見透かされている気がした。

あまりの恥ずかしさに、下着は冷汗でぐっしょりと濡れていた。そして、ふと、危ないと思った。これ以上この事情にかかずらうのはまずい、と身の危険を覚えた。

伴四郎は吐息をゆるくもらし、淡々と話を聞き終えた素ぶりを装った。

お種は伴四郎の吐息に、はっ、として伏せた目をあげ、それから頭を垂れた。自分の伝えたことは、なんの役にもたたなかったと思い知らされたかのように、肩をすぼめて退ろうとした。

「種、なぜ今、それをわたしに伝えにきた」

伴四郎はいきかけたお種を、冷やかに質した。

お種は目に戸惑いを浮かべ、しばしの間考えてから言った。

「お屋敷にお出入りの両替屋さんに、先だって、聞いたんでございます。ひと月ほど前、八丁堀の坂本町に店仕舞いした油屋さんがあって、その油屋さんを居抜きで買いとったご主人が、銭屋の株を手に入れていて、銭屋の傍ら、油屋も営んでいるそうでございます。そのご主人が、角兵衛さんでございます。つい先だってまで、水下藤五さまのお屋敷に中間奉公をなさっていて、本能寺の水下さまのご参詣の折りにお供をしていた角兵衛さんだったたんでございます」

「おまえの話した、中間の角兵衛か」

「両替屋さんに聞きなおして、確かめました。水下藤五さまお雇いの、角兵衛さんに間違いございません。なんでも、何年か前、十数軒の銭屋が談合ずくで銭を買占め、銭の値上がりを目論んだのがばれて、みな入牢になったそうでございます。町奉行所のお裁きが下され、銭屋の株はおとりあげになり、銭屋のご主人方は、みなさん家財没収のうえ、遠島やら江戸十里四方追放を申しつけられたんでございます。その折りおとりあげになった銭屋の仲間株のひとつを、角兵衛さんが手に入れていたんでございます。中間の角兵衛さんにそれができたのは、ご主人の水下さまがお立場を利用して手を廻した、そのお陰で、角兵衛さんは銭屋と油屋のご主人に出世した、角兵衛という中間はさぞかし大きな手柄をたてたんだろうねと、お出入りの両替屋さんは言っておりました」

「手柄をたてて、銭屋の亭主に納まったか」

「あの、それだけではございません」

お種の話には続きがあった。

「角兵衛さんは、銭屋と油屋を営むのに、二人の若い手代を雇い入れたんでございます。二人の前は雑司ヶ谷村の本能寺の修行僧で、お寺で下男と何かもめ事があって、相手を誤って殺してしまい、本途は重い罰を下されるところが、下男のほうの父親が下手人御免の願いを出したのでお構いなしになった、とも聞きました。知念さんと本好さんでございます。それを聞いて、なんだかとても恐ろしく、忌まわしい事が起こった気がしてならないんでございます。あのとき、本能寺にいたみんなで企んで、直助さんは……」

「お種、それ以上は言うな。おまえはわたしに、言わずにはいられなかったのだな。だからわたしを訪ねてきたのだな。その気持ちはよくわかった。だがもういい」

そう言うと、お種は口を噤み、縁廊下の伴四郎を凝っと見あげた。

「お種、おまえの話は聞かなかったことにする。おまえも二度と、誰にも、今の話はするな。おまえの言うようなことは、何も起こらなかった。夢を見たのだと、そう思って何もかも忘れろ。今日を限りに、直助のことは忘れるのだ。何もかも忘れて、これまで通り下婢奉公を続けるのだ。おまえの身のためだ。わたしも忘れる。二度とここへはきてはならん。よいな」

伴四郎を見あげ、お種は唖然としていた。

愚か者、臆病者、と伴四郎は肚の底からおのれを罵った。

伴四郎は、お種の眼差しに耐えきれなかった。縁先にお種を残して居室に戻り、縁廊下の腰付障子を音をたてて閉じた。

そうして、それから十七年の間、閉てた障子戸は開けられなかった。

夕方七ツ半すぎ。城中御錠口手前の新番所から、御廊下を西に進み、奥御祐筆詰所入口、若年寄御用部屋をへて、那智黒の玉砂利を敷きつめた小庭の縁廊下と入側より、御老中御用部屋に入る。

御老中御用部屋は、北側と西側に小庭があって、隙間なく閉てた黒塗組子の腰付障子に、夕方のおぼろな明るみがまだ射していた。一方、東の廊下側、南の入側の萩や鹿などの襖絵を、先ほど表坊主の灯した三灯の行灯が、赤く照らしている。

老中松平左近将監乗邑、同じく老中松平伊豆守信祝が、御用部屋の北側に居並び、老中に相対し、寺社奉行の井上正之と大岡忠相は、入側の襖を背に着座していた。

松平左近将監は、眉間に皺を刻んだ気むずかしそうな顔を忠相に向けている。

松平伊豆守は、一色伴四郎が忠相へ届けた折封に包んだ書状を、傍らに何かしら意味ありげにおき、いかにきり出すべきか思案している態だった。

午前の四ツすぎ、月番の寺社奉行井上正之は、すでに隠居の身とは言え、鉄砲百人組根来組与力であった一色伴四郎が、割腹して果てる前に認めたと思われる書状を読んで迷った末、上の判断を仰ぐため、御老中御用部屋に差し出した。

夕方、忠相と井上正之に、御老中御用部屋より呼び出しがあった。

御用部屋で忠相らを待っていたのは、御老中六名のうちの、松平左近将監と松平伊豆守の二人だけであった。

御用部屋の北側はもう中奥である。大奥はそのさらに北側にある。

御用部屋のこのあたりは、城中を往来する人の気配は届かず、寂とした静謐に包まれ、聞こえるのは夕方の空を飛ぶ鳥の声ぐらいである。

しばしの沈黙が続き、井上正之が小さな咳払いをした。

左近将監が気むずかしそうな顔を、忠相から井上正之へ移し、それをまた忠相に戻したときは、痩せて皺に刻まれた顔をゆるめ、いっそう皺だらけにした。

「この書状は、一色伴四郎と申す隠居が、割腹して果てる前に、大岡どのに届けられたと聞いたが、まことでござるか」

左近将監が忠相に言った。

「はい。そのように思われます。今朝早く牛込の一色家の者がわが屋敷にこの書状を届け、一読して、月番の井上さまに差し出すべきと考え、登城いたしましたところ、一色伴四郎どの生害の知らせが、城中に届いておりました。一色伴四郎どの生害は、登城ののちに知りました」

忠相はこたえた。

「こちらの書状に書かれておる一件は、もう十七年も前、昔と言うべきか、評定所のお裁きが下され、落着していたのだな。どうやら、十七年前の評定所のお裁きと、書状に書かれている事情は、だいぶ違っておる。どちらが正しくどちらが間違っておるのかは知らぬが、井上どのによれば、大岡どのは本能寺の日彦が、この春亡くなり、今わの際に言い残したことを信じて、一件の再調べを勝手に始めたそうだな」

「信じたのではございません。念のため、調べるべきだと思ったのでございます」

「なぜ」

「わたくしは十七年前の享保六年、南町奉行に就いておりました。評定所三手掛のあの折りのお裁きの場に出座いたしており、わたくしは、お構いなしのお裁きを下したひとりでございます。もしも、あのお裁きが間違っていたかも知れぬのであれば、今となっては手遅れであったとしても、間違っていたかいなかったか知っておくのが、裁いた者の務めと考えました」

「今さら誰のためにもならぬ余計な詮索が、老いた侍を生害にいたらしめたのかもしれん。それでも、務めは務め、でござるか」

「侍は、自らの生死を自ら決める者です。今朝登城いたし、一色どの生害の知らせを聞き、この書状の意味を知りました。一色どのは侍であろうとなされたと」

「それは手前勝手な小理屈だ。大岡どのは、老いた一色どのを追いつめた責めを免れたいから、そのように言われておるだけだ」

隣の井上正之が、苛だって言った。少し座が白け、忠相は沈黙した。

すると、左近将監が皺だらけに顔をゆるめたまま言った。

「確かに、小理屈でござるな。しかし、それがしは大岡どのの申される小理屈は、一理あると思いますぞ。小理屈が、ときに大理屈に通ずることもござるのでな」

すると、伊豆守が井上正之に言った。

「この書状について、御老中の方々と協議をし、大分長引いた。何が長引いたかと申すと、この書状の一件を上様のお耳にお入れするかどうかの協議が、まとまらなかった。これ式の一件で上様のお耳をお煩わせいたすのはいかがなものか、またこの書状に認められた事情は、十七年前の一件についての証拠になるものはなく、一色伴四郎がその場に居合わせたわけでもない。すべて揣摩臆測、あるいは伝聞にすぎない。この書状の一件はこれ以上の協議は打ちきり、寺社奉行に差し戻し、寺社奉行の判断で始末をつければよいのではないか、という意見もあった」

井上正之は、いかにも、という様子で伊豆守へ頷いて見せた。

「しかしながら、家督を倅に譲った隠居の身ではあっても、一色伴四郎は徳川家の侍、上様の家臣であることに違いはない。身分の低い家臣の生害に、上様が御関心を持たれるかどうかは別にして、まったくお伝えいたさぬわけにもいくまいという意見が出された。一同それもそうだと同調いたし、十七年前の一件についてこのような事がございましたと、上様のお耳にそれとなくお入れ申した」

伊豆守は忠相へ頭を廻した。

「すると、上様は意外にも御気に留められ、というか、大岡どのがその再調べにかかっておることを気にかけられ、こう申された。越前には幕府を支える主要な政にかかわらせるため、隠居もさせず、寺社奉行ならびに関東地方御用掛を命じておる。それ式の一件にも未だ手が抜けぬ越前の気だては困ったものだ。だが、それもいかにも越前らしい。よくやったと褒めてやれ。それから、書状の一件はそのほうらがさっさと始末をつけ、終らせてやれとだ」

忠相は沈黙していた。

「大岡どの。この書状の一件はこれまでにしよう。お上の御威光に疵がつかぬよう、あとはわれらが内々に方をつけることにした。十七年前の評定所のお裁きに、間違いはなかった。むろん、これからもないよう手あてをする。長くはかかるまい。それが上様の御意向だ。わかるな、大岡どの」

「どうぞ、そのように」

と、忠相は言った。

五

それから一連のことが、十一の知らぬ間に起こっていた。

四月になって、初夏にしては肌寒い曇りがちの日であった。

その日、十一は御鷹部屋の鷹の餌にする小鳥を捕る餌差に出かけた。

紺青に十字絣の上衣と納戸色の裁っ着け、跣の草鞋掛、腰には小さ刀一本を玩具のように帯び、捕鳥を入れる袋と飲料用の竹筒を吊るした。才槌頭にすっぽりと深編笠をかぶり、背中にくくった小行李には、竹皮に包んだにぎり飯を用意した。

手に餌差の細長いもち竿を提げた、餌差に出かけるときの普段の軽装である。

「ぼんさま、いってらっしゃいませ。今日はどちらへ」

千駄木の鷹匠屋敷を出るとき、父親の昇太左衛門に仕える若党の平助が、十一を見送って言った。

「西のほうへしばらくいっていなかった。今日は長崎村のほうへいってみる。少し気を変えてみたい。こういう天気は、案外、餌差にいいのだ」

十一は曇り空を見あげて言った。

「ぼんさまの腕前なら、どんな天気でもいくらでも捕れましょう。ですが、雨になるかもしれませんぞ。お風邪を召さぬよう、お気をつけなされ」

「うん。だが、餌差は雨や風に慣れていないとやっていけぬ。大丈夫だ」

十一は千駄木の鷹匠屋敷を、朝のうちに出たのだった。

千駄木から駒込、巣鴨、大塚をへて雑司ヶ谷村の弦巻川の土手道を、木陰の鳥を探してゆっくりと西へとった。

十七年前の直助殺しの一件が、どのように始末がつけられたのか、それともつけられようとしているのか、大岡さまからはまだ知らせは届いていなかった。

一色伴四郎の書状が大岡さまに届いたこと、一色伴四郎が大岡さまに書状を届けたあと自害して果てたこと、そこまでは雄次郎左衛門に聞かされていた。

「これから先、いかなる始末がつけられるか、旦那さまもまだおわかりではない。始末がついたら知らせる。それまで待っているようにと、旦那さまの仰せだ」

と、雄次郎左衛門は十一と金五郎に言った。

十一は、捕鳥よりも、先月この村の本能寺を訪ねてから、あの数日の間にたどってわかったことが、今も脳裡をしきりによぎっていた。

大岡さまの知らせが届いたら、どのような始末であれ、一色伴四郎が自害したこととともに、それを板橋宿のお雪に知らせにいくつもりだった。

お雪はきっと知りたいに違いない。それを知って、お雪は笑うだろうか。それとも人の世の果敢（はか）なさに、涙するだろうか。

それを考えていると、肝心の餌差に身が入らなかった。

それでも、昼すぎまでに数羽のつぐみと頰あかを捕った。

にぎり飯は、弦巻川の土手の草地に坐って、川面の景色を眺めながら食った。土手の木立でさえずる小鳥を、これ以上は捕える気が起こらなかった。

それからは、捕鳥は一羽もなかった。

いいのだ、と十一は思っていた。ただ、若い身体がどこまでも歩き続けることを、進むことを欲していたのだ。

午後、十一は弦巻川の土手道をはずれた。

鼠山（ねずみやま）の山裾をすぎ、長崎村への野道をとって、長崎村道と鼠山道の四辻を長崎村のほうへすぎたころ、空が次第に暗くなり、細かい雨が道端の小高い木々をさわさわと鳴らし始めた。

道端のまばらな木々の向こうに集落はなく、十一の頭上に灰色の雲が垂れこめ、昼下がりの野道のずっと先までを、うす暗く、しかしくっきりと蔽っていた。

やがて、道端の木々が途ぎれ、雨に濡れて次第に黒ずんでいく道は、ゆるやかにくねりつつ、灰色の空の下一面に広がる深い芝地の原へとなだらかに下っていった。

この広大な芝地は、近在の百姓らの秣場（まぐさば）である。

広々とした芝地を抜けたあたりで、巣鴨のほうからの道に通じ、そのまま西へとって長崎村の集落に入る。芝地のはるか彼方に雑木林が、北方の中丸村（なかまるむら）のほうへ屏風（びょうぶ）のようにつらなっていた。

長崎村の集落まで、さほどの道程ではなかった。

そのとき、あ、と十一は声をもらした。

野道の後方に、小さな黒い人影が従（つ）いてきているのに気づいたからだ。

十一は、だいぶ前からつかず離れずの間をおいて、人影が従いてきているのは、知っていた。うかつだった。捕鳥に身が入らぬほど、考え事に耽（ふけ）っていた。

その人影を、わかっていながら、怪しまなかった。

十一は歩みを変えず、後方の小さな人影もなおも間を保っている。

うす暗い午後の野道に、遠くで芝を刈る百姓の姿も、通りかかりもない。ただ、芝地に雨音のささやきが続いていた。

すると、野道の前方に、蓑笠（みのがさ）を着けた二人が、行手を阻むように十一のほうに向いて立っていた。二人とも蓑の下に長どすを帯びていた。

だが、その二人だけではなかった。

道の両側の芝地の中から、やはり蓑笠の風体が、右手にひとつ、左手にひとつ、ゆっくりと起きあがったのが見えた。

十一はそこで歩みを止め、後方の人影へ見かえった。

人影は歩みを止めず、だんだん十一に近づいてくる。

それは、菅笠をかぶり、紺縞の半合羽（はんがっぱ）、黒木綿を尻端折りに長どす一本を落とし差し、手甲脚絆草鞋掛の旅姿だった。十一は、人影が銭屋の角兵衛だと、菅笠に隠れた顔は見分けられずともわかった。

角兵衛が何故ここに、何があったのだ、と気をそそられた。

七、八間ほどまできて、角兵衛はようやく歩みを止めた。角兵衛の大きな目が、菅笠の下から、瞬（まばた）きもせず、十一を睨んでいた。前方の蓑笠の二人、芝地の中の左右の二人も動かなかった。

芝地を鳴らす雨の音以外、あたりは冷たい沈黙に包まれて、ほかに人影はない。

「古風十一、また会ったな。三度目だ」

角兵衛が先に言った。

「角兵衛さん。三度目は正直です。どうやら、角兵衛さんの正体は銭屋でも油屋でもなかったのですね」

「正体がばれたかい。その通り、銭屋も油屋もやめだ。坂本町に移って十七年。よくやってこられたが、大して面白くなかった。いい加減にやめてえなと思っていたところさ。そこへ、初心（うぶ）な若蔵と老いぼれが、十七年も前のことを探りにきやがった。なんにも知らねえくせに、わかったふうな間抜け面してよ。笑えたぜ」

けたけたと、わざとらしい嘲笑を雨の中にふりまいた。

「角兵衛さん、正体を現したのですから、もう隠さなくてもいいでしょう。十七年前、本能寺の直助を、知念と本好、角兵衛さんの三人で殺したのですか。それとも、住持の日彦や水下藤五も、手をかけたのですか」

「知りたいかい。いいぜ。教えてやる。手をかけたのは、おれと知念と本好の三人さ。おれが、息の根をとめて楽にしてやった。知念も本好も散々殴ったが、息の根をとめるとなると怖気づきやがった。縄でぎゅっと締めて、あの世へ送ってやった。それからあいつら二人に、どっかへ埋めてこいと運ばせた。遠からずばれるのは、手はず通りさ。思ったより早かったがな。ただし、本能寺の日彦も、旦那さまも、奥方さまも、直助の息の根をとめるのは、ご承知だったさ。直助の小僧を生かしといたら、何を喋るかわからねえ。やむを得ぬ、と旦那さまが仰ったのさ。奥方さまも、あの夜は般若（はんにゃ）の面みてえな顔をして、そのようにってな」

「評定所留役の水下藤五、鉄砲百人組之頭野添家の奥方の野江、ですね」

「そうよ。とぼけたことを聞くんじゃねえ」

けたけた……

角兵衛は声を甲走らせた。

十一は前方と左右の蓑笠の四人を見廻した。

「知念と本好はいないのですね。どこへ姿をくらましたのですか」

「ふん、どこへだと？　あの世に決まってるだろう。こちらのお兄さん方の手を借りてよ。大岡の指図かなんか知らねえが、おめえらがつまらねえ詮索にきやがるから、知念も本好もいい歳して、がきみてえに怯えやがった。旦那さまはご承知さ。さっさと片づけろってな。それで片づけた。済んだと思ったら、なんと、牛込の一色の爺さんが何もかもを大岡にばらして、ご生害ときた。なんてこった。十七年も世間を欺いていい思いをしてきたのに、今さら改心したってえのかい。まったく、腰抜け侍どもには呆れるぜ。それで何もかもが水の泡だ。旦那さまもう終りだ。きれ者の評定所留役と、名を遺すはずだったのにな。たぶん、これかこれだ」

角兵衛は斬首と切腹の仕種をして見せた。

「角兵衛さん、ご用をどうぞ」

「こっちは唐茄子侍じゃねえから、あの世まで旦那さまのお供をする義理はねえ。さっさと逃げるしかねえ。だからと言ってよ。ただ逃げるだけじゃあ、こっちの気が収まらねえんだ。大岡の野郎、十七年も前の古い話を蒸しかえしやがって、冗談じゃねえぜ。せめて、お礼参りのひとつぐらいはしなきゃあな。なら、小生意気な若蔵の素っ首を大岡さまに送って差しあげ、江戸の置土産にしようと思いたった。われながら、妙案だと気に入ったぜ。おめえ、千駄木の鷹匠組頭の倅で、ぼんさん、と呼ばれてんだってな。鷹匠組頭のぼんさんが、なんで大岡の尻にくっついていやがるんだと、呆れたぜ。ま、それもこれまでだがな。若蔵、おめえは見こみがある。だが、こっから先はねえ」

角兵衛が半合羽を払い、長どすを抜き放って腰に溜めた。そして、

「矢太、手早く片づけてくれ。ただし、若蔵のとどめはおれが刺す。いいな」

と、前方の道をふさぐ二人へ声を投げた。

「任せな」

矢太が投げかえし、前方の二人は蓑を払い、雨の中に白刃をひるがえした。

それより早く、左右の芝地の二人、菊次と千吉が抜き放ち、奇声を発した。

「ちゃっちゃっと片づけろ」

矢太が怒声を発した。

即座に、菊次と千吉が突進を始めた。

かき分ける芝が騒ぎ、ふりあげた刃に雨煙が舞った。

前方の二人、矢太と麻吉も走り出し、濡れた道をひたひたと鳴らした。

十一は前方へ半身に向いたまま、小さ刀の柄に手をかけ、軽く膝を折った。

束の間の凍りつくときがすぎた。

「そりゃ」

左から、菊次が真っ先に打ちかかってきた。笠の下の無精髭と、獲物に襲いかかる獣の剝き出した牙が見えた。

十一は菊次の、ぶん、とうなる太刀筋すれすれに身体をなびかせた。

途端、菊次の右肩へ鋭くすれすれに飛翔し、飛翔のまま小さ刀を抜き放って、蓑もろとも菊次の一の腕を斬り裂いた。

蓑の藁屑が飛散し、一の腕から血が噴いた。

わっと投げ捨てた菊次の長どすが、風車のようにくるくると廻った。

菊次は堪えきれず野道に転がり、十一はその背後へ着地した。

そのとき、一方の千吉は、十一の残した空虚に打ちかかった勢いが余って野道を叩いたが、すぐさま体勢をなおし、転がった菊次を飛び越え、着地した十一へ長どすを荒々しく叩きこんだ。

かあん、と十一はふりかえり様にはじきかえし、すかさず、裁っ着けの長い足の鍛えた爪先で、千吉の顎を水飛沫を散らして蹴りあげた。

千吉は首を真後ろに折って雨雲の蔽う空を仰ぎ、四肢を投げ出し芝地の中へ吹き飛んでいく。

ほぼ同時に、前方から突進してきた矢太と麻吉が、続いて袈裟懸を浴びせかける。

十一は、矢太の袈裟懸を俊敏にかいくぐって胴抜きに一閃しつつ、麻吉の一撃を跳ねあげ、かえす一閃で麻吉の頬を裂いた。

矢太は脾腹を裂かれ、前のめりにつんのめって両膝を落とし、麻吉は顔をそむけ、十一の追い打ちを、野道に転がって逃がれた。

四人がたちまち蹴散らされ、角兵衛は唖然とした。思いもよらぬことが、一瞬のうちに起こって、背筋がぞっとした。

なんだこいつは、と思ったその刹那、角兵衛は、両膝を落としぐったりとした矢太の頭上を、両翼を広げて飛び越えてくる大鳥を見た。

大鳥の周りを、雨が煙りのように渦巻いていた。

あっ、と叫んだときには、角兵衛は十一の小さ刀の切先に、菅笠をきり割られ、額を裂かれていた。

角兵衛は腰に長どすを溜めた恰好のまま転倒し、ごろごろと転がった。

しかし、角兵衛はすぐに跳ね起き、十一へはもう二度とふりかえらず、悲鳴を甲走らせながら、小雨に烟る芝地の中の野道を駆け出していった。

結　成仏

元文三年四月、雑司ヶ谷村本能寺の住持日彦が亡くなり、ひと月近くがたった夏の初め、評定所留役水下藤五が病のため急逝した。水下藤五の急逝は、上役の勘定組頭に届けが出され、公事方勘定奉行へ報告があがった。

水下藤五は五十二歳。評定所留役の職禄は百五十俵である。

倅が水下家の家督を継ぎ、支配勘定衆職禄百俵に就いた。

しかし、水下藤五急逝については、その直後より勘定衆の間で、水下藤五は詰腹をきらされた、切腹させられたらしい、と窃な噂が流れた。

噂は、もう二十年以上も前、銭を大量に買占め銭相場の高騰を狙った十数名の銭屋が、買占めが発覚して家財没収、遠島や江戸十里四方追放になり、勘定所が召しあげた銭屋の仲間株を廻って、水下藤五が不正を働いていたのが、今になって発覚したというものだった。

というのも、水下藤五が急逝する前々日、坂本町一丁目で銭屋と油屋を営む角兵衛という四十代半ばすぎの男が、使用人や商売相手も知らないうちに、持てるだけの金を懐にして、坂本町一丁目の店から忽然と姿をくらましていた。

その角兵衛は、これもずっと以前、水下家に中間奉公をしていた男だった。

確か十七年ほど前だった、と噂は流れた。

角兵衛は何か大きな手柄をたてたか、主人の藤五に恩を売るような事があったとかで、藤五が評定所留役の立場を利用して画策し、角兵衛のために、銭屋の仲間株と坂本町一丁目の油屋の店を居抜きで手に入れてやったらしい。

水下藤五急逝と角兵衛が忽然と姿をくらましたことには、裏に何か因縁があると、その噂もいろいろ尾鰭がついた。

しかし、噂の詳細は不明のままだった。

それから半月ほどがたった四月下旬、牛込の鉄砲百人組之頭野添泰秀がその役を解かれ、家禄五千五百石も三千石の減封となり、無役の寄合に廻った。

牛込の拝領屋敷も召し上げになり、野添家は本所へ屋敷替えを命じられた。

泰秀がまだ野添家の家督を継ぐ前の十七歳のころ、豊島郡赤羽村の百姓達吉を鉄砲の《あた落ち》の不始末で死なせ、そののち、達吉の父親権ノ助の下手人御免の願いが差し出され、お構いなしになった一件に虚偽があった。

一件は鉄砲のあた落ちではなく、撃ち損じた玉が達吉に命中したことが判明した、というのがその措置の理由だった。

あれから十七年、いや十八年のときがすぎた今になってなぜ、と誰もが訝ったし、鉄砲百人組之頭を解かれ、そのうえ三千石に減封、寄合に廻る措置は重すぎる、ほかに何か理由があるのでは、とこれも様々にとり沙汰された。

だが、それ以外の理由が、御公儀より示されることはなかった。

野添真親は、五十代の半ばに卒中で倒れ、半身が不自由になっていた。五十二歳の妻の野江も、髪に白いものが隠せないほど目だち、衰えが見え始めていた。

その隠居夫婦も、泰秀の一家とともに本所へと移った日、野添家に下された一連の厳しい措置の理由が定かでないため、後難を恐れ、見送る者もいなかった。

余談ながら、ずっと以前、野添家に年季奉公していた下婢のお種は、二十歳になったころ、浅草田原町の里へ帰り、紙漉き職人に嫁いで、十二歳から三歳までの五人の子持ちの母親になっている。

一方、隠居の伴四郎が割腹して果てた、鉄砲百人組根来組与力の一色新兵衛には、御公儀よりの御沙汰は何もなかった。

隠居の伴四郎の突然の生害は、気鬱による気の病と見なされた。

伴四郎から家督を継いでいた新兵衛は、根来組支配の野添家に下された厳しい措置に肝を冷やし、以後は、鉄砲の稽古と称して、豊島郡の野に狩猟に出かけるのは慎まねばと思った。

新兵衛は、先月、豊島郡の藍染川の土手道で、いやにすばしっこい若い鳥刺と争ったことを思い出しながら、その折り痛めた喉を擦った。

新兵衛に子はおらず、縁者の男子を養子に迎えることを、このごろ考え始めていた。

角兵衛の亡骸が、王子の滝野川の川原で見つかった。角兵衛の疵ついた額に巻いた長手拭が、血で真っ赤に染まっていた。亡骸は、滝野川の川原へ下り、水を飲もうとして力つきた恰好だった。

そんな四月のある日の午前、十一は板橋宿の旅籠《川竹》で遣り手に雇われているお雪を訪ねた。

お雪は、先月、十一が金五郎と訪ねたときと違って、まるで昔の古い馴染みを迎えるようになごやかな笑み見せ、丁寧な辞儀を寄こした。

「古風さま、先だっては、ありがとうございやした。あれから、直助のことをいろいろと考えさせられやしてね。このごろやっと、落ち着いてきたんでございやす」

「つらいことをお訊ねして、心苦しかったのですが。今日は、直助さんの一件が、ひとまず方がつきましたので、そのご報告にうかがいました」

「おやまあ、それはわざわざご親切に。あっしみたいな者を気にかけていただいて、ありがとうございやす」

お雪は恐縮して、肩をすぼめた。

「生憎、先だっての汚い布団部屋になりやすけど、よろしゅうございやすか」

「十分です。ご報告するだけです。長くはかかりません。お気遣いなく」

「では、少々お待ちくださいやし。あんなところでも、ご主人にお断りしておかないとご機嫌を損ねちゃいますので」

と、お雪はおかしそうに笑った。

うす暗く狭い廊下の突きあたりの、布団部屋に通された。

廊下を隔てた勝手の方の微弱な明かりが射すだけの、薄暗い部屋である。

埃っぽい臭いのする布団を積み重ねた部屋の、わずかに古畳の見える一角に、十一は端座した。

それでもお雪は、廊下の先の勝手で淹れた茶を、十一のために出した。

午前のまだ嫖客がくる刻限ではない旅籠は、なんとはなしにのんびりした様子の女衆の声が、布団部屋にも聞こえてきた。

先だっては、女衆の言い合いがよく聞こえた。

ただ、先だってはなかった古びた小箪笥が、お雪の狭い寝間をさらに邪魔していたが、その小箪笥の上に、小さな木彫りの菩薩(ぼさつ)像がおかれていた。

菩薩像は童子のような顔をして、頬笑んでいるように見えた。

菩薩像の傍らに、これも小さな線香たてがあって、どうやらお雪は菩薩像に線香を焚(た)いて祀(まつ)っているらしく、白い灰が溜(た)まっていた。

十一はお雪と対座し、早速、お雪を訪ねたあれから、十七年前の本能寺で起こった直助の一件が、表向きには一件落着とは言えないものの、このように始末がつけられたと、それにいたった事情も話して聞かせた。

さらに、その始末がつくきっかけになった書状を大岡越前守に届けた、根来組与力の一色伴四郎が、書状を認めたあと、割腹し自ら命を絶ったと伝えた。

すると、それまではかすかな笑みを浮かべ、淡々とした様子で聞いていたお雪の目が潤み始め、化粧っ気のないお雪の頬を、涙の雫(しずく)が幾筋も伝った。しかし、それでもお雪は、かすかな頬笑みを消さなかった。

つらい悲しみに慣れ、諦めることにも慣れているかのようにだ。

やがて、お雪はぽつんと言った。

「そうでしたか。一色さまはお亡くなりになったんでございやすか」

「はい。直助さんの一件の、ご存じのすべてを明かした事情を書状に認められ、それを大岡さまに届けるよう家人に手配したのち、ご自分の居室で……」

お雪は、涙にぬれた頬の疵痕を指先でぬぐった。

そして、ため息をひとつつき、やおら言った。

「なら、あれは一色さんがお亡くなりになる前だったんで、ございやすね。じつは、一色牛込の月桂寺という墓所で、一色さんにお会いいたしやした。月桂寺の墓所に、一色家のお墓がございやして、直助もそのお墓に祀られているんでございやす。生きてるうちは、一色家を追い出されやしたが、死んで戻ることが、せめてできたんです」

「一色さんとは、どのような話をなされたのですか」

「大した話じゃございやせん。どうして直助を、ご自分の血を分けた倅を捨てたんですかって。そんなことを少し……」

「一色さんはなんと」

「一色家の者でもないおまえに、話すことなどない。ここへは二度とくるなと、追いかえされやした。だから帰るしかありませんでした。でも、胸に閊えていたことを聞くだけ聞きやしたから、少しすっとしやした。むしろ、清々した気分で、板橋まで戻ってきたんですよ」

お雪は、清々した様子で頰笑んでいる。

それから、その頰笑みを小簞笥の上に祀った菩薩像へ向けた。

「板橋まで戻ってきましたら、裏通りの古道具屋さんで、この菩薩さまがなぜか目にとまりやしてね」

木彫りの菩薩像はお雪を見かえし、童子のような笑みを浮かべている。

「古道具屋さんの片隅で、埃をかぶっていたんですけれど、ふと、目が合ったような気がしたんです。そのとき思い出したんです。直助が産まれるちょっと前に、菩薩さまが夢に出てきたことがありやした。菩薩さまがあっしに頰笑んでくださっていたんです。ただそれだけの夢だったんですけどね。そうだ、そう言えばそんな夢を見て、目が覚めたらなんだか嬉しかったことがあったっけって。そのことを思い出して、そしたら、この菩薩さまが無性に欲しくなって、古道具屋のご亭主にこの菩薩さまはいくらですかって訊いたんです。ご亭主は、こんな物はどうせ売れないから、いいから持っていきなって言われちゃったんです。そのときは五十文ちょっと持ってたんですけど、全部おいて買ってきました。だって、この菩薩さまがただなんて、可哀想じゃないですか。で、ここに祀って、毎日お線香を焚いています」

「ふうん、菩薩さまが夢にですか」

十一が言った。

「そうだ。古風さまがお見えになりやしたから」

と、お雪は勝手へいき、うすく煙のくゆる一本の線香を持ってきて、線香たてにたてた。

「ここは明かりが使えやせん。ご主人に、ここで火は絶対に使っちゃならねえと、堅く言われてるんですけどね。お線香一本だけ、こっそり焚いてます」

お雪は言って、菩薩像に懇ろに合掌した。

十一はお雪の後ろに座をずらし、やはり懇ろに合掌した。

菩薩像は十一にも、わけへだてなく、幼い子供のように、清らかに、そして悲しげに頬笑みかけていた。

（了）

本書は文庫書下ろし作品です。

|著者|辻堂 魁　1948年高知県生まれ。早稲田大学第二文学部卒。出版社勤務を経て作家デビュー。「風の市兵衛」シリーズは累計200万部を超え、第5回歴史時代作家クラブ賞シリーズ賞を受賞、ドラマ化でも好評を博した。著書には他に「夜叉萬同心」シリーズ、「日暮し同心始末帖」シリーズ、単行本『黙』など多数。本書は講談社文庫初登場作品『落暉に燃ゆる　大岡裁き再吟味』に続くシリーズ第二作となる。

山桜花　大岡裁き再吟味

辻堂 魁

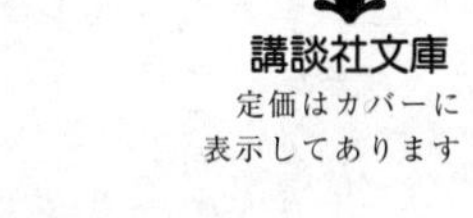

2022年9月15日第1刷発行

発行者――鈴木章一
発行所――株式会社　講談社
東京都文京区音羽2-12-21　〒112-8001
電話 出版 (03) 5395-3510
　　 販売 (03) 5395-5817
　　 業務 (03) 5395-3615

Printed in Japan

デザイン―菊地信義
本文データ制作―講談社デジタル製作
印刷―――大日本印刷株式会社
製本―――大日本印刷株式会社

ISBN978-4-06-529304-1

講談社文庫刊行の辞

二十一世紀の到来を目睫に望みながら、われわれはいま、人類史上かつて例を見ない巨大な転換期をむかえようとしている。

世界も、日本も、激動の予兆に対する期待とおののきを内に蔵して、未知の時代に歩み入ろうとしている。このときにあたり、創業の人野間清治の「ナショナル・エデュケイター」への志を現代に甦らせようと意図して、われわれはここに古今の文芸作品はいうまでもなく、ひろく人文・社会・自然の諸科学から東西の名著を網羅する、新しい綜合文庫の発刊を決意した。

激動の転換期はまた断絶の時代である。われわれは戦後二十五年間の出版文化のありかたへの深い反省をこめて、この断絶の時代にあえて人間的な持続を求めようとする。いたずらに浮薄な商業主義のあだ花を追い求めることなく、長期にわたって良書に生命をあたえようとつとめるところにしか、今後の出版文化の真の繁栄はあり得ないと信じるからである。

同時にわれわれはこの綜合文庫の刊行を通じて、人文・社会・自然の諸科学が、結局人間の学にほかならないことを立証しようと願っている。かつて知識とは、「汝自身を知る」ことにつきていた。現代社会の瑣末な情報の氾濫のなかから、力強い知識の源泉を掘り起し、技術文明のただなかに、生きた人間の姿を復活させること。それこそわれわれの切なる希求である。

われわれは権威に盲従せず、俗流に媚びることなく、渾然一体となって日本の「草の根」をかたちづくる若く新しい世代の人々に、心をこめてこの新しい綜合文庫をおくり届けたい。それは知識の泉であるとともに感受性のふるさとであり、もっとも有機的に組織され、社会に開かれた万人のための大学をめざしている。大方の支援と協力を衷心より切望してやまない。

一九七一年七月

野間省一